vmn

WILLI SCHISSLER

BLUTROTER SPÄTBURGUNDER

ODENWALD-KRIMI

vmn
Verlag M. Naumann

Copyright by
Verlag M. Naumann, vmn, Hanau, 2014
Druck: BBL Druck -u. Medienservice UG, Ellhofen

Titelillustration: Jens Rotzsche, Weinfest in Groß-Umstadt
Illustration Weingläser: Swen Scheuermann

ISBN 978-3-943206-27-2

1. Auflage 2014

Bibliografische Information der Deutschen Nationalbibliothek
Die Deutsche Nationalibliothek verzeichnet diese Publikation in
der Deutschen Nationalbibliografie; detaillierte bibliografische
Daten
sind im Internet über http://dnb.ddb.de abrufbar.

Der Autor
WILLI SCHISSLER wurde 1949 im Otzberger Ortsteil Nieder-Klingen im Odenwald geboren und
wohnt seitdem dort. Nach einer Lehre und
einer aktiven Zeit als Bankkaufmann wechselte
er 1970 zu einem Institut für Marktforschung in
Frankfurt/Main. Er ist verheiratet und hat eine
erwachsene Tochter.

Die Handlung des Romans ist frei erfunden. Jede Ähnlichkeit mit
lebenden oder verstorbenen Personen und realen Begebenheiten
wäre rein zufällig.

Zum Gedenken an meine Eltern
Heinrich und Karoline

Gewidmet meiner Frau Karin und
meiner Tochter Yvonne,
meinen Schwestern Lini und Erika

Wer niemals einen Rausch gehabt,
der ist kein braver Mann.
Wer seinen Durst mit Achteln labt,
fang lieber gar nicht an.

Joachim Perinet (1763-1816), österreich. Schriftsteller

Prolog

Eingebettet inmitten seiner acht Stadtteile liegt Groß-Umstadt mit etwa insgesamt 22.000 Einwohnern – darunter seit Jahrzehnten eine portugiesische Kolonie – in Südhessen am nördlichen Rand des Odenwaldes.

In Groß-Umstadt findet jährlich im September der Bauernmarkt statt, eine Woche vor dem weit über die Grenzen hinaus bekannten Winzerfest. Ein ganz besonderer Höhepunkt ist der Samstagabend des Winzerfestes mit der Krönung der Weinkönigin in der Stadthalle. Sie repräsentiert mit den beiden Prinzessinnen in charmanter Weise den Groß-Umstädter Wein.

Ein weiterer Höhepunkt des Winzerfestes ist der große Festzug am Sonntagnachmittag.

Das Johannisfest, auch São João genannt, wird einmal im Jahr im Juni gefeiert. Es ist das Fest des gemeinsamen Zusammenlebens mit den portugiesischen Mitbürgern.

Eine außergewöhnliche Attraktion stellen die *Roten Teufel* dar, eine portugiesische Trommlergruppe, die bei vielen Veranstaltungen mit heißen Rhythmen begeistert. Auch *Los Veteranos*, eine original Umstädter Musikband, die schon seit vielen Jahren besteht, sorgen zuverlässig für tolle Stimmung an den Festen.

Kulturelle Veranstaltungen gibt es unter anderem im Gruberhof, in der Stadthalle, im Pfälzer Schloss, in der Heinrich-Klein-Halle sowie in der Säulenhalle im Rathaus.

Auf dem historischen Marktplatz, der überwiegend von Fachwerkhäusern umgeben ist, wird ständig etwas geboten. Beispielsweise der samstägliche Wochenmarkt, an dem Metzger, Bäcker, Obst- und Gemüsehändler und Hersteller regionaler Produkte ihre Waren feilbieten.

Ein markanter Punkt ist das Biet mit einer Statue, der Bietjungfer, gegenüber dem um 1600 erbauten Renaissance-Rathaus und der evangelischen Stadtkirche.

Der Ausdruck Biet ist die Bezeichnung der Einheimischen für den großen Brunnen am Marktplatz.

Hübsche Geschäfte passen ideal zu dem wunderschönen Fachwerk-Ambiente in der Altstadt. Eine Anzahl Restaurants, Cafés und Bistros bieten zahlreiche Möglichkeiten, die Sommerabende im Freien bei einem guten Gläschen zu verbringen.

Die Groß-Umstädter sind besonders stolz auf ihr Weinstädtchen im Odenwald.

Die *Odenwälder Weininsel*, wie die Stadt von ihren Bürgern liebevoll genannt wird, verfügt über eine lange Tradition im Weinbau und gehört zum Gebiet Hessische Bergstraße.

1959 wurde die Odenwälder Winzergenossenschaft gegründet, ein Zusammenschluss mehrerer Kleinwinzer, um die Qualität des Weines zu verbessern. Heute trägt die Winzergenossenschaft den Namen *Vinum Autmundis*, was so viel heißt wie Umstädter Wein. Der Begriff Autmundis kommt von Autmundistat, gleich Umstadt, und wurde erstmals im Jahre 766 urkundlich erwähnt.

Die Straußwirtschaft ist von Mitte September bis Anfang November geöffnet.

Neben *Vinum Autmundis* gibt es noch einige Selbstvermarkter, deren Produktion etwa zwanzig Prozent des gesamten Weinbaus ausmacht.

***

Der Umstädter Winzer Alois Holzbichler ging am Samstagmorgen des Winzerfestes hinunter in seinen tiefen Weinkeller, um nachzusehen, wie viel Wein die Tanks noch enthielten. Da die Weinlese kurz bevor stand, war er bestrebt, so viele wie möglich vollständig zu entleeren. Der neue Wein sollte in wenigen Wochen abgefüllt werden.

Ihm fiel auf, dass einer der Edelstahltanks ein Leck haben musste. Der grau gefliese Boden des gewölbten, mit groben Bruchsteinen gemauerten Kellers wies eine rote Lache auf. Er runzelte die Stirn, kratzte sich am stoppeligen Kinn, nahm die starke Handlampe vom Werkzeugregal, richtete den Strahl direkt auf die rote Lache, dachte: »Komisch, der Wein hat eine andere Farbe als sonst.«

Er ging einen Schritt vor, kniete nieder, tunkte einen Zeigefinger in die Flüssigkeit, roch daran, brummelte: »Riecht seltsam ... nach ... nach ... nach Blut? Genau!« Jetzt wurde es ihm bewusst. Er fasste sich ans Herz. Ihm wurde schwindelig.

»Nach Blut!« schrie er laut. »Das riecht nach Blut! Ich werd´ verrückt! Wo kommt denn das her?« Er schaute sich um. Jetzt sah er noch andere Dinge. Blutspritzer an zwei hintereinander stehenden Rotweintanks, eine Zigarettenschachtel. Ihm wurde heiß. »Keiner von uns raucht Zigaretten! Was ist hier passiert?«

Sein Herz begann zu rasen. Plötzliche Panik erfasste ihn. Er nahm sich keine Zeit mehr, genauer hinzusehen. Er fasste mit beiden Händen den Handlauf rechts an der Wand, schleppte sich die Sandsteintreppe hoch.

»Fritz!«, schrie er, »Fritz! Fritz! Komm! Komm schnell!«

Keuchend kam er oben an, stieß die Tür auf, schrie laut: »Fritz! Fritz! Wo steckst du?«

Alois setzte sich schwer atmend auf die Bank, die neben der großen eisernen Tür zum Weinkeller stand und von der aus man den ganzen Hof überblicken konnte. Er stützte den hochroten Kopf in beide Hände. Der Kreislauf.

Fritz hatte den Alois gehört, konnte aber so schnell nicht kommen, da er auf dem Klohäusschen mit dem ausgeschnitten Herzen in der Holztür auf der anderen Seite des gepflasterten Hofes saß. Er fluchte leise: »Nicht einmal hier hat man seine Ruhe.«

Fritz Kunze war siebenundvierzig Jahre alt, klein, dick, ungepflegt, hatte ungefähr die Figur einer Hundertliter-Wassertonne. Er war einfältig, sehr behäbig. Es dauerte immer eine gewisse Zeit, bis er etwas kapierte.

Dieses Mal jedoch verstand er, dass Alois irgendwas widerfahren sein musste, wohl etwas Schlimmes, denn Alois war trotz einer Herzschwäche absolut robust und nicht so leicht zu erschrecken. Trinkfest war er auch, der Alois. Aber er mochte nur seinen eigenen Wein. Den anderer Winzer erkannte er zwar an, aber er trank davon nur, wenn es gar nicht zu vermeiden war.

Fritz stöhnte, eilte mit halb herunterhängender Hose aus dem Häuschen. Er rannte mit seinen kurzen Beinen, so schnell es seine fünfundneunzig Kilo zuließen, quer über den Hof auf die Bank zu, auf der Alois saß, schaffte es sogar, die blaue Arbeitshose hochzuziehen, die ledernen Hosenträger überzustreifen. Das rotkarierte Flanellhemd hing über seinen stattlichen Bauch. Den alten schwarzen, speckigen Lederhut hatte er auf dem Klo vergessen.

Es gab jetzt Wichtigeres.

»Chef Alois, was ist los mit dir?« Er sah Alois mit unruhigem, schielendem Blick an, hob ratlos die Arme, was fast schon wie eine Entschuldigung aussah.

Alois sah auf, unterbrach ihn mit schwerer Stimme: »Fritz«, er fasste sich an die Stirn, »ach Fritz!« Er winkte ab, senkte den Kopf.

»Ja, Chef Alois, was ist denn? Sag schon!« Fritz starrte ihn erschrocken an.

Jetzt brach es aus Alois heraus: »Fritz, du musst sofort in den Weinkeller«, er deutete auf die Kellertür, »da stimmt was nicht«, stöhnte er schwer atmend. »Entweder ich sehe schon Gespenster, oder ... oder ... was weiß ich! Jedenfalls ist da unten Blut. Beeil dich, geh!« Er schubste ihn so fest er konnte in die Seite. »Mach schon!« Alois Holzbichler sank wieder zusammen, sein Herz klopfte laut. Er stützte sich mit letzter Kraft auf die linke Lehne der Bank.

»Ja ja, ich geh´ ja schon«, erwiderte Fritz, der wesentlich ängstlicher war als Alois.

Wenn Chef Alois schon Schiss hatte, du lieber Gott, dann musste ja der Leibhaftige im Keller sein!

Er atmete wieder ruhiger, wandte sich der großen, eisernen Tür zu, kratzte sich verlegen an der Nase, sah noch einmal über die linke Schulter zurück zu Alois. Eine schwarze Katze kreuzte seinen Weg, eilte hastig hinter die Thujahecke vor der Terrasse, lugte neugierig hervor. Ein Käuzchen schrie.

Alois nickte ihm langsam mit offenem Mund und halb geschlossenen Augen zu.

Dann drückte Fritz die Klinke. Ganz langsam und vorsichtig zog er die schwere Tür auf.

1

Maximilian Zehner und Peter Welden lernten sich in Groß-Umstadt am Marktplatz kennen, wo Zehner mit Johan van der Groot auf dem zum Café-Bistro *Central* gehörenden freien Platz zusammensaß.

Zehner und der kleine Holländer van der Groot kannten sich flüchtig von den Fußballplätzen in Nieder-Klingen und Lengfeld. Sie trafen sich zufällig in Groß-Umstadt, beschlossen, zusammen einen Kaffee zu trinken.

Es war 9.15 Uhr. Um diese Zeit war noch wenig Betrieb. Ein Radfahrer mit einem roten Einkaufskorb auf dem Gepäckträger kam aus der Entengasse, überquerte langsam den Platz. Drei ältere Damen setzten sich an einen Tisch, bestellten Latte Macchiato und Milchkaffee, sahen sich die Frühstückskarte an.

Nach etwa einer halben Stunde, Zehner war ins *UmStadtBüro* in die Obere Marktstraße gegangen, wo er sich Prospekte über Wanderungen rund um Groß-Umstadt holen wollte, erschien ein großgewachsener Mann mit Glatze, sah van der Groot lange an: »Bist du es, oder bist du es nicht?«

Der Holländer sah erstaunt auf: »Kennen wir uns?«

»Wenn du Johan van der Groot bist? Ja, dann kennen wir uns.«

»Ich wüsste nicht, woher.« Van der Groot schaute den Mann genauer an: »Nein. Keine Ahnung.«

»Also, bist du Johan van der Groot oder nicht?«

»Ja, der bin ich.« Van der Groot zog die Augenbrauen zusammen.

»Gut. Umso besser, wenn du mich nicht gleich erkannt hast.«

»Warum? Was soll das?«

»Ich war Siegfried Bacher.«

»Hä?« Der Holländer sprang auf. »Siegfried Bacher? Niemals! Das kann nicht sein. Der sieht ganz anders aus. Den kenne ich noch aus Berlin, aus Charlottenburg.«

»Ach ja?«

»Ja doch«, eiferte sich van der Groot, »aber ich habe ihn seitdem nie mehr gesehen.« Er setzte sich wieder.

Der Fremde beugte sich zu ihm herunter, flüsterte ihm ins Ohr: »Ich habe damals in Charlottenburg viel Geld bei dir abgeholt.« Er machte eine kleine Pause. »Erinnerst du dich jetzt?«

»Das stimmt.« Johan war perplex. »Aber du – du siehst doch ganz – ganz anders aus als er«, stotterte er ungläubig.

»Ich habe mich einer Gesichtsoperation unterzogen«, flüsterte der Fremde.

Jetzt war Johan völlig von den Socken: »Eine Gesichtsop... ich dachte mir damals schon«, sagte er ebenfalls im Flüsterton, »dass mit dir etwas nicht stimmt. Du warst am nächsten Tag verschwunden. Ich habe nie wieder etwas von dir gehört.« Er schüttelte den Kopf, schaute dem Mann ins Gesicht: »Was hast du denn angestellt?«

»Lange Geschichte. Nicht so wichtig.« Der Glatzkopf winkte ab.

»Aber ...«

»Lass es sein, Johan. Bringt nix. Ist Vergangenheit.«

Mittlerweile waren die meisten Tische besetzt. Das schöne Wetter lockte die Menschen ins Freie. Viele genossen die Morgensonne. An manchen Tischen waren Sonnenschirme aufgespannt.

Zehner kam zurück, verschiedene Prospekte in der Hand. Er sah den Fremden an: »Guten Tag.« An den Holländer gewandt: »Ein Freund von dir, Johan? Willst du ihn mir nicht vorstellen?«

Van der Groot hatte sich wieder etwas gefasst: »Ja, also das ist Sieg ...«

»Peter Welden«, fiel ihm der Fremde ins Wort. »Peter Welden aus Dieburg.«

»Freut mich. Maximilian Zehner.« Sie schüttelten sich die Hände.

Johan zog die Augenbrauen zusammen. Peter Welden? Einen neuen Namen hatte er also auch.

Zehner holte noch einen Stuhl, bot Welden einen Platz an, rief die Kellnerin, eine hübsche junge Frau mit langem schwarzem Haar, bestellte drei Espresso. Als die Kellnerin den Espresso serviert hatte und wieder zur Theke zurückging, schaute Zehner ihr nach. Sie erinnerte ihn an die Schauspielerin Bettina Zimmermann.

»Aber nun, Johan, erzähl mir mal deine Geschichte. Wie kommst du in den Odenwald?« Welden sah van der Groot auffordernd an.

»Ach, weißt du, da gibt es nicht viel zu erzählen. Ich habe in Charlottenburg meinen Job als Hotelportier verloren. Außerdem lernte ich ein nettes Mädchen in dem Hotel, in dem ich arbeitete, kennen. Sie war gerade auch entlassen worden.«

»Aha!« Welden zeigte sich interessiert.

»Und eben dieses Mädchen stammte aus Michelstadt im Odenwald«, fuhr Johan fort. »Die Chancen, wieder Arbeit zu finden, waren bei ihr wie auch bei mir nur sehr gering. Sie entschied sich, wieder nach Hause zurückzukehren, um bei ihrer Mutter, die einen Shop mit allerlei Elfenbeinfiguren in der Nähe des Rathauses besitzt, zu arbeiten.« Er strich sich über die kurzen Stoppelhaare. »Na ja, wie es dann so geht, ich habe mich in Berlin abgemeldet, bin kurzerhand mit ihr in den Odenwald gefahren, wo ich bei ihr in ihrem Elternhaus in Michelstadt in der Jahnstraße wohnen konnte. Unsere Liebe dauerte leider nur drei Wochen. Sie hatte sich in einen anderen Mann verliebt.« Er wirkte traurig. »Das war's dann. Ich zog wieder weg aus Michelstadt und kam durch ein Zeitungsinserat im *Darmstädter Echo* nach Lengfeld.« Etwas geknickt fügte er hinzu: »Arbeitslos bin ich noch immer. Das ist eigentlich alles.«

»Na gut. Ich freue mich jedenfalls, das wir uns jetzt wieder gefunden haben«, entgegnete Welden, »wenn auch nur durch Zufall. Egal.«

»Ja.« Van der Groot fühlte sich nicht so ganz wohl dabei.

2

Siegfried Bacher war vor einigen Jahren Insasse der geschlossenen psychiatrischen Abteilung in einem Klinikum in Berlin gewesen.

Er saß ein wegen Vergewaltigung einer fünfunddreißigjährigen Belgierin, hatte auch in einigen Lokalen mehrere Male Frauen handgreiflich oder zumindest verbal belästigt, weswegen er immer wieder hinausgeworfen worden war.

Da er sich in der Klapse, wie er die Psychiatrie nannte, verschiedenen Rehabilitionsmaßnahmen unterzogen hatte, glaubten die verantwortlichen Ärzte, er würde eine solche Tat nicht mehr begehen.

Man war der Meinung, Bacher sei absolut unauffällig, da er in seinem Zimmer entweder las oder vor dem Fernseher saß. Von Aggressionen keine Spur. Im Gegenteil, er war allen gegenüber sehr höflich.

In einer Silvesternacht, als viele beim Feiern waren, konnte er einige der verrosteten Gitterstäbe des baufälligen Gebäudes mit einem Hammer und mehreren Tüchern, mit denen er die Schläge abdämpfte, herausschlagen und aus der Psychiatrie flüchten.

Den Hammer und die Tücher hatte er von einem Pfleger erpresst. Bacher hatte diesen erwischt, als er einen Mithäftling zusammenschlug.

Nachdem Bacher das Klinikum verlassen hatte, stieg er an der nächsten Haltestelle in den Bus, fuhr bis Charlottenburg, wo er ausstieg, um einen alten Bekannten aufzusuchen. Ihm hatte er vor einiger Zeit eine größere Summe Bargeld anvertraut. Sie kannten sich schon längere Zeit. Bacher hatte vorher öfter im Hotel *Zum Adler* gewohnt, wo van der Groot als Portier arbeitete. Bacher vertraute van der Groot.

Der Holländer war erstaunt über das plötzliche Auftauchen Bachers, der vorgab, längere Zeit geschäftlich im Ausland zu tun gehabt zu haben. Er versprach ihm, am nächsten Tag das Geld von verschiedenen Banken, bei denen er es sicherheitshalber eingezahlt hatte, abzuheben, was er dann auch tat.

Siegfried Bacher übernachtete bei dem kleinen Holländer, der in einem Wohnblock in Berlin-Charlottenburg in der Stuttgarter Straße wohnte. Nachdem er das Geld erhalten hatte, verschwand er mit der S-Bahn in Richtung Brandenburger Tor.

Es war kalt an diesem Tag. Eisiger Wind fegte durch die Stadt. Eine dünne Schneedecke hatte Straßen, Häuser und Bäume überzogen.

Während der Fahrt fiel ihm eine bildhübsche, junge, schlanke, schwarzhaarige Frau in einem braunen Ledermantel auf. Sie hatte einen dicken weißen Wollschal um den Hals gebunden. Als sie am Brandenburger Tor ausstieg, stieg er ebenfalls aus, heftete sich ihr unauffällig an die Fersen. Die große Uhr an der S-Bahnstation zeigte 11.27 Uhr.

Die Frau ging in Richtung Unter den Linden, der Nobelstraße Ostberlins. Als sie kurz stehen blieb, um ein Taschentuch aus ihrer Handtasche zu nehmen, griff Bacher sie plötzlich von hinten an, hielt ihr mit der rechten Hand den Mund zu, zerrte sie in einen Hauseingang am Pariser Platz, wo er ihr den Ledermantel vom Körper riss, ihr die blaue Jeans herunterzog. Er vergewaltigte sie auf brutalste Weise. Die junge Frau wehrte sich heftig, schrie laut um Hilfe.

Bacher geriet in Panik, packte beide Enden ihres Schals, zog fest zu. Sie röchelte, brach zusammen. Als sie bewusstlos am Boden lag, drückte Bacher ihr mit beiden Daumen den Kehlkopf durch.

Ein trockenes Knacken beendete das Leben der schönen jungen Frau.

Voller Angst flüchtete er in dem Bewusstsein, soeben einen Menschen ermordet zu haben. Er rannte zur U-Bahnstation, fuhr bis zum Kurfürstendamm. Nahe der Gedächtniskirche stieg er aus.

Die Fahndung, die seit seiner Flucht aus der psychiatrischen Klinik in Berlin auf Hochtouren lief, brachte kein Ergebnis.

Siegfried Bacher blieb verschwunden.

Und ... eben dieser Siegfried Bacher ließ sich mit dem Geld, das er bei van der Groot gebunkert hatte und das aus verschiedenen Einbrüchen und Räubereien stammte, sein Gesicht komplett verändern. Seine Identität hatte er ebenfalls geändert.

Er war jetzt Peter Welden.

Welden verschlug es auf der Flucht durch verschiedene Bundesländer Deutschlands bis in den hessischen Odenwald, wo er zuerst in Erbach nahe dem Schloss in der Brückenstraße unterkam. Als er glaubte, die Fahnder der Erbacher Polizei seien auf ihn aufmerksam geworden, zog er schleunigst nach Dieburg in ein großes Mehrfamilienhaus.

3

Das Weingut Falkenhof lag in der Nähe des Marktplatzes in Groß-Umstadt.

Es war nicht sehr groß, nahm etwa fünf Prozent des über sechzig Hektar großen Umstädter Weinanbaugebietes ein. Der Wein war köstlich. Ganz besonders der blutrote, trockene Edle Falke, ein Spätburgunder aus der Lage Steingerück, der samtig im Glas stand und einen vortrefflichen, leichten Geschmack nach Kirschen hatte. Weinfreunde liebten diesen Wein.

Auch nicht zu verachten war der halbtrockene Kerner, ein Weisswein, den Alois Holzbichler am Herrnberg anbaute. Doch der Edle Falke war der absolute Renner.

Alois betrieb mit seinem Helfer Fritz Kunze das Weingut, dem eine Weinstube angegliedert war. Wenn sein Sohn Quirin die Gelegenheit hatte, er studierte in Berlin Sport und Germanistik, kam er nach Hause und half mit. Seine Frau Else war vor einigen Jahren gestorben. Lungenembolie nach einer vergleichsweise einfachen Operation. Eine tragische Geschichte, ein schwerer Schlag für Winzer und Sohn.

Gott sei Dank hatten sie Irina Labandowski, eine Polin, als Hauswirtschafterin beschäftigt. Irina kam kurz nach Elses Tod über ein Inserat des Winzers im *Odenwälder Bote*, dem Käsblättche, wie die Umstädter sagen, auf das Gut.

Sie war eine kleine nette etwas rundliche Frau um die vierzig mit roten Wangen und stets einem Lächeln auf dem hübschen Gesicht. Das dunkle Haar hatte sie zu einem Knoten zusammengebunden, was sie älter aussehen ließ, als sie wirklich war.

Irina war der gute Geist des Hauses, die auch in der Weinstube *Autmundisklause* mithalf. Sie war eine hervorragende Köchin. Ihre Spezialität, mit Dörrfleisch und Zwiebeln gefüllter Rollbraten, Gemüse und Salzkartoffeln oder Speckknödeln zerging auf der Zunge.

An normalen Wochentagen, wenn der Betrieb nicht so stark war, bediente sie auch. An Wochenenden oder wenn außergewöhnlich viel zu tun war, kam ihr eine Kellnerin aus Habitzheim, Erika Winter, eine ältere, resolute Dame, zur Hilfe.

Die *Autmundisklause* hatte eine schöne große Terrasse mit gemütlichen Holzstühlen und Holztischen. Eine kleine geschwungene Theke, sowie der hell gefliese Fußboden sorgten für ein gemütliches Flair. Bilder von verschiedenen Sehenswürdigkeiten Groß-Umstadts hingen an den mit Rauputz versehenen Wänden. Eines über der Eingangstür zeigte das Biet mit der Statue.

Ein Student, der als Schüler des Max-Planck-Gymnasiums öfters bei der Weinlese half und inzwischen Kunst studierte, hatte es gemalt und Alois geschenkt.

Zur Weinlese im Oktober heuerte Alois stets einige Schüler aus dem benachbarten Max-Planck-Gymnasium an. Die jungen Leute waren froh, sich ein paar Euro zu verdienen, zumal es im Weinberg ein ordentliches Essen gab, nämlich Weck, Worscht un Woi, in Groß-Umstadt bei der Weinlese Tradition.

4

Maximilian Zehner, von vielen Leuten Groschen-Max genannt, war mit Johan van der Groot unterwegs in Groß-Umstadt. Es war Samstagvormittag. Sie hatten in der Winzergenossenschaft *Vinum Autmundis* zwölf Flaschen Rotwein gekauft. Spätburgunder. Dazu zwölf Flaschen Grünen Silvaner, sowie zwölf Flaschen Stachelberg, einen süffigen, trockenen Riesling. Nachdem sie den Wein in den Kofferraum von Zehners Wagen geladen hatten, gingen sie durch Obergasse und Obere Marktstraße über den Marktplatz in die Untere Marktstraße, wo Zehner in *Gabys Kinderecke* für seine Nichte eine Winterjacke kaufte.

Zehner meinte: »Komm, Johan, wenn wir schon mal hier sind, trinken wir noch einen. In der *Autmundisklause* gibt es eine schöne Terrasse.«

»Du, ich weiß nicht. Joschi hat über die *Autmundisklause* nichts Gutes erzählt. Du weißt schon.«

»Ja, aber ein Glas Wein können wir doch trinken. Was soll da schon verkehrt sein?«

»Okay.« Der Holländer willigte ein.

Sie gingen über den Marktplatz zur Terrasse des Weinguts.

»Hier ist nix los.« Van der Groot sah Zehner von der Seite an.

»Nee, nur ein Tisch ist besetzt.« Zehner schaute auf seine Armbanduhr. »Dreizehn Uhr dreißig. Schlage vor, wir gehen rüber zur *Lustigen Reblaus*, oder?«

»Ja. Hier kommt man sich verloren vor.« Johan rümpfte die Nase. »Langweilig.«

Alois sah die zwei Männer kommen. Er eilte hinter der Theke hervor, ging auf Zehner und van der Groot zu, die unschlüssig auf der Terrasse standen.

»Bitte meine Herren, nehmen Sie Platz.« Er wies an einen Tisch mit vier Stühlen.

»Nee, danke. Vielleicht ein andermal«, winkte Zehner ab.

»Darf ich sie einladen?« fragte der Wirt. »Vielleicht für einen anderen Abend?«

Zehner zögerte, sagte dann aber zu: »Wir würden dann noch einen Freund mitbringen.«

»Natürlich. Gerne. Sagen wir morgen Abend?«

Zehner überlegte kurz: »Sonntag? Passt mir. Dir auch, Johan?«

»Kein Problem. Ich rufe Peter an.«

»Alles klar.« Zehner lächelte. Sie verabschiedeten sich: »Bis morgen.«

»Bis morgen. Wiederseh'n«, antwortete Alois, sah Zehner und van der Groot nach bis sie den Hof verlassen hatten.

»Vielleicht ist morgen mehr los als heute«, meinte der Holländer, kräuselte die Stirn.

Sie gingen zur *Lustigen Reblaus*. Hier war mehr Betrieb. Die Wirtin Valerie von Auberg begrüßte sie.

5

Am darauf folgenden Sonntag saßen die drei Männer spätnachmittags auf der Terrasse der *Autmundisklause* bei einem Schoppen Rotwein. Die mit Waschbetonplatten ausgelegte Terrasse lag geschützt hinter Thujahecken, die durch einen natürlichen Durchgang einen Blick auf den gepflegten, mit Linden- und Kastanienbäumen umsäumten Hof freigaben. Am schmiedeeisernen Geländer hingen bunt blühende Geranien in Kästen aus Terrakotta.

Auf dem mit Verbundsteinen gepflasterten Hof stand ein Traktor. In der Scheune verschiedene Wagen, eine Traubenpresse, Bütten und Werkzeuge, die in einem Winzerbetrieb gebraucht werden.

Alois Holzbichler hatte die Männer nicht ohne Grund eingeladen.

Die drei waren stadtbekannt dafür, dass sie einen guten Wein zu schätzen wussten und es ihnen nicht darauf ankam, was er kostete. Sie hinterließen in jedem Lokal, das sie besuchten, eine ordentliche Zeche. Bei ihm jedoch waren sie bisher noch nie eingekehrt, was ihn ein klein wenig ärgerte.

Hinzu kam, dass der Inhaber des benachbarten Weinlokals *Zur Lustigen Reblaus*, Joschi von Auberg, ihn immer wieder hänselte: »Na Alois, hast einfach kein Glück mit den drei Burschen. Sie sitzen wieder bei mir. Ich kann dir sagen, die können was vertragen.«

Daran dachte er jetzt. Alois knirschte mit den Zähnen, ging zur Terrasse, setzte sich zu den drei Männern. Bei Irina bestellte er eine Runde vom besten Rotwein, den Edlen Falken. Nachdem sie sich zugeprostet hatten, konnte Alois es sich nicht verkneifen, zu fragen, warum die Männer nicht schon vorher bei ihm eingekehrt waren.

»Ach wissen Sie, Herr Holzbichler, darüber möchten wir eigentlich nicht reden«, antwortete Maximilian Zehner, ein einsneunzig großer kräftiger Mann von fünfunddreißig Jahren mit langen Koteletten, langem schwarzem Haar und einem buschigen Oberlippenbart. Zur hellblauen Jeans trug er schwarze Mokassins, unter der schwarzen Lederweste ein gelbes Hemd mit weißem Kragen und weißen Manschetten.

Zehner schnupperte genüsslich am Rotwein, trank einen kleinen Schluck, fuhr sich mit der Zunge über die Lippen, neigte den Kopf: »Nicht schlecht. Ein sehr guter Roter.«

Der um einiges kleinere neben ihm, Johan van der Groot, pflichtet ihm bei. Der dritte im Bunde, Peter Welden, trank seinen Wein ohne auch nur eine Miene zu verziehen. Er gab sich völlig teilnahmslos.

»Ja, nicht wahr? Der Edle Falke ist ein Spätburgunder, und zwar ein richtig guter.«

Alois ließ immer wieder Wein von Irina bringen, so ergab es sich, dass die Männer im Laufe des Abends gesprächiger wurden. Da in der *Autmundisklause* nicht sehr viel Betrieb war, konnte sich Alois ganz den Dreien widmen. Irina schaffte den Wirtschaftsbetrieb alleine.

»Na, sagt mal«, Alois wiederholte seine Frage, »warum seid ihr nicht schon früher zu mir gekommen? Der Wein schmeckt euch doch, oder?«

»Der Wein ist nicht nur gut, er ist vom Allerfeinsten.« Maximilian Zehner hob sein Glas, prostete seinen Freunden zu.

»Um ihre Frage zu beantworten: Wir waren immer in anderen Lokalen, weil wir hörten, bei Ihnen sei es nicht so sauber. Hauptsächlich in der Küche. Das Essen sei auch nicht gerade gut.«

»Genau, genau.« Der kleine Holländer sah Zehner ergeben an, »so ist es.«

»Ich bitt´ euch. Bei uns ist alles in Ordnung. Über das Essen hat sich auch noch niemand beschwert!«

»Tja, Herr Holzbichler«, Zehner kratzte sich verlegen am Hinterkopf, »mehr möchte ich dazu nicht sagen.«

Alois Holzbichler war verblüfft, dachte: Da steckt doch der Sauhund Joschi dahinter. Dieser blöde Intrigant. Der redet immer nur schlecht über uns. Den muss ich mir wirklich mal vorknöpfen.

Er erhob sich von seinem Stuhl, sah die drei Männer entschuldigend an: »Die Pflicht ruft. Ich habe noch einiges an Büroarbeit zu erledigen.«

Alois drehte sich zu Irina, die gerade an einen der besetzten Tische eine Runde Kerner Kabinett brachte: »Bring hier an den Tisch noch drei vom Edlen Falken.« Dann verabschiedete er sich: »Schönen Abend noch, meine Herren.«

»Für Sie auch«, Zehner hob die Hand.

»Danke für den Wein. Er hat seinen Namen zu Recht. Ein wirklich edler Spätburgunder.« Er nickte Holzbichler freundlich zu.

Der Tag ging zur Neige, es wurde zunehmend dunkler.

»So, Leute, setzen wir uns drinnen noch ein bisschen an die Theke, es wird langsam kühl hier draußen«, forderte Zehner seine beiden Freunde auf. Van der Groot stand auf, Welden jedoch blieb sitzen.

»Was ist los«, knurrte Zehner, »bist wohl was Besseres, hä?«

»Ja, bist wohl was Besseres!«, wiederholte der Holländer. Zehner zog die Augenbrauen zusammen, schüttelte den Kopf.

»Ach leckt mich doch … ich hab´ keine Lust«, knurrte Welden genervt.

»Dann lass es bleiben.« Zehner und van der Groot gingen hinein, setzten sich auf die Barhocker an der elegant geschwungenen Theke.

Welden hatte gehofft, Irina würde sich kurz zu ihm setzen, wenn sie einen Moment Zeit hatte.

Da dies nicht der Fall war, stand er nach einer guten halben Stunde auf, ging auch hinein, setzte sich zu den beiden an die Theke.

Zehner und van der Groot unterhielten sich schon etwas lallend. Zehner nickte schwer:

»Na, Johan, die kleine Polin is doch hübsch. Die würde dir auch gefallen, oder?«

»Klar, Maximilian, wär' mal was«, lallte der.

Irina ging mit einem Tablett gefüllter Rotweingläser an Johan vorbei. Van der Groot gab ihr einen kräftigen Klaps auf den Hintern. Die Gläser fielen vom Tablett, schlugen auf den Boden, zersprangen in tausend Splitter.

Irina schrie auf: »Du Idiot! Bist du bescheuert?«

Der rote Wein floss über den Fußboden. Es sah aus wie Blut.

Einer der Gäste schüttelte den Kopf, sagte leise zu seinem Nachbarn: »Immer dasselbe. Der ist mir schon mal aufgefallen. Ich glaube, in der *Lustigen Reblaus*. Da wollte er sich an die Wirtin ranmachen.« Er grinste schadenfroh: »Ist aber ganz schön abgeblitzt. Warst du damals nicht dabei, Wilhelm?«

»Keine Ahnung.« Wilhelm hüstelte: »Kann mich nicht erinnern.«

»Ist ja auch egal.«

»Genau.« Wilhelm sah sich um: »Ich glaube, wir hau'n ab. Da bahnt sich was an.«

»Sieht ganz so aus. Komm.«

Sie legten Geld auf den Tisch, verließen eilig die *Autmundisklause*.

Welden ärgerte sich über van der Groot. Er schrie ihn an: »Du Blödmann. Warum lässt du Irina nicht zufrieden. Sie geht dich gar nichts an.«

»Wieso regst du dich auf? Ihr ist doch nichts passiert.« Johan wandte sich ab: »Die paar Gläser. Und außerdem, was hast du mit Irina zu tun? Was?«

Der Holländer schaute ihn grimmig an, stieß ihm

mit aller Kraft den linken Handballen gegen die Brust. Der Wein hatte ihn mutig gemacht.

Voller Wut schlug Welden dem Holländer mit der Faust ins Gesicht. Sofort schoss Blut aus der spitzen Nase des kleinen Zweiunddreißigjährigen. Mit einem lauten Aufschrei fiel er rückwärs vom Barhocker, konnte sich nicht abfangen. Er schlug hart mit dem Hinterkopf auf den Boden. Sein Blut vermischte sich mit dem roten Wein.

Benommen blieb er einige Sekunden liegen, bis ihn der kräftige Arm Zehners hochzog, ihn auf die Beine stellte.

Van der Groot zog ein kariertes Taschentuch aus der Hosentasche, hielt es unter die Nase, aus der ununterbrochen Blut lief, rieb mit schmerzverzerrtem Gesicht die Beule, die sich sofort am Hinterkopf gebildete hatte und auch ein ein wenig blutete.

Irina rief erschrocken: »Ach du lieber Gott!« Geistesgegenwärtig holte sie aus dem Verbandskasten im unteren Teil des Gläserschrankes Pflaster und Schere, schnitt mit zitternden Fingern die Haare an der blutenden Beule weg, tupfte mit einem Papiertaschentuch das Blut ab, klebte das Pflaster darauf.

»Danke.« Der Holländer setzte sich mühsam auf den Barhocker. Sein hellblaues Hemd war voller Blutflecken. Auch die Hose hatte etwas abbekommen.

Jetzt brach ein heftiger Streit zwischen den dreien aus. Irina bekam es mit der Angst. Sie lief zu ihrem Chef ins Büro im ersten Stock des Hauses, erzählte ihm, was passiert war.

Alois sah Irina ernst an: »Du bleibst hier. Du hast Feierabend. Ich kläre die Sache.«

Er erhob sich von seinem alten Holzbürostuhl, ging hinunter in die Gaststube, in der sich mittlerweile nur noch die Drei an der Theke befanden. Die anderen Gäste hatten das Geld für ihre Zeche auf den Tisch gelegt und waren gegangen.

Alois stellte sich hinter die Theke: »So, Freunde, was ist hier los? Macht ihr das immer so? Dann könnt ihr mir gestohlen bleiben!«

Er drohte ausdrucksvoll mit dem Zeigefinger: »Dann will ich keinen von euch mehr hier sehen. Ist das klar?«

Alois Holzbichler, Schultern wie ein Schrank, einen ordentlichen Bauchumfang, war einsfünfundneunzig groß. Ein Hüne.

Er stammte aus Rosenheim in Oberbayern, sollte eigentlich die heimische Brauerei übernehmen. Als junger Mann von fünfundzwanzig lernte er auf dem Oktoberfest in München Else Franke aus Groß-Umstadt kennen. Sie heirateten dort zwei Jahre später. So kam der Urbayer in den Odenwald, wo er nach dem Tod ihrer Eltern mit seiner Frau den Winzerbetrieb übernahm.

Holzbichler sah die Männer mit entschlossenem Blick an: »Jetzt ist für euch hier einiges zu tun. Ihr macht mir den Fußboden sauber. Hinter dem Lokal in der Kammer könnt ihr euch die nötigen Sachen holen. Es ist alles da.« Alois grinste böse, fuhr sich mit der rechten Hand über die Glatze, auf der dicke Schweißperlen standen. Er wischte sich die Hände an seiner dunkelblauen Jeans ab.

»Los, macht schon.« Zehner sah Welden und van der Groot mit durchdringendem Blick an.

Welden schüttelte den Kopf, seine Augen wurden zu kleinen Schlitzen: »Ich nicht! Ist nicht mein Blut.«

Van der Groot, die Nase hatte mittlerweile aufgehört zu bluten, stand von seinem Hocker auf, wankte in die Kammer, holte die nötigen Sachen, machte sich maulend daran, den Fußboden zu säubern.

Nach getaner Arbeit setzte er sich wieder auf den Barhocker.

Alois war nun ruhiger, schenkte den Männern neuen Wein ein.

Anfangs ging es noch friedlich zu, doch plötzlich fingen die drei wieder an, heftig zu streiten, wobei immer wieder die Namen Irina und Valerie fielen. Zehner wurde handgreiflich, schnappte Welden am Hals, drückte fest zu. Dieser ließ sich nichts gefallen, haute Zehner mit der Faust unters Kinn.

Zehner schüttelte sich, blieb aber auf dem Hocker sitzen. Er schlug wutentbrannt zurück, traf Welden am linken Oberarm.

Der dürre Holländer hielt schützend die Hände vors Gesicht. Er hielt sich raus, hoffte, ungeschoren zu bleiben.

Alois konnte überhaupt nicht reagieren, so schnell ging alles.

Plötzlich ging die Tür auf. Ein kräftiger Mann mit buschigem Bart und blonden langen Haaren kam herein, zog die schwarze Lederjacke aus, auf deren Rücken der Schriftzug *Horex for ever* mit silbernen Nieten geschrieben stand, hängte sie an der Garderobe an einen Haken. Der Pfarrer!

Er kräuselte die Stirn, schüttelte stumm den Kopf. Dann setzte er sich zu den streitenden Männern an die Theke, versuchte, sie zu beruhigen, was ihm auch nach einiger Zeit gelang. Sie ließen voneinander ab. Er sah van der Groot von der Seite an: »Was ist mit ihrem Hemd? Das ist ja voller Blut!«

»Bisschen Nasenbluten. Nicht schlimm.« Der Holländer winkte ab.

»Na ja. Bisschen?« Der Pfarrer grinste. »Herr Wirt, bitte einen Edlen Falken.«

»Sofort, Herr Pfarrer.« Alois Holzbichler brachte den gewünschten Wein.

Pfarrer Matthias Armknecht hatte mit einer Größe von einsachtundachtzig die bullige Figur eines Schwergewichtboxers. Er war bekannt dafür, dass er gerne einen guten Spätburgunder trank, was auch seine große, gerötete Nase bezeugte.

Seine Gemeinde hatte damit keine Probleme, denn er stand jedem zur Seite, der Hilfe brauchte.

Eben ein guter Seelsorger, die Leute mochten ihn. Vielleicht auch gerade deshalb, weil er so gesellig war.

Jedermann in Groß-Umstadt schmunzelte, wenn die Rede auf den Pfarrer kam. So wurde der Spruch von der *Odenwälder Weininsel* im ganzen Umkreis bekannt: Unsern Parrer hott en Zinke wie en Woibauer.

***

Pfarrer Armknecht spielte in seiner Freizeit, meistens Samstags abends, im Jazzkeller *La Plaza Latina* in der Band Stoker mit. Er beherrschte mehrere Instrumente, mit dem Saxofon war er jedoch unschlagbar.

Er hatte noch ein Hobby: Seine schwarze, blankpolierte Horex Regina 350, Baujahr 1953 mit dem silbernen Tank, vielen verchromten Teilen und dem silbernen Steib-Seitenwagen. Mit diesem Motorrad fuhr er zum Gottesdienst, auch zu Proben oder Konzerten mit der Jazzband.

Den Seitenwagen benutzte er als Transportmittel für seine Instrumente ... oder für alle Utensilien, die er für den Gottesdienst benötigte ... oder für diejenigen seiner Schäfchen, die nicht mehr so gut zu Fuß waren.

***

Was sich jetzt an der Theke abspielte, konnte er fast nicht glauben. Peter Welden, dem man ansah, dass er sehr verärgert war, trank innerhalb kurzer Zeit vor lauter Wut mindestens sechs Schoppen Edlen Falken. Welden war einsachtundsiebzig groß, schlank, hatte eine lange spitze Nase. Sein Schädel war kahlrasiert. Er war einundvierzig, machte einen ruhigen Eindruck. Ein aalglatter Typ. Er trug eine helle Leinenhose, ein dunkelbraunes T-Shirt mit dem Konterfei der Hardrockband Iron Maiden. Auf seinem linken Oberarm war ein Totenkopf tätowiert.

Der Pfarrer sah ihn verblüfft an: »Mein Gott! Sie können aber allerhand vertragen!« Er war erstaunt darüber, dass Welden so gerade an der Theke stand.

Welden sah zwar etwas ramponiert aus, aber er stand noch.

»Wisssen Sie, Hochwürden«, jetzt wurde die Zunge Weldens doch etwas schwer. Er verzog das Gesicht, deutete mit dem rechten Zeigefinger gegen die Decke: »Sie halten s-sich an ihren Chef da oben, ich halt mich a-an der Theke fest.« Er rutschte aus, fiel rückwärts um und blieb wie bewusstlos liegen.

Alois eilte hinter der Theke hervor, versuchte, ihn hochzuheben. Mit des Pfarrers Hilfe gelang es. Sie legten ihn auf die Bank hinter den Stammtisch, wo Welden kurz aufwachte, sich unsicher umschaute, den Kopf zur Seite legte, sofort wieder einschlief.

Seine Freunde, die ebenso betrunken waren, kümmerten sich keinen Deut um ihn. Es schien, als hätten sie das alles gar nicht mitbekommen.

Jetzt beschloss Alois, das Ganze zu beenden, indem er laut rief: »Feierabend! Es reicht für heute.«

Die beiden Zecher nickten schwer, gingen zu Welden, der laut schnarchend auf der Bank lag, wollten ihn hochheben, schafften das aber nur mit Hilfe des Pfarrers, der einen vernichtenden Blick auf die betrunkenen Männer warf.

Nachdem Zehner die gesamte Zeche bezahlt hatte und sie endlich aus der Tür draußen waren, sah der Wirt den Pfarrer an: »Einen trinken wir noch, Herr Pfarrer, oder?«

»Ja, gerne, Herr Holzbichler, einer geht noch.« Pfarrer Armknecht trank sein Glas aus, stellte es auf die Theke. Holzbichler schenkte dem Pfarrer und sich einen Roten ein. Sie prosteten sich zu, rochen die duftende Blume des wunderbaren, blutroten Spätburgunders, tranken beide genüsslich einen kleinen Schluck.

»Dieser Duft! Dieses Aroma! Der Edle Falke ist einfach eine Klasse für sich. Wahrlich, wahrlich.«

»Tja, Herr Pfarrer, Sie haben recht. Da kommt der Rotwein von der *Lustigen Reblaus* nicht mit.«

»Apropos *Lustige Reblaus*. Wie verstehen Sie sich denn mit dem Wirt Joschi von Auberg? Läuft das in gut nachbarlichen Bahnen?« Der Pfarrer sah Alois freundlich an. »Ich meine, Sie beide sind ja eigentlich Konkurrenten, oder?« Auf die Qualität des Rotweines von der *Lustigen Reblaus* wollte er nicht eingehen.

»Ooch na ja, es ist eigentlich alles in Ordnung zwischen uns. Er ist halt manchmal ein bisschen provozierend. Aber das macht nichts.« Alois winkte ab. »Darüber stehe ich.«

»Na, dann ist es ja gut.« Der Pfarrer rieb sich die rote Nase. »Es geht nichts über eine friedliche Nachbarschaft. Prost, Herr Holzbichler.« Er hob sein Glas, trank es leer.

»Wohl sein, Hochwürden.«

Alois füllte das Glas des Pfarrers nach.

»Sagen Sie, Herr Holzbichler, wie heißen denn die drei Männer, die sich vorhin gestritten haben? Ich habe sie schon gesehen, aber ihre Namen kenne ich nicht.« Pfarrer Armknecht schürzte die Lippen, trank eine Schluck.

»Warum wollen Sie das wissen, Herr Pfarrer?«

»Ist eigentlich nicht wichtig, aber ich weiß immer gerne, mit wem ich es zu tun habe.« Er räusperte sich. »Ganz besonders bei solchen, ich will mal sagen, Geselligkeiten.«

Holzbichler schmunzelte. Er nannte dem Pfarrer die Namen.

»Ah ja!« Der Pfarrer sah auf seine goldene Taschenuhr, trank seinen Wein aus. »So, nun muss ich aber nach Hause. Es ist spät.« Er zog sein Portemonnaie aus der Gesäßtasche, wollte bezahlen.

»Lassen Sie nur, Herr Pfarrer. Geht aufs Haus.« Der Pfarrer bedankte sich, ging zur Garderobe, nahm seine schwarze Lederjacke vom Haken.

»Wünsche eine angenehme Nachtruhe.«

»Gute Nacht.« Alois Holzbichler ging mit zur Tür, um abzusperren. Pfarrer Armknecht ging in den Hof, wo er auf einem der Parkplätze unter einer Laterne die Horex abgestellt hatte. Er setzte den Helm auf, der am Spiegel des Motorrades hing, startete mit dem Kickstarter, setzte sich auf die Maschine, fuhr los, knapp vorbei an dem Klohäuschen mit dem Herzen in der Holztür.

»Ist schon ein Unikum, unser Herr Pfarrer.« Der Wirt sah dem Davonfahrenden lächelnd nach: »Ja ja, der gute Edle Falke.«

Er sperrte die Tür der *Autmundisklause* ab, ging nach oben in seine Wohnung, legte sich schlafen.

***

Zehner und van der Groot fuhren nach Hause. Welden jedoch wartete noch einige Minuten, dann wankte er langsam zur *Lustigen Reblaus*. Ihn zog es zu Valerie, die er auf dem Dieburger Schlossgartenfest im vergangenen Sommer kennen gelernt hatte. Er hatte sich auch schon ein paar Mal mit ihr verabredet, wobei sie meistens miteinander schliefen. Sie schwärmte ihm vor, dass es mit keinem Mann so schön sei wie mit ihm.

»Du machst mich immer wieder glücklich«, stöhnte sie, wenn sie in seinen Armen lag.

Valerie wollte gerade schließen, ging hinaus auf die Straße, um frische Luft zu schnappen, als sie ihn kommen sah. Welden schwankte ziemlich. Sie wartete einen Moment, dann ging sie auf ihn zu: »Sag mal, bist du verrückt geworden, hier einfach aufzutauchen?«

»Klar bin ich das! Ich bin verrückt! Verrückt nach dir!« Er schaute sie mit trüben Augen an.

»Du bist betrunken. Geh nach Hause. Wir können uns morgen früh unterhalten. Um acht Uhr in Dieburg auf dem Parkplatz am Landratsamt, okay?«

»Ja, um acht.«

»Soll ich dir ein Taxi rufen?«

Er nickt müde. »Tassi wäre gut«, nuschelte er.

»Also dann.« Sie ging zurück, sperrte die Weinstube ab, rief ein Taxi für Welden, legte sich ins Bett. Ihr Mann Joschi lag schlafend auf dem Rücken, stammelte unverständliches Zeug. Sie schloss die Augen, atmete tief durch. Dann schlief sie ein.

Valerie von Auberg war eine ungewöhnlich attraktive Frau mit kastanienroten langen Haaren, die ihr sanft über die Schultern flossen. Sie war neununddreißig Jahre alt, hatte dunkelbraune Augen, Wespentaille, einen nicht allzu großen Busen, hübsche schlanke Beine, liebte Schmuck. Mit Vorliebe trug sie kurze Röcke und taillierte Blusen, die ihre Figur vorteilhaft zur Geltung brachten, sowie hochhackige Schuhe. Auch verstand sie es, sich exzellent zu schminken. Sie wusste genau, wie sie auf Männer wirkte, nutzte dies immer wieder aus.

6

Am nächsten Morgen fuhr Valerie, bevor sie einkaufen ging, nach Dieburg, traf sich mit Welden.

Sie fuhr ihn an: »Hör zu! Wenn du wieder bei mir auftauchst, dann wenigstens nüchtern. Klopf dreimal an die Tür, wenn das Lokal schon geschlossen ist. Wenn ich nicht öffne, ist mein Mann zuhause.«

»Okay, Valerie. Einverstanden.« Welden nickte. »Aber was ist mit Zehner? Der stellt dir doch nach, oder?«

»Ach der!« Sie machte eine wegwerfende Handbewegung. »Ja, er stellt mir nach, aber das ist nicht von Bedeutung.« Sie sah Welden in die Augen. »Mach dir nichts draus.«

»Und dein Mann? Ist es ihm egal, wenn du mit anderen Männern flirtest?«

»Joschi? Ich glaube nicht, dass er es merkt. Er ist viel zu sehr mit sich selbst beschäftigt. Mit der Weinstube, mit dem Gesangverein und so fort. Nein, nein, der merkt nichts. Bestimmt nicht.«

Welden sah sie lange an: »Komm mit!«, forderte er sie plötzlich auf. »Komm mit zu mir nach Hause.«

»Jetzt?«

»Ja, jetzt! Jetzt gleich!«

Sie zögerte. »Ich habe nicht viel Zeit.«

»Hauptsache, du kommst mit.«

»Okay«, sagte sie kurz entschlossen, »ich fahre hinter dir her.«

Welden setzte sich auf sein Motorrad, startete, fuhr zu dem Haus in der Kettelerstraße, wo er wohnte. Valerie folgte ihm, stellte den Wagen auf dem Parkplatz vor dem Haus ab. Welden parkte die Moto Guzzi in der Garage.

Sie gingen nach oben in seine Wohnung im ersten Stock. Das Wohnzimmer war freundlich eingerichtet. Eine Dreisitzercouch, sowie ein Sessel aus braunem Nubukleder standen um den Tisch aus hellem Ahorn. Der Flachbildfernseher, über dem ein Bild mit vier Löwinnen hing, befand sich auf einem Schränkchen, wo eine kleine Sony-Stereoanlage und ein DVD-Rekorder von Philips untergebracht waren. Helle Vorhänge mit beigen Übergardinen hingen vor beiden Fenstern und der Balkontür. Die Wände waren mit hellgelber Raufaser tapeziert.

Welden bot Valerie einen Platz auf der Couch an, setzte sich neben sie, legte den Arm um ihre schlanken Hüften. Er küsste sie zärtlich auf den Mund. Sie umarmte ihn, erwiderte seinen Kuss. Langsam entkleideten sie sich gegenseitig.

In der nächsten Stunde vergaßen sie alles um sich herum.

Später zogen sie sich an, setzten sich an den kleinen Tisch auf dem Balkon, tranken Milchkaffee. Rosenduft aus dem benachbarten Vorgarten wurde von einem seichten Wind herüber getragen. Welden legte den linken Arm um Valeries Schultern, zog sie sanft an sich. Er zündete sich eine Marlboro an, blies kleine Ringe in die Luft.

Valerie umarmte ihn, flüsterte: »Es ist immer wieder schön mit dir.« Sie genossen die Stille.

Später sah sie auf ihre goldene *Versace*-Armbanduhr: »Du liebe Zeit. Schon nach zehn! Jetzt muss ich aber gehen.« Sie trank ihre Tasse aus.

»Schade, Valerie. Kannst du nicht noch ein bisschen bleiben?« Er streichelte ihr zärtlich übers Gesicht.

»Tut mir Leid, Peter, aber es geht nicht. Ich muss noch einkaufen. Außerdem wartet Joschi. Ein andermal wieder, ja?«

Sie küsste ihn auf den Mund.

»Okay. Ich bring' dich runter.« Er begleitete sie die Treppe hinunter. An der Haustür küsste sie ihn noch einmal. Dann setzte sie sich in ihren roten Alfa Romeo Spider, fuhr davon.

Welden sah ihr verliebt nach. Er spürte, dass er ihr längst verfallen war. Er war so erregt, dass ihm plötzlich übel wurde. Sein Magen rumorte.

Welden wollte eigentlich nach Darmstadt fahren, wo er Arbeit in einem großen Verbrauchermarkt gefunden hatte. Er war an diesem Tag nicht dazu in der Lage, meldete sich krank.

7

Maximilian Zehner hatte schon lange ein Auge auf die hübsche Wirtin der Weinstube *Zur Lustigen Reblaus* geworfen, was ihrem Mann Joschi nicht verborgen geblieben war. Argwöhnisch beobachtete er ihn schon seit einigen Wochen. Er war sicher, dass seine Frau etwas mit Zehner hatte, konnte aber nichts nachweisen.

Dienstagabends, Joschi war auf einer Vorstandssitzung des örtlichen Gesangvereins Harmonie, kam Zehner mit Johan van der Groot ins Lokal. Sie setzten sich an die Theke, Zehner bestellte Spätburgunder für sich und van der Groot. Nach einigen Gläsern ging er in die Offensive, versuchte mit Valerie, die hinter der Theke ausschenkte, zu flirten, was sie zunächst ignorierte.

Der kleine Holländer bemerkte dies mit Genugtuung, denn er war ebenfalls in Valerie verliebt. Er grinste in sich hinein, verhielt sich ganz still.

Zu später Stunde, gegen 23.30 Uhr, waren nur noch wenige Gäste im Lokal. Van der Groot hatte mittlerweile so viel Wein getrunken, dass er den Kopf auf die Theke gelegt hatte und eingeschlafen war.

Zehner sprach erneut die Wirtin an. Inzwischen hatten die letzten Gäste das Lokal verlassen. Valerie bedeutete ihm, ihr zu folgen.

Zehner sah van der Groot einige Sekunden an, dann verschwand er mit der Wirtin in einem Nebenzimmer.

Flüstern, Stöhnen drang in den Gastraum, was den Holländer nicht störte. Er schlief tief, sah einmal blinzelnd auf, schlief gleich wieder ein.

»Wann kommt dein Mann nach Hause?« Zehner zog schwer atmend die Jeans hoch, sah Valerie fragend an.

Sie holte tief Luft, blies sie ganz langsam aus, strich

über ihre roten Haare. »Keine Ahnung. Das kann noch dauern. Am liebsten wäre mir, wenn er überhaupt nicht mehr käme. Ich brauch ihn nicht.« Sie streichelte Zehner über die behaarte Brust.

»Mit dir ist es doch viel schöner. Du bist ein attraktiver Mann. Joschi ist dagegen ...« Sie winkte ab, schlüpfte in ihren roten Rock, ordnete die weiße Bluse.

Zehner zog sein hellblaues Hemd an. »Seit ich dich kenne«, bekannte er, »und das sind immerhin schon einige Wochen, freue ich mich immer wieder, mit dir zusammen zu sein. Ich bin ganz verrückt danach.« Er küsste sie auf die Wange.

»Ja, Maximilian.« Sie schaute ihn zärtlich an. »Mir geht es genau so. Mit dir zusammen zu sein ist ... ich weiß nicht ... ich kann es nicht ausdrücken. Es ist einfach nur toll. Immer wieder.« Sie küsste ihn mit geschlossenen Augen lange auf den Mund, fügte dann leise hinzu: »Den Joschi kannst du vergessen. Er spielt in meinem Leben keine Rolle mehr. Wenn er nicht mehr da wäre, wäre es umso besser.« Sie sah Zehner lauernd von der Seite an. »Oder was meinst du?«

Maximilian Zehner überkam ein seltsames Gefühl, er gab keine Antwort.

Als sie in die Weinstube zurückkamen, stellte er sich neben van der Groot, weckte ihn: »Los, Johan, wach auf. Wir müssen geh′n. Frau von Auberg möchte schließen. Wir sind die Letzten.«

»Is gut, Maximilian.« Van der Groot hob den Kopf, rülpste laut, erhob sich gähnend.

Mit einem »Gute Nacht, Valerie« verabschiedete sich Zehner.

Valerie lächelte, ging zur Tür, um abzuschließen: »Gute Nacht, Maximilian.«

»Maximilian? Seit wann seid ihr den p-per Du?« Der Holländer sah seinen Freund mit großen, glasigen Glubschaugen fragend an.

»Lass gut sein, Johan. Erzähl ich dir ein andermal.«

Sie gingen auf die nächtliche Straße hinaus. Die Beleuchtung der Straßenlampen spiegelte sich auf dem Asphalt, da es ein bisschen geregnet hatte. Ein leichter Südwind wehte durch die engen Gassen von Groß-Umstadt. Es war kurz vor eins.

Joschi hatte den Heimweg angetreten. Mit einigen Sangesbrüdern hatte er im Vereinslokal des Gesangvereins Harmonie nach der Sitzung noch einen getrunken. Umstädter Wein. Spätburgunder, versteht sich.

Zehner stieg in seinen metallicblauen BMW 525, öffnete die Beifahrertür, ließ van der Groot einsteigen. Er startete, fuhr nach Lengfeld, wo der Holländer in der Hindenburgstraße ausstieg. Van der Groot wohnte dort in einem Altbau zur Miete.

***

Zehner war mit Johan van der Groot kaum weggefahren, als Welden vor der Tür der *Lustigen Reblaus* aufkreuzte. Er hatte beobachtet, wie Zehner mit van der Groot aufgebrochen war.

Welden klopfte dreimal, das verabredete Zeichen.

Sofort kam Valerie an die Tür, öffnete. »Komm! Schnell!«

Zehner fuhr anstatt nach Hause noch einmal nach Groß-Umstadt zurück. Er dachte ununterbrochen an Valerie.

Unterwegs sah er Joschi, der auf dem Weg nach Hause war. »Mist«, brummte er laut, »der hat´s mir jetzt aber versaut.« Er fuhr heim.

Zehner wohnte in Nieder-Klingen in der Schützenstraße. Dort hatte er zusammen mit seiner Frau Rosemarie vor fünf Jahren ein Haus gekauft. Seit zwei Jahren waren sie getrennt. Rosemarie war über Nacht verschwunden. Sie hatte ihn nach vielen Streitigkeiten, hauptsächlich wegen seiner Affären mit anderen Frauen verlassen. Er hatte nie wieder etwas von ihr gehört.

***

Welden war mit Valerie nach nebenan gegangen. Sie umarmten sich, küssten sich lange. Welden wollte mehr, sie aber wehrte ihn sanft ab: »Jetzt bitte nicht, Peter.«

»Aber warum denn nicht?«, fragte er erstaunt. »Ich liebe dich doch.«

Sie wies auf einen Stuhl an einem kleinen, runden Tisch: »Setz dich.« Sie nahm ihm gegenüber Platz.

Peter Welden setzte sich, sah sie gespannt an: »Was ist los, Valerie?«

»Ich liebe dich ja auch.« Valerie beugte sich vor, küsste ihn auf die Wange.

»Aber ...« Sie stockte, strich sich verlegen mit der rechten Hand durch die langen roten Haare.

»Was aber?«

»Na ja. Ich habe ein Problem«, sagte sie leise.

»Was für ein Problem? Kann ich dir helfen?«

»Ja. Du könntest mir vielleicht helfen. Nur ...« Sie machte eine Pause, sah verlegen auf den hellbraun gefliesten Boden.

»Jetzt sag schon, Valerie. Was kann ich für dich tun?«

»Das ist viel verlangt. Zu viel!«

»Sag schon.«

»Würdest du wirklich ... auch fast Unmögliches für mich tun?« Ihre Stimme war noch leiser als zuvor.

Sekunden später hörten sie, wie die Tür des Gastraumes aufgeschlossen wurde. Valerie erschrak, ihr Herz klopfte laut: »Oh mein Gott! Joschi!«

Welden fuhr zusammen. Sie verhielten sich ganz

still, warteten einen Augenblick, dann flüsterte Valerie: »Du musst weg! Beeil dich!«

Sie öffnete leise das Fenster. Peter Welden fasste sich, stand auf, sprang durch das geöffnete Fenster auf den Bürgersteig.

Er eilte zu seiner Moto Guzzi, die er am Marktplatz abgestellt hatte, raste davon. Valerie wartete, bis ihr Mann die Treppe hoch ins Schlafzimmer gegangen war. Sie ging in die Küche, räumte Geschirr weg. Dann löschte sie das Licht, ging nach oben ins Schlafzimmer, wo Joschi bereits eingeschlafen war. Er nuschelte leise vor sich hin. Sein Atem roch nach Wein. Sie knipste ihr Nachttischlämpchen an, schlug die Bettdecke zurück.

»Ein Glück, dass er betrunken ist«, murmelte sie, zog sich aus, schlüpfte in ihren hellblauen Seidenpyjama, blieb einige Sekunden vor dem Bett stehen.

Verächtlich sah sie auf ihn herab, zischte leise: »Mein Gott, wie ich dich hasse!« Angewidert legte sie sich, ihm den Rücken zudrehend, hin, deckte sich zu, knipste das Lämpchen aus.

8

Zwei Tage später kam mit seinem alten dunkelgrünen VW Golf Kombi gegen elf Uhr der Sohn Alois Holzbichlers, Quirin, mit seiner Freundin Natalia nach Groß-Umstadt. Den Golf hatte er irgendwann einem Jagdpächter aus Otzberg abgekauft.
Sie wollten das Gross-Umstädter Winzerfest besuchen, später seinem Vater bei der Weinlese und im Lokal helfen. Zur Zeit der Weinlese ist natürlich in der *Autmundisklause* mehr Betrieb als gewöhnlich.

Alois freute sich außerordentlich darüber, seinen Sohn nach langer Zeit wieder zu sehen, begrüßte ihn herzlich, ebenso Natalia, die er noch nicht kannte.

Quirin war siebenundzwanzig Jahre alt, schlank,

hatte braune Haare, grüne Augen. Sein Gesicht wirkte, wie das Natalias, etwas eingefallen.

Natalia war fünfundzwanzig, klapperdürr, hatte lange, schwarze, strähnige Haare, war auffallend blass im Gesicht. Sie studierte Biologie und Mathematik, ebenfalls in Berlin, an der selben Uni wie ihr Freund.

»Na, Vater, wie geht's? Was macht der Betrieb? Läuft alles gut?«, wollte Quirin wissen.

»Na ja, so la la. Mal gut, mal weniger gut.«

»Das klingt ja nicht gerade überzeugend, oder?«

Alois nickte, kratzte sich an der linken Schläfe, erzählte seinem Sohn und dessen Freundin, dass der Nachbar von der *Lustigen Reblaus* immer wieder Schwierigkeiten machte. Er verbreite Gerüchte, um Gäste in seine Weinstube zu locken.

»Kurz und gut, der versteht es einfach, die *Autmundisklause* in ein schlechtes Licht zu rücken.«

»Das würde mir stinken. Mein lieber Mann!« Quirin zog die Stirn in Falten.

»Was glaubst du, wie mir das stinkt? Der wird immer frecher. Arrogant ist er dazu. Seine Frau, die Valerie, die ...«, er winkte ab, »na ja, reden wir nicht darüber.«

»Also, ich würde mir das nicht so einfach gefallen lassen.« Natalia drehte sich eine Zigarette. »Dem würde ich das heimzahlen. Aber wie!« Sie machte die Handbewegung des Halsabschneidens.

»Na na, nun sei mal nicht ganz so radikal.« Alois dachte kurz nach. »Aber ihr habt recht. Der Joschi muss einen Denkzettel bekommen.«

»Genau.« Quirin rieb sich am Kinn. »Nur ... wie stellen wir das an?«

»Das lass mal meine Sorge sein, mein Sohn. Mir wird schon was einfallen. So, nun lasst uns erst mal etwas essen und einen guten Schoppen Wein trinken.« Er machte eine kurze Pause, räusperte sich. »Aber mal andersrum gefragt: Wie geht es dir? Was macht das Studium? Hab lange nichts von dir gehört.«

»Na ja, weißt du, es wird so langsam. Ist aber noch ′ne Menge zu tun. Auch bei Natalia.« Er sah seine Freundin von der Seite an: »Gell?«

»Ja ja. Klar«, antwortete Natalia sichtbar gelangweilt.

Alois stutzte, klopfte seinem Sohn auf die Schulter. »Wird schon, Quirin, wird schon. Wir unterhalten uns später.«

Mittlerweile hatte Irina die *Autmundisklause* geöffnet. Sie setzten sich an einen der Tische, Alois bestellte eine gemischte Fleischplatte mit Gemüse und Bouillonkartoffeln sowie für jeden einen Schoppen Edlen Falken. Nach und nach kamen einige Gäste zum Mittagessen.

Quirin erhob sich während des Essens von seinem Stuhl, ging über den Hof, um sich den Mittagsbetrieb in der *Lustigen Reblaus* anzusehen. Durch die offene Tür konnte er in den vorderen Teil der Weinstube blicken. Feiner heller Marmorboden. An den Wänden mit grobem weißem Rauputz hingen Bilder aus dem alten Umstadt.

Hinter der dunkelbraunen Holztheke schenkte mit mürrischem Gesicht ein schmaler Mann mit Stirnglatze und etwas längeren, rötlichen, zurückgekämmten Haarsträhnen Wein aus. Das blaue Hemd hing an ihm, als sei es zwei Nummern zu groß. Er trug eine schwarze Hornbrille, die seine ausgeprägten Tränensäcke etwas verbarg. Joschi von Auberg.

Eine attraktive, rothaarige Frau bediente die Gäste. Das Lokal war gut besetzt. An zwei Sechsertischen saßen Handwerker in blauen Latzhosen beim Weißwein, warteten auf ihr Essen. Vier Pärchen belegten zwei kleinere Tische. An der großen Theke standen vier junge Männer, tranken Rotwein. Quirin sagte leise: »Mein lieber Scholli, ich glaube, Vater macht was falsch.«

In diesem Moment sah Joschi ihn. Der Wirt ging vor die Tür, rieb sich die Hände: »Du bist doch der junge Holzbichler!« Er hob den Kopf, sah Quirin von oben herab an: »Du kannst deinem alten Herrn sagen, dass er seinen Laden bald dicht machen kann. Ist ja auch kein Wunder bei so einer miserablen Küche.«

Er verzog spöttisch den Mund: »Ich werde ihn vernichten wie eine Laus! Das kannst du ihm ausrichten, dieser Flasche.« Er grinste. »Du bist auch nicht besser. Ich weiß genau, dass ihr nichts arbeiten wollt, ihr faules Pack. Dein Alter lässt den armen Fritz und die Polin richtig schuften. Er liegt auf der faulen Haut. Du drückst dich sonst wo rum.« Dann fügte er zornig hinzu: »So, jetzt scher dich zum Teufel, du Penner! Verschwinde dahin, wo du hergekommen bist, mitsamt deiner dürren Freundin!«

Quirin packte Wut, aber er sagte keinen Ton. Er wartete einen Moment, bis er sich ein wenig beruhigt hatte. Dann ging er nachdenklich, immer noch innerlich aufgewühlt zurück, setzte sich wieder auf seinen Platz, schob seinen noch halb vollen Teller beiseite. Der Appetit war ihm gründlich vergangen.

»Was ist los?« Sein Vater hob den Kopf.

»Bin satt.«

»Ach ja? Mhm.«

»Ja!«, sagte Quirin laut.

Irritiert sah ihn seine Freundin an.

9

Nachmittags gegen 16 Uhr war Julius Ettinger mit seinem alten rostigen Fahrrad unterwegs zu einem Freund, der in Kleestadt, einem Stadtteil von Groß-Umstadt, Am Heimgesberg wohnte. Er fuhr durch die

Sudetenstraße, als eine blonde junge Frau aus einem zitronengelben VW Beetle Cabrio stieg. Ettinger sagte zu sich: »Das ist doch eine der beiden Kellnerinnen des Jazzkellers in Groß-Umstadt.« Da er oft im Jazzkeller verkehrte, kannte er die blonde Kellnerin.

Ein weißer VW Touareg hielt knapp hinter der Blondine. Der Fahrer, ein schmaler Mann stieg aus, nahm sie am Arm, sprach eindringlich auf sie ein. Er trug eine braune Lederjacke. Auf seinem Kopf saß eine Bollermütze, ebenfalls aus braunem Leder. Ettinger hielt in einiger Entfernung an, hörte, wie der Mann sagte: »Stell dich nicht so an. Ich krieg´ dich sowieso.«

Wer es war, konnte er nicht erkennen, weil der Mann mit dem Rücken zu ihm stand.

Die junge Frau riss sich los, rannte eilig ins Haus. Der Mann setzte sich in den Touareg, fuhr schnell davon. Julius Ettinger machte sich keine weiteren Gedanken.

10

Valerie von Auberg rief am gleichen Tag nachmittags Peter Welden auf dem Handy an.

»Komm heute Abend zum Parkplatz am Schwimmbad. Wir müssen reden.«

»Umstadt oder Dieburg?«

»Umstadt. Neunzehn Uhr.«

»Ich komme.« Welden freute sich, dass sie sich meldete.

Um kurz vor 19 Uhr traf er mit der Moto Guzzi auf dem Parkplatz ein. Das Schwimmbad war geschlossen. Die Saison war vorbei. Valerie war bereits da, stieg aus ihrem roten Alfa. Sie umarmte ihn, begrüßte ihn mit einem langen Kuss.

Er erwiderte ihren Kuss, roch ihr Parfüm, schaute sie lächelnd an: »Du siehst bezaubernd aus.«

»Es freut mich, wenn ich dir gefalle«, antwortete sie mit einem Augenaufschlag.

Er fasste sie zärtlich um die Schultern, Valerie umschlang mit dem linken Arm seine Hüften. Sie gingen weiter zum Ludwig-Wedel-Stadion, setzten sich dort auf eine Bank, küssten sich erneut, streichelten sich. Welden lehnte sich gegen die Rückenlehne der Bank, Valerie setzte sich, ihren schönen Körper ihm zugewandt auf seinen Schoß. Sie küsste ihn immer wieder, brachte ihn schier um den Verstand, sagte leise, wobei sie sein Hemd aufknöpfte und ihm mit einer Hand zärtlich über die Brust streichelte: »Ich fragte dich, ob du mir einen Gefallen tun würdest. Erinnerst du dich?«

»Ja«, stöhnte Welden mit geschlossenen Augen.

»Ob du fast Unmögliches für mich tun würdest.« Sie bewegte sich langsam und intensiv auf seinem Schoß, öffnete Knopf für Knopf ihre hellblaue Bluse.

»Alles was du willst«, entgegnete Welden atemlos, umfasste ihre schlanken Hüften.

Sie schaute ihm tief in die Augen: »Ich halte es mit meinem Mann nicht mehr aus. Ich kann dieses Ekelpaket nicht mehr riechen«, flüsterte sie heiser. »Bring ihn um! Dann bin ich für dich frei.«

Welden war über alle Maßen erregt. Er registrierte nicht gleich, was sie sagte.

Valerie flüsterte eindringlicher: »Bring Joschi um.«

Welden riss die Augen auf, sah sie entsetzt an. Er war so erschrocken, dass er nur stotternd hervorbrachte: »Wa-Was? Was soll ich? Deinen Mann umbringen?« Er schlug die Hände vor sein Gesicht. »Das kannst du nicht im Ernst von mir verlangen!«

Sie erhob sich von seinem Schoß. »Das ist der Preis, mein Lieber. Überlegs dir.«

Welden richtete sich auf: »Aber Valerie, ich kann doch nicht …!«

»Dann halt nicht!« Sie sah ihn kalt an. »Geh jetzt!«

»Aber, Valerie, so geht das doch nicht ...«
»So geht das Spiel.«
Welden schüttelte den Kopf, stand auf, setzte sich auf die Moto Guzzi, fuhr verstört davon. Es war 20.10 Uhr.

11

Quirin machte sich Sorgen um seinen Vater. Er wusste, dass dieser Probleme mit dem Herzen hatte. Hinzu kamen die Existenzängste.

»Mit Joschi von Auberg muss wirklich was passieren. So geht das nicht.« sagte er sich entschlossen.

Er saß auf dem alten Drehstuhl an dem kleinen Schreibtisch in seinem ehemaligen Jugendzimmer im Obergeschoß des Hauses, hatte den Kopf in beide Hände gestützt. »Wo bleibt Natalia bloß? Sie wollte doch nur einkaufen gehen. Jetzt ist sie schon seit drei Stunden weg. Es ist nach sechs.«

Die gelbe Schreibtischlampe, die an der Tischplatte festgeklemmt war, wackelte noch wie früher. So wie der Tisch. Auch der alte Schrank aus dunkelbraun lackierten Pressspanplatten wackelte. Der stand früher fest. Das schräge Dachfenster sah noch genauso aus, wie er es in Erinnerung hatte. Ungeputzt. Trüb. Fahles Licht fiel herein. Das Zimmer wirkte düster.

Während er vor sich hinsinnierte, kam seine Freundin zur Tür herein. Sie grinste ihn an, worauf er sie kopfschüttelnd betrachtete: »Na, biste mal wieder stoned?«

Sie gab keine Antwort, konnte sich kaum auf den Beinen halten. Ihre Augenlider flatterten.

»Wo warst du?« wollte Quirin wissen.

Sie winkte müde ab.

»Vater hat hoffentlich nichts gemerkt.«

»Hat er nicht«, brachte Natalia nur mühsam hervor, während sie sich auf die Couch legte. Sie versuchte, sich eine Zigarette zu drehen. Es misslang. Das Tabakpäckchen sowie das Zigarettenpapier fielen ihr aus der Hand. Nach kurzer Zeit war sie eingenickt.

»Irgendwann geht die zugrunde.« Quirin sah in ihrer Handtasche nach. Er fand einige Briefchen mit weißem Pulver.

»Heroin. Schon wieder! Verflucht noch mal.«

Woher sie das Geld hatte, um das Zeug zu kaufen, darüber wollte er erst gar nicht nachdenken.

Quirin atmete durch. »Ein Glück, dass ich davon weg bin.«

Er ging hinunter in die *Autmundisklause*, setzte sich an die Theke.

»Na, mein Junge, alles klar bei euch?« Alois schenkte seinem Sohn Edlen Falken ein. »Wo ist Natalia?«

Quirin trank einen Schluck »Die hat sich hingelegt. Klagt über Kopfschmerzen.«

Sein Vater sah ihn an: »Ach so ...«

»Hast du dir schon mal Gedanken gemacht, Vater, wie wir dem Joschi eins auswischen könnten? Es ist wirklich schlimm, wie der uns überall schlecht macht.«

»Ja, ich weiß. Aber bisher hatte ich noch keine Idee, wie wir ihm beikommen könnten.« Alois fügte hinzu: »Du warst doch bei ihm. Heute Mittag während wir gegessen haben, oder?«

»Nicht direkt, Vater. Ich habe nur mal ins Lokal hineingeschaut.« Er nickte. »Viel Betrieb.«

»Ich weiß.«

Was Joschi zu ihm gesagt hatte, verschwieg Quirin.

Die Tür ging auf. Zehner und van der Groot kamen herein, setzten sich an einen Tisch, ließen sich von Irina die Speisekarte und Edlen Falken bringen. Welden folgte eine viertel Stunde später, bestellte ebenfalls Edlen Falken.

»Na, Männer, auch mal wieder hier?«, begrüßte sie Alois.

»Ja, warum nicht, Herr Holzbichler.« Zehner nickte ihm zu.

»Na ja, bei dem Streit bei eurem letzten Besuch!«

»Och, das ist nicht so schlimm. Das kann schon mal passieren, oder Jungs?«

»Ja, das ist kein Problem.« Van der Groot schürzte die Lippen.

Welden hüllte sich in Schweigen, trank einen Schluck Wein. Er wirkte, wie so oft, ziemlich teilnahmslos.

Nachdem sie gegessen hatten meinte Zehner gut gelaunt: »Irina, du bist ein Gedicht. Habe selten so gut gegessen. Dir gehört wirklich mein größter Respekt. Jeder Arsch kriegt eine Medaille oder irgendeinen Orden.« Er schüttelte den Kopf. »Diejenigen, denen ein Orden wirklich zustehen würde, bekommen ihn nicht.« Er lächelte Irina an: »Du zum Beispiel hättest eine Auszeichnung, ach, was sage ich, du hättest die höchste Auszeichnung verdient.«

»Danke«, antwortete Irina verlegen, räumte den Tisch ab.

»So, Leute«, Zehner stand auf: »Lasst uns an die Theke gehen. Da sitzt ein junger Mann so ganz ohne Gesellschaft. Das kann man ja nicht mit ansehen.«

Die beiden anderen erhoben sich ebenfalls. Sie setzten sich neben Quirin an die Theke. Alois schmunzelte: »Darf ich euch meinen Sohn vorstellen?«

»Ach! Wusste gar nicht, dass Sie einen Sohn haben.« Er hielt Quirin die Hand hin: »Freut mich, ich darf doch Du sagen. Ich bin Maximilian.«

»Quirin. Freut mich auch.«

Van der Groot und Welden schüttelten Quirin ebenfalls die Hand. Nach einigen Gläsern Spätburgunder, selbstverständlich Edler Falke, lenkte Quirin das Gespräch auf die *Lustige Reblaus*. Er erzählte, dass Joschi seinen Vater ständig denunziere.

»Haben wir schon mitgekriegt. Das war der Grund, weshalb wir nicht in die *Autmundisklause* kamen«, gab Zehner zu, »wir haben von Auberg geglaubt. Jetzt wissen wir, dass er lügt.«

Van der Groot pflichtete ihm heftig mit dem Kopf nickend bei. Welden zeigte keine Regung.

Quirin bestellte noch eine Runde Edlen Falken, versuchte die drei Männer auf seine Seite zu bringen. Leise sagte er: »Ich muss etwas tun. So kann das nicht weitergehen.« Er sah Zehner an. »Vater hat eine Herzschwäche. Ich habe Angst, dass er einen Infarkt bekommt, wenn er sich zu sehr aufregt.«

Zehner zupfte Welden an der Jacke, ging zur Toilette. Welden folgte ihm kurz danach. »Was gibts?«

»Quirin und ich haben gemeinsame Interessen, Peter. Ich will Valerie. Ich brauche sie. Ich kann ohne sie keinen klaren Gedanken mehr fassen. Quirin will ihrem Mann einen Denkzettel verpassen. Wir müssen was tun. Du und Johan müsst uns dabei helfen.«

»Wie? Was wollt ihr tun? Wollt ihr ihn etwa umbringen oder was?« fragte Welden mit gerunzelter Stirn.

»Nein nein, das nicht gerade. Aber irgendetwas muss passieren. Wir müssen ihn soweit kriegen, dass er aus Groß-Umstadt verschwindet.«

Welden nickte. »Ja, gut.«

»Du bist also dabei?«

»Ja.«

»Okay. Mit Johan rede ich später.«

Sie gingen zurück ins Lokal, wo Quirin sich mit dem Holländer angeregt über den Wirt der *Lustigen Reblaus* unterhielt. Auch van der Groot war der Meinung, dass sie etwas unternehmen mussten.

12

Der erste Tag des Groß-Umstädter Winzerfestes stand bevor. Maximilian Zehner beendete seine Arbeit an diesem Freitag um Punkt 12 Uhr. Seine beiden Gesellen hatten ausnahmsweise auch schon Feierabend. Die Schlosserei im Groß-Umstädter Stadtteil Semd, spezialisiert auf Gravuren und schmiedeeiserne Ornamente, blieb während der Festtage geschlossen.

Bevor er nach Hause fuhr, rief er in der *Lustigen Reblaus* an. Er wollte Valerie sehen.

Sie war sofort am Apparat.

»Hallo Valerie, können wir uns heute treffen? Ich will dich unbedingt ...«

»Wie stellst du dir das vor?«, unterbrach sie ihn. »Glaubst du, ich hätte nichts zu tun? Wer soll sich um das Lokal kümmern? Mein Mann ist schon bei seinem Gesangverein. Den werde ich wahrscheinlich das ganze Fest über nicht zu Gesicht bekommen.«

»Aber du ...«

»Warte mal«, unterbrach sie ihn, überlegte kurz, »mir fällt gerade etwas ein. Ich rufe dich gleich zurück. Gib mir fünf Minuten.«

Sie flüsterte: »Das ist die Gelegenheit.«

Sie rief ihre Tochter Evelyn an, die ab 18 Uhr mit ihrem Freund im Lokal helfen wollte, fragte, ob sie schon am Nachmittag kommen könne. »Ich habe etwas Wichtiges zu erledigen.«

Evelyn war einverstanden: »Okay, wir sind um vierzehn Uhr da.«

Valerie rief Zehner an, verabredete sich mit ihm auf dem Parkplatz am Hainrichsberg.

Um 14.30 Uhr war sie dort. Zehner wartete schon. Nach dem Regen am Vormittag war es wieder sonnig, angenehm warm.

Sie umarmten sich. Zehner sagte heiser: »Komm!«

Sie gingen ein Stück in Richtung Herrnberg, wo sie sich wieder umarmten und küssten. Er sah ihr in die Augen, wollte ihre gelbe Bluse aufknöpfen. »Jetzt nicht Maximilian, später. Lass uns noch ein Stück gehen.« Sie nahm seine Hand, ging voraus. Unterwegs zog sie ihn an sich, küsste ihn.

Sie setzten sich auf eine Bank der Petermann's Ruhe neben einen Wingert mit Weißem Riesling. Der Blick über den vor ihnen liegenden Hang mit Grünem Silvaner ins Wächtersbachtal war überwältigend. Zehner umarmte Valerie zärtlich. Jetzt ließ sie zu, dass er ihre Bluse aufknöpfte, ihr die Oberschenkel streichelte. Er schob ihren Rock etwas höher. Sie stöhnte leise. Dann flüsterte sie ihm ins Ohr: »Du musst etwas für mich tun«

»Alles. Ich tue alles für dich.«

»Alles? Wirklich alles?«

»Alles.« Zehner schloss die Augen, streichelte ihren festen Busen, genoss ihren Geruch.

Valerie raunte leise: »Bring Joschi um.«

Zehner hatte es zwar gehört, aber nicht wahrgenommen. Er war zu sehr auf sie fixiert.

Plötzlich zog sie sich zurück. Zehner schaute irritiert auf. »Was ist mit dir?«

»Bring Joschi um«, sagte sie nun lauter.

Zehner wurde bewusst, was Valerie gesagt hatte. »Was soll ich?« Er schluckte. »Bist du denn von allen guten Geistern verlassen?« Er war entsetzt.

»Tu es einfach! Bring ihn um! Ich kann ihn nicht mehr ertragen, diesen blöden Hund.«

»Oh Gott«, brummte Zehner heiser. Trotzdem wollte er sie wieder umarmen, wollte sie spüren.

Sie aber wehrte ihn ab, erhob sich. »Lass uns zurückgehen.«

»Das war alles?« fragte er ungläubig.

»Lass uns gehen.« Sie blickte ihn kalt an, knöpfte ihre Bluse zu, lief in Richtung Hainrichsberg. Zehner folgte ihr enttäuscht. Wenige Wolken schoben sich vor die Sonne. Der Specht klopfte unaufhörlich. Ein Rotmilan kreiste über der Kleinen Toskana.

13

Gut gelaunte Menschen schoben sich über den Marktplatz durch die Hanauer Gasse zum Festplatz. Mehrere Sonderbusse brachten Gäste aus den umliegenden Stadtteilen und Ortschaften nach Groß-Umstadt.

Über der gesamten Altstadt lag der Duft von Bratwurst, Schaschlik und Pommes frites. In der Hanauer Gasse und auf dem Festplatz roch es intensiv nach Popcorn und gebrannten Mandeln. Die Weinstände der Umstädter Vereine und der portugiesischen Mitbürger auf und um den Marktplatz und in der Georg-August-Zinn-Straße wurden von Weinfreunden aus der ganzen Umgebung belagert. Auch um die Wurstbratereien und Fischstände scharten sich die Besucher des Winzerfestes.

Auf dem Festplatz vor der Stadthalle hatten die Fahrgeschäfte Karussells, Autoskooter, Schiffschaukel, Geisterbahn und noch einiges mehr aufgebaut. In der Altstadt sowie auf dem Festplatz erklang Musik.

Stände mit Süßigkeiten, Schmuck, allerlei Geschenkartikel fand man über das ganze Festgebiet verstreut. Lose konnten an einem Stand gekauft werden. Das Rathaus, die Kirche, der Marktplatz sowie die gesamte Umgebung zeigten sich in einem unwirklich scheinenden Licht. Ein Sternenhimmel, durchsetzt mit wenigen Wolken, durch die der Mond golden hervorlugte, überspannte Groß-Umstadt.

Auch das Wetter spielte mit. Am Vormittag und in der Nacht zuvor hatte es zwar heftig geregnet, aber jetzt war es trocken und noch einigermaßen warm.

Quirin und Natalia saßen in einer der Weinlauben am Brunnen auf dem Marktplatz neben Valerie. Quirin kannte sie, schließlich waren sie Nachbarn. Sie jedoch konnte ihn nicht zuordnen. Da er schon längere Zeit aus Groß-Umstadt weg war, erkannte sie ihn nicht mehr.

Joschi und Valerie waren erst vor wenigen Jahren nach Groß-Umstadt gezogen. Sie hatten vorher ein Weinlokal in Auggen im Breisgau betrieben. Warum sie in den Odenwald gekommen waren, wusste niemand so richtig. Jedoch wurde gemunkelte, sie hätten sich mit den Leuten in Auggen, ganz besonders mit den Nachbarn, nicht gut verstanden.

»Wo ist eigentlich ihr Mann, Frau von Auberg?«, fragte Quirin.

»Sie kennen mich?«

»Na ja, vom Sehen.« Quirin errötete.

»Valerie.« Sie hob ihr Glas, prostete ihm und Natalia zu.

»Am Winzerfest wird geduzt.«

»Okay, Valerie. Quirin.«

»Natalia.«

Sie stießen an, Quirin merkte, dass sie ihn nicht erkannte. »Nun Valerie, wo ist denn dein Mann?«

»Ach, weißt du«, meinte sie gleichgültig, »der ist jedes Jahr während des Winzerfestes auf Achse. Ich lasse ihn dann in Ruhe. Wenn das Fest vorbei ist, wird er wieder normal. Heute hat er einen Auftritt mit dem Gesangverein.

»Wo tritt denn der Gesangverein auf?«, fragte Quirin.

»Keine Ahnung. Interessiert mich nicht. Damit habe ich nichts am Hut.«

»Ach so.«

Valerie strich sich die langen roten Haare zurück. »Ich gehe alleine zum Fest. Unsere Tochter und ihr Freund managen in dieser Zeit das Lokal. Natürlich ist es besonders angenehm, wenn man dann auch noch nette Leute kennen lernt.« Sie schaute ihm augenzwinkernd an. »So wie heute Abend.« Dann fuhr sie fort: »Ich habe Joschi seit heute früh nicht mehr gesehen.« Sie winkte ab. »Spielt ja auch keine Rolle, oder?«

»Nein nein. Natürlich nicht«, antwortete Quirin.

Natalia hielt gähnend die Hand vor den Mund. Das Gespräch langweilte sie.

Quirins und Valeries Knie berührten sich, was beiden nicht unangenehm war. Sie legte wie zufällig ihre Hand unter dem Tisch auf Quirins Oberschenkel.

Dem gefiel die bildhübsche Frau. Valerie trug eine schwarze Levis. Unter der eleganten Lederjacke eine hellgelbe Bluse, High Heels. Ein kleines Amulett an einer Weißgoldkette zierte ihren schlanken Hals. Am rechten Ringfinger trug sie einen hübschen Ring ebenfalls aus Weißgold, mit einem glänzenden Rubin.

Als Natalia zu einem der Stände ging um Wein zu holen, verabredete sich Quirin mit Valerie für den nächsten Abend in der *Weinscheune*.

Als es kühler wurde, entschieden sie sich, im *Kutscherhaus* noch einen Wein zu trinken. Unterwegs blieben sie an einem Stand stehen, Quirin und Valerie aßen Schaschlik. Natalia hatte keinen Hunger. Wenige Minuten später betraten sie das *Kutscherhaus*. Es war total überfüllt.

Die portugiesische Taverne befand sich an der Altstadtmauer nur wenige Meter vom Marktplatz entfernt. Das Lokal war mit geschmackvollen, antiken Möbeln ausgestattet. Eine schöne Theke mit mehreren Barhockern fand sich auf der rechten Seite kurz hinter dem Eingang, links davon einige Tische mit gepolsterten Stühlen. Rechts vom Eingang befanden sich in einem Raum mehrere Tische mit den gleichen Stühlen.

Das *Kutscherhaus* war kein sehr großes Lokal, dafür war es umso gemütlicher. Sie ergatterten noch drei Stehplätze an der Theke.

Quirin bestellte Vinho Verde, nippte am Glas, stellte fest: »Toller Wein.« Er nickte dem Wirt, der hinter der Theke stand und Wein ausschenkte, freundlich zu.

»Hast den Punkt genau getroffen. Kennst du eigentlich den Edlen Falken vom Falkenhof?«

»Klar«, antwortete der Portugiese lächelnd, »es ist der beste Spätburgunder, den es in der ganzen Umgebung gibt.«

»Genau. Ich freue mich ganz besonders, wenn du als Wirt das sagst. Darauf kann Vater stolz sein.«

»Du bist der Quirin?«

»Ja klar.«

»Mein Gott, ich habe dich ja schon eine halbe Ewigkeit nicht mehr gesehen. Wie geht es dir?«

»Ganz gut. Ich studiere in Berlin. Bin nur übers Winzerfest und zur Weinlese hier.«

»Ah ja. Na dann viel Spaß noch.« Der Wirt musste sich wieder um die anderen Gäste kümmern.

Natalia war inzwischen weggegangen. Valerie fragte Quirin, wo seine Freundin war.

»Sie ist bestimmt zur Toilette«, gab er gleichgültig zur Antwort.

Natalia war nach draußen gegangen. Sie brauchte Stoff. Das Heroin schnupfte sie ungestört in einer dunklen Ecke in der Hanauer Gasse. Niemand schien es zu bemerken.

Einige Zeit später schlängelte sie sich wie betrunken durch das Lokal, steuerte unsicher zur Theke, wo sie wie durch einen Schleier ihren Freund in enger Umarmung mit Valerie entdeckte. Quirin prostete Valerie zu, zog sie an sich. Sie küssten sich.

Das Heroin begann zu wirken, was Natalia ruhiger werden ließ. Ihr war jetzt alles egal. Sie wankte auf die beiden zu, stellte sich neben Quirin, sagte keinen Ton, ergriff ihr gefülltes Glas Vinho Verde, trank es mit einem Zug aus.

Plötzlich sackte sie zusammen, blieb benommen vor der Theke liegen. Quirin und Valerie erschraken. Langsam, auch schon etwas alkoholisiert, kniete Quirin nieder, fasste seine Freundin unter die Arme, versuchte, sie aufzurichten, was ihm mit viel Mühe gelang. Er schüttelte den Kopf. »Immer das gleiche.«

Valerie trank ihr Glas aus, sah Quirin kurz an: »Bis Morgen in der *Weinscheune*!« Dann verschwand sie in der Menge.

Zehner, Welden und der kleine van der Groot saßen etwas verdeckt an einem Tisch in einer Ecke. Sie beobachteten genau, was an der Theke vorging.

Zehner stand auf, flüsterte van der Groot ins Ohr: »Ich geh´ mal kurz raus.«

Nach wenigen Metern sah er Quirin, der seine Freundin untergehakt hatte. Sie kamen nur langsam vorwärts, weil Quirin Natalia regelrecht mitschleifen musste.

Zehner sprach Quirin an: »Na, Probleme?«

»Ja, schon. Mehr oder weniger.«

»Können wir uns mal unterhalten?«

»Worum geht´s?«

»Joschi und Valerie von Auberg.«

»Okay, ich bringe sie vorher nachhause.« Er deutete auf Natalia. »Wo treffen wir uns?«

»*Goldene Krone*?«

Quirin nickte. »Gut. Bin in einer halben Stunde da.«

»Alles klar.«

Zehner überlegte kurz, dann folgte er Valerie.

Am Nebentisch saß mit drei weiteren ungepflegten Gästen ein unscheinbar wirkender Mann mit strähnigen, dunklen Haaren. Vor ihm stand ein verschmiertes Weinglas, in dem vermutlich Rotwein gewesen war. Er schien ein bisschen angetrunken, trug ein schmuddeliges, wahrscheinlich ehemals weißes T-Shirt mit dem Logo der Umstädter Fußballer.

Er beobachtete, wie Valerie das Lokal verließ, wie Zehner schnellen Schrittes nach draußen ging. Nach kurzer Zeit stand er auf, ging aus dem *Kutscherhaus*. Neben dem Ausgang hatte er sein altes, rostiges Fahrrad an die Wand gelehnt.

Polizeiobermeister Julius Ettinger war vor etwa einem Jahr suspendiert worden, weil er öfter wegen Trunkenheit im Dienst erwischt worden war. Er hatte es nie zur Kripo geschafft.

Ettinger wartete zwei Minuten, dann setzte er sich auf sein Rad, fuhr in Richtung *Lustige Reblaus*. Mit der Inhaberin hatte er noch eine Rechnung offen. Sie hatte ihn vor geraumer Zeit aus dem Lokal geworfen mit den Worten: »Lass dich hier nie wieder sehen! Solche Gäste brauche ich nicht!«

Dabei hatte er sich lediglich an der Theke übergeben müssen. Musste wohl am Wein gelegen haben.

Zehner hatte Valerie eingeholt. »Halt Valerie, so bleib doch stehen.« Er legte seine Hand auf ihre Schulter.

»Lass mich, Maximilian, ich möchte nach Hause. Ich muss mich um das Lokal kümmern. Bin längst überfällig. Hoffentlich hat mit Gunther und Evelyn alles geklappt. Ich mache mir jetzt doch Sorgen.«

»Komm schon, Valerie, es ist noch früh. Die beiden sind doch zuverlässig.«

»Ja, schon. Aber trotzdem. Lass mich bitte.« Sie löste sich von ihm, ging schnell weiter. Zehner wandte sich enttäuscht ab.

Für Valerie waren es jetzt nur noch wenige Meter bis zur *Lustigen Reblaus*. Sie konnte schon die Gäste auf der Terrasse sitzen sehen. Fröhliche Lieder wurden gesungen, es wurde geschunkelt. Ein kühles Lüftchen wehte, aber es war erträglich. Einfach eine schöne Nacht.

Plötzlich spürte sie einen heftigen Schlag auf der rechten Schulter. Mit einem lauten Schrei fiel sie vornüber. Sie stürzte auf die Knie, konnte sich gerade noch mit den Händen abfangen, verspürte höllische Schmerzen an beiden Kniescheiben.

Durch Zufall hörte einer der Gäste der *Autmundisklause* ihren Schrei. Gottfried Jobst war vor die Tür gegangen, um eine Zigarette zu rauchen.

Jetzt rannte er zu ihr, konnte noch sehen, wie ein dunkler Schatten quer über die Rodensteiner Straße durch den Verbindungsweg in die Curtigasse eilte. Ein altes, verrostetes Fahrrad lehnte an einer Hauswand.

Jobst fragte erschrocken: »Was ist passiert?« Er half Valerie auf die Beine.

»Ich weiß es nicht. Ich bekam einen brutalen Schlag auf die rechte Schulter«, antwortete sie mit belegter Stimme. »Es war wie, ich weiß gar nicht ...« Sie war völlig durcheinander.

Jobst sagte freundlich: »Ich bringe Sie nach Hause. Wo wohnen Sie denn?«

»Gleich um die Ecke, ich bin die Wirtin der *Lustigen Reblaus.*«

Mit zitternden Knien hielt sie sich an ihm fest.

»Ja, jetzt erkenne ich Sie.«

Valerie bedankte sich, lud ihn ein, bei Gelegenheit ihr Gast im Lokal zu sein. Da ihre Knie furchtbar schmerzten und sie sich nur schwer auf den Beinen halten konnte, umfasste sie mit dem linken Arm seine Schultern, um sich den nötigen Halt zu geben. Er begleitete sie bis zur Tür der Weinstube, ging dann wieder zurück zur *Autmundisklause*. Seine Frau fragte ihn erstaunt, wo er so lange gewesen sei. Gott-

fried Jobst zuckte die Schultern: »Ich war eine rauchen.«
»Ach so.«

14

Zehner war inzwischen zurück im *Kutscherhaus*. Van der Groot und Welden waren nicht mehr da. Er holte sein Handy aus der Jackentasche, rief beide nacheinander an: »Kommt so schnell wie möglich in die *Goldene Krone*. Wir haben dort ein Treffen.«
»Mit wem?«, fragte Welden.
»Wirst du schon sehen.«
Van der Groot fragte erst gar nicht.

Van der Groot und Welden saßen in der *Weinscheune*, tranken Blanc de Noir, einen aus dunklen Trauben gekelterten bernsteinfarbenen Weißwein. Die Weinscheune war eine urige Einrichtung in der Wallstraße, von den Einheimischen gerne Wallstreet genannt. Im gepflasterten Hof standen eine Laube sowie ein großer Sonnenschirm mit Tischen und Bänken. Nebenan im Innenraum entstand durch einen Holzofen, zwei Stehtische und weitere Holztische, sowie antike Möbel eine besondere Atmosphäre.

Quirin kam etwas verspätet in die *Krone*, wo er von den drei Männern erwartet wurde. Sie saßen an einem Tisch in einer Ecke. Das Lokal war voll besetzt.
Zehner bestellte eine Flasche Spätburgunder mit vier Gläsern, die die Kellnerin sogleich brachte.
»Was soll das?« Quirin sah Zehner an. »Ich dachte, wir beide wären verabredet. Ohne deine Bodyguards.« Er wandte sich zum Gehen, doch Zehner versperrte ihm den Weg, sagte freundlich: »Nimm doch Platz.« Er deutete auf den Stuhl neben sich.
Die *Goldene Krone* war ein Gasthaus mit langer Tra-

dition. Im Jahr 1367, hundert Jahre nachdem Groß-Umstadt Stadtrechte verliehen bekommen hatte, wurde das Lokal am Marktplatz zum ersten Mal in den Geschichtsbüchern erwähnt und war somit das älteste Gasthaus in der Region.

Quirin setzte sich. Zehner nahm ein Glas, schenkte ihm ein. Quirin schaute auf, rieb sich die Nase: »Also gut. Was wollt ihr?«

»Pass auf. Wir wissen doch alle, dass dein Vater ein Problem mit dem Wirt der *Lustigen Reblaus* hat. Dass du mit Valerie geknutscht hast, haben wir auch gesehen. Aber das spielt jetzt keine Rolle.«

»Ja und? Was wollt ihr jetzt von mir? Wenn ich mit Valerie ein bisschen gefeiert habe, kann das doch kein Problem sein. Dazu am Winzerfest. Du lieber Himmel!« Quirin hob theatralisch die Arme.

»Das ist ja auch nicht das Problem. Sagte ich doch. Ich denke, wenn du mit Valerie mal gefeiert hast, wird das keine Geschichte auf Dauer sein, oder? Zumal Winzerfest ist, nicht wahr?« Maximilian tätschelte Quirin die Wange. »Wir wollen doch nur eines. Ich glaube, das ist auch in deinem Sinne.«

Sie wollten Joschi einen Denkzettel verpassen. Er war allen ein Dorn im Auge.

»Was machen wir mit Joschi?« Quirin erzählte, dass er, nachdem er Natalia nach Hause gebracht hatte, noch einen Rundgang gemacht und von Auberg um kurz nach Mitternacht in der Pfälzer Gasse vor der Bühne bei seinen Sangesbrüdern gesehen hatte.

»Irgendwann geht der ja«, meinte Quirin, sah Zehner von der Seite an. »Vielleicht nicht unbedingt nach Hause, aber zumindest geht er dort mal weg.«

»Na, siehst du, schon besser. Also werden wir beobachten, wann er die Pfälzer Gasse verlässt und wohin er dann geht. Welden und ich gehen ihm nach. Bei einer günstigen Gelegenheit schnappen wir ihn.

Kennst du den Parkplatz, wo die Schulstraße nach links zur Realschulstraße abbiegt?«

»Du meinst den Parkplatz hinter dem Torbogen?«

»Genau. Rechts durch den Torbogen. Dort wartest du mit Johan.«

»Und was machen wir mit ihm?« Die Stimme des Holländers klang ängstlich.

»Abwarten. Geht jetzt!«

Welden sagte keinen Ton.

Sie tranken ihren Wein aus, Zehner bezahlte bei der hübschen Kellnerin. Dann verließen sie die *Goldene Krone*.

Joschi verließ seine Freunde vom Gesangverein, ging durch den Wamboldt'schen Park zur Schlosspassage. Er wollte zum Marktplatz. Am Biet und in den Weinlauben davor war immer noch viel Betrieb. Dort wollte er noch einen Spätburgunder trinken.

Zehner und Welden erwischten ihn in der Schlosspassage kurz vor dem Marktplatz, nahmen ihn in die Mitte, liefen wenige Meter neben ihm her. Obwohl er angetrunken war, spürte Joschi, dass etwas nicht stimmte. Sie hakten ihn rechts und links unter. Er wehrte sich, schlug um sich, riss sich los, packte Welden mit beiden Händen am Hals, drückte so fest er konnte zu.

Welden wurde wütend, drehte ihm mit der Rechten einen Arm auf den Rücken, hielt ihm mit der linken Hand den Mund zu. Joschi krümmte sich vor Schmerzen. Er konnte Weldens Hand vom Mund reißen, schrie laut um Hilfe.

Der Schrei ging im Trubel des Winzerfestes unter. Niemand hörte ihn.

Zehner blieb ruhig, setzte Joschi ein Messer an die Rippen, raunte ihm zu: »Halts Maul, sonst steche ich dich ab.«

Sie hakten ihn wieder unter.

Joschi konnte vor Angst kaum atmen. Die Beleuchtung des Marktplatzes und des Rathauses verschwamm vor seinen Augen. Es sah aus, als würde ein Betrunkener von Freunden heimgebracht.

Sie bugsierten ihn zurück in den Wamboldt'schen Park, wo immer noch reger Betrieb herrschte, von dort in die Curtigasse, dann durch den schmalen Verbindungsweg in die Rodensteiner Straße. Dort beggegneten ihnen zwei Pärchen, die sich nicht um sie kümmerten. Es war keine Seltenheit, dass am Winzerfest ein Betrunkener nach Hause gebracht wurde.

Weiter ging's in Richtung Marktplatz, vorher bogen sie ab in die Schulstraße, wo sie Joschi an der Straßenbiegung, die zur Realschulstraße führte, durch einen Torbogen auf den ruhigen Parkplatz mit einem schmalen Gang zum Rosa-Heinz-Weg nahe dem Festplatz schleppten.

Auf diesem ruhigen Parkplatz hinter dem Torbogen wartete Quirin. Van der Groot hatte sich vor lauter Angst aus dem Staub gemacht.

Nach wenigen Minuten lag Joschi zusammengekrümmt, stöhnend unter den Sträuchern. Blut lief aus seinem weit aufgerissenen Mund. Herausgeschlagene Zähne lagen auf dem Pflaster. Seine Nase blutete stark. Die Lippen waren aufgeplatzt.

Zehn Minuten später waren Zehner, Welden und Quirin verschwunden.

Eine Person hielt sich auf dem Parkplatz hinter einem parkenden Toyota versteckt und hatte alles beobachtet. Welden und Holzbichler hatten sie nicht bemerkt. Aber Zehner. Er hatte gesehen, wie sie eilig durch den Torbogen verschwand. Und er glaubte, die Person erkannt zu haben, war sich jedoch nicht sicher.

Wenig später schlich jemand von der anderen Seite des schmalen Ganges zu dem wimmernden, fast bewusstlosen Joschi, drehte ihn auf den Rücken, öffnete die oberen Knöpfe seines Hemdes, schnitt ihm mit blitzschneller Bewegung die Kehle durch.

15

Van der Groot wollte jetzt doch wissen, was mit Joschi geschehen war. Er eilte zum Torbogen an der Schulstraße, lief geduckt über den nur sehr spärlich beleuchteten Parkplatz.

Als er zu dem schmalen Gang kam, stellte er mit Entsetzen fest, dass von Auberg mit verrenkten Gliedern auf dem Boden lag, keine Regung mehr zeigte. Blut lief über Hemd und Jacke. Johan sah genauer hin, bemerkte nun auch die Wunde am Hals. Er schlug die Hände vors Gesicht, murmelte kreidebleich: »Sie wollten ihm doch nur eine Lektion erteilen! Um Himmels Willen!«

Dann riss er sich zusammen, versuchte Quirin, Welden und Zehner über Handy zu erreichen. Niemand nahm ab. Verzweifelt drückte er noch einmal die Nummer von Zehners Handy. Jetzt hatte er die Mailbox. »Ruf mich zurück!«

Kurz darauf meldete sich Zehner: »Was ist?«

»Maximilian, von Auberg ist tot.« Seine Stimme versagte fast.

»Was sagst du da?«

»Er ist tot. Habt ihr ihn umgebracht?«

»Rede nicht einen solchen Blödsinn! Ich komme. Wir schaffen ihn weg.«

»Nein, nicht mit mir. Ich kann das nicht!«

»Dann lass es. Verschwinde. Ich kümmere mich darum.«

Van der Groot eilte hastig in die Realschulstraße, wo er seinen Roller abgestellte hatte, fuhr so schnell er konnte nach Hause.

»Dieser elende Feigling.« Zehner versuchte, Welden und Quirin anzurufen. Aussichtslos. Beide waren nicht zu erreichen.

Er überlegte einen Moment. Valerie fiel ihm ein. Zehner rannte zur *Lustigen Reblaus*. Das Lokal war bereits geschlossen. Er klopfte an die Tür. Keine Reaktion. Auch nach mehrmaligem Klopfen reagierte niemand.

»Entweder liegt die im Tiefschlaf, oder sie will nichts hören«, knurrte er leise vor sich hin, nahm das Handy aus der Hosentasche, rief im Lokal an. Es dauerte eine Weile, dann nahm Valerie den Hörer ab, meldete sich leise: »Hallo.«

»Valerie, hier ist Maximilian. Komm schnell herunter! Es ist erledigt!«

»Was denn? Was ist erledigt?«

»Komm, beeil dich!«

Im hellblauen Seidenpyjama eilte Valerie hinunter ins Lokal, öffnete die Tür. Maximilian stürmte an ihr vorbei in die Gaststube, lehnte sich schwer atmend mit dem Rücken an die Theke.

»Mach die Tür zu. Schnell!«

Valerie schloss die Tür, stellte sich vor ihn, rüttelte ihn an den Schultern: »Was ist los? Warum bist du denn so daneben? Sag schon. Was ist?«

»Dein Mann! Valerie, dein Mann! Er ist tot!« Er fasste sich verzweifelt an die Stirn. »Er wurde umgebracht!«

»Was redest du denn da?« Sie starrte ihn ungläubig an, ließ ihn los.

»Er ist tot!«

»Wo ist er denn?«

»Er liegt an dem Gehweg vom Parkplatz am Ende der Schulstraße. Wir müssen ihn wegschaffen.«

»Wegschaffen? Wie wegschaffen?«

»Hast du's denn immer noch nicht kapiert?« Zehner wurde laut: »Er wurde umgebracht!«

Valerie legte den Zeigefinger auf die Lippen: »Pssst. Nicht so laut, Mann!«

»Er wurde umgebracht!«, wiederholte Zehner nun leiser und ballte verzweifelt die Hände zu Fäusten.

»Wie umgebracht? Was ist denn passiert?«

»Was weiß ich!«

Zehner drängte darauf, die Leiche Joschis auf dem schnellsten Weg verschwinden zu lassen.

»Ja ja, wir holen ihn und bringen ihn erstmal hier in den Keller. Morgen früh sehen wir weiter«, meinte Valerie.

»Nein, um Gottes Willen, das machen wir nicht. Er muss woanders hin. Wohin weiß ich auch nicht. Aber auf jeden Fall muss er woanders hin. Und es muss schnell gehen.« Zehner wurde zunehmend nervöser.

»Okay, dann lass mich mal machen.« Valerie zog ihren dunkelbraunen Wildledermantel über: »Es ist zwar eine unchristliche Zeit, aber ich habe bei jemandem noch etwas gut.«

»Wo willst du hin?«

»Warte hier«, antwortete sie knapp, »bin gleich wieder zurück.«

Sie verließ die Weinstube, ging eine Straße weiter, klingelte dort an der Tür eines Hauses. Niemand meldete sich. Nach dem zweiten Klingeln hatte sie Erfolg. Aus der Sprechanlage kam eine verschlafene Stimme: »Ja?«

»Hier ist Valerie, ich brauche dich!« sagte sie leise.

»Jetzt?« Die Stimme hustete laut. »Es ist mitten in der Nacht!«

»Das weiß ich, Mensch!«

»Was ist los?«

»Du musst mir den Weinkeller aufschließen.«

»Warum?« Die Stimme klang verdattert. Nach kurzer Pause sagte sie langsam: »Auf gar keinen Fall ... und jetzt schon gar nicht. Ich leg' auf.«

»Das wirst du nicht tun. Du weißt, dass du mir

noch einen Gefallen schuldest. Oder hast du das vergessen?«

»Das ist mir jetzt egal.«

»Dann muss ich andere Maßnahmen ergreifen. Ich habe an die Polizei gedacht.« Sie machte eine kurze Pause. »Na, wie hört sich das an?«

»Polizei? Du willst mich erpressen! Wie kannst du so gemein sein?«

»Hör mir jetzt mal genau zu«, zischte sie drohend. »Wer hat dich erwischt, als du vor vier Wochen in das Juweliergeschäft Hinrichs einbrechen wolltest? Wer hat dich in letzter Sekunde davon abgehalten? Und wer hat den Mund gehalten?« Sie atmete schneller: »So, nun komm, öffne den Weinkeller. Stell dich nicht so an, verdammt noch mal!«

»Ich mach's.« Die Stimme klang ängstlich.

»Du brauchst nur die Tür aufzuschließen. Dann verschwindest du sofort wieder.«

»Ja ja, schon gut.«

»Und keinen Ton darüber. Auch später nicht!«

»Ja, schon gut. Ich sage nichts.«

»Na also.« Valerie eilte nach Hause, wo Zehner sich in der Gaststube auf einen Stuhl gesetzt hatte. Er stierte vor sich hin, die Haare hingen ihm ins Gesicht.

Sie nickte ihm zu: »Alles klar. Ich geh schnell nach oben, zieh mich um. Dann geh'n wir.«

»Wo warst du?«, wollte Zehner wissen.

»Musste schnell was erledigen. War wichtig. Die Tür vom Weinkeller des Falkenhof wird aufgeschlossen. Da bringen wir Joschi hin.«

»In den Weinkeller des Falk ...?«

»Ja ja«, unterbrach sie ihn hastig. »Frag' nicht. Warte hier.«

»Gut, ich warte.«

Als Valerie wiederkam, trug sie Jeans und Pulli. Darüber eine schwarze Kapuzenjacke. Da es mittlerweile kühl geworden war, hatte sie Stiefel angezogen.

Zehner und Valerie eilten im Schutz der Dunkelheit zu dem Parkplatz, wo Joschi unter den Sträuchern am Gehweg lag. Aus einem der Bäume schrie ein Käuzchen. Der Todesvogel. Zehner erschauerte, sah Valerie an.

Valerie zog zwei paar Spülhandschuhe aus Gummi aus der Tasche, gab ein Paar Zehner: »Zieh die an.« Sie zogen sie über. Zehner leuchtete mit einer kleinen, intensiven LED-Lampe, die als Schlüsselanhänger diente, umher.

Die Wunde an Joschis Hals blutete stark. Zehner blickte Valerie entsetzt an: »Wer war denn das?«

»Wieso? Du hast doch selbst gesagt, dass ihr ihn umgebracht habt«, erwiderte Valerie.

»Das habe ich nicht gesagt. Der Schnitt am Hals! Der ist nicht von uns.« Er schüttelte den Kopf, fasste sich an die Stirn: »Das gibt es doch nicht! Wir haben ihn doch nur verprügelt!«

»Jetzt komm schon. Gedanken kannst du dir später machen. Wir müssen hier weg.«

»Ja.«

Zehner grub mit seinem Klappmesser die vom Regen feuchte Erde um, wo sich mehrere Blutlachen gebildet hatten. Dann trat er die Erde fest. Er wollte sicher sein, dass kein Blut mehr sichtbar war.

Anschließend hob er den Toten mit Valeries Hilfe hoch, hängte ihn sich wie einen Sack über die Schultern.

Das Käuzchen schrie wieder. Er hielt kurz inne. Ihm wurde unheimlich. Unsicher ging er weiter.

Valerie lief voraus zum Weingut Falkenhof, schaute sich vorsichtig um. Die *Autmundisklause* war mittlerweile geschlossen. Sie ging mit schnellen Schritten auf die große eiserne Tür des Weinkellers zu. Sie drückte die Klinke, zog fest an der schweren Tür, die sich langsam leise quietschend öffnete. Valerie hielt inne, schaute sich um.

Alles ruhig. Eine schwarze Katze lief über den Hof, verschwand lautlos hinter den Thujahecken. Valerie lief über den Parkplatz, wo ihr Zehner entgegen kam. Seine dunkle Jacke war voller Blut. Er keuchte: »Alles klar?«

»Alles klar. Beeil dich. Hoffentlich hat dich niemand gesehen.«

»Glaub´ nicht«, keuchte Zehner. »Bin immer im Schatten der Häuser gelaufen. Ist ja gleich um die Ecke.«

Er trug den Toten durch die Tür bis zur obersten Treppenstufe. Die Umrisse der Weintanks waren im schwachen Licht zu erkennen. Valerie schloss die Tür, ertastete den Lichtschalter, schaltete das Licht ein. Zehner setzte den Toten ab, packte ihn unter den Armen, Valerie fasste ihn an den Kniekehlen. Gemeinsam schleppten sie ihn die steilen Stufen hinab in den Keller. Völlig außer Puste kamen sie unten an, legten eine kurze Pause ein, schauten sich um.

»Wir müssen einen Platz finden, wo er nicht so schnell entdeckt wird.«

»Wir brauchen eine Folie oder irgendwas, wo wir ihn drauflegen können. Das viele Blut«, erwiderte Valerie. »Ich schau mal nach. Du musst ihn noch mal alleine tragen«

»Okay. Hilf mir.«

Mit viel Mühe schafften sie es, den Toten wieder über Zehners Schultern zu hängen.

Valerie fand in einem Regal eine Plastikfolie, breitete sie aus. Sie legten ihn auf die Folie. Trotzdem waren noch Blutspuren zurückgeblieben. Valerie versuchte, sie mit einem Schwammtuch aufzuwischen. Auch die Treppe wischte sie ab.

»Wohin jetzt mit ihm? Wir können ihn doch nicht einfach hier liegen lassen.« Zehner sah Valerie ratlos an.

»Lass mich mal überlegen.«

»Wir werfen ihn in einen Tank«, sagte sie entschlossen.

»In einen Tank?« Zehner schüttelte den Kopf. »Wie willst du das machen?«

»Ganz einfach. Wir sehen nach, welcher Tank nicht bis oben gefüllt ist. Da werfen wir ihn hinein.«

»Warum nicht in einen vollen Tank?«

»Damit nichts überschwappt. Mein Gott!«

»Verstehe. Aber Rotwein, oder?«

»Selbstverständlich Rotwein. Es wird eine zeitlang dauern, bis er entdeckt wird.«

Zehner nahm hektisch die Deckel von drei Edelstahltanks ab. Die ersten beiden waren etwa halb voll. Einer mit Weißwein, einer mit Rotwein. Der dritte Tank beinhaltete deutlich weniger Rotwein als der vorherige.

»Den nehmen wir«, entschied Valerie.

»Ja, gut. Aber mach schnell.« Zehner brach der Schweiß aus. Er wischte sich mit dem Handrücken übers Gesicht.

Sie hievten den Toten hoch, schleppten ihn zu dem Rotweintank, versuchten ihn so gut wie möglich aufzurichten, was erst nicht gelingen wollte. Der schlaffe Körper baumelte hin und her.

»Wir schaffen das nicht. Setz ihn ab!«

»Nein! Wir müssen das schaffen, Valerie. Er muss weg!«

»Lass es uns noch einmal probieren.« Sie atmete tief durch. »Los!«

Unter größter körperlicher Anstrengung konnten sie den Toten in den Edelstahltank hineinbugsieren. Dann nahm Zehner den Deckel, den er auf den Boden gelegt hatte, verschloss mit einem metallischen Knirschen den Tank.

»Eine Frage habe ich.« Valerie sah Zehner ins Gesicht. »Wer hat ihn umgebracht?«

»Das spielt doch jetzt keine Rolle mehr. Er ist tot.«

»Du willst mir den Namen des Mörders also nicht sagen?«

»Ich weiß ihn ja selbst nicht. Glaube mir.«

»Dann warst du es? Hast du ihm die Kehle durchschnitten? Mit deinem Klappmesser?« Sie hustete. »Oder war es Quirin? Oder Welden? Einer muss es ja wohl gewesen sein!«

Er fuhr sie empört an: »Ich war es nicht und ich sagte dir eben, dass ich nicht weiß, wer es war.«

Valerie funkelte ihn an: »Du lügst!«

»Ich lüge nicht! Frag erst gar nicht mehr, okay?«

»Bring mich nach Hause, bevor ich wieder einen Schlag verpasst kriege.«

»Was soll das, Valerie? Was ist denn passiert? Wer hat dich geschlagen?«

»Ach niemand. Lass mich in Ruhe.«

Daraufhin drehte sich Valerie abrupt um, ließ Zehner stehen, eilte die Treppe hinauf.

Zehner sah ihr zornig nach, bis sie durch die Tür verschwunden war. Er legte die Plastikfolie zusammen, nahm sie mit. Mit schweren Schritten ging er die steile Sandsteintreppe hoch, hinaus vor den Eingang, schloss leise die Eisentür des Weinkellers. Er schaute auf seine Armbanduhr. Die Leuchtziffern zeigten zwölf Minuten nach eins.

16

Zehner hatte vor, in die nächste Kneipe zu gehen, um ein paar Gläser Wein zu trinken. An Schlaf war jetzt nicht zu denken. Dann fiel ihm ein, dass er im Jazzkeller vorbeischauen konnte. Dort spielte an jedem Abend des Winzerfestes eine Band. Ganz sicher war dort noch die Hölle los.

Aber zuerst musste er nach Hause. Dort zog er sich um, und anschließend fuhr er nach Lengfeld, warf in der Rathausgasse seine blutbeschmierten Kleider,

Schuhe und Socken, die blutige Plastikfolie in einen auf einer Baustelle stehenden Container, der ihm aufgefallen war, als er am Tag zuvor Johan nach Hause gefahren hatte. Der Container war voll beladen, würde also in Kürze abgeholt werden. Mit dem Bauschutt konnte er alles perfekt zudecken.

Er fuhr weiter nach Groß-Umstadt, parkte seinen Wagen auf dem Parkplatz eines Verbrauchermarktes, ging an der Sparkasse vorbei, durch die Hintergasse zur Georg-August-Zinn-Straße. Weinstände und Wurstbuden waren immer noch gut besucht. Auch im Restaurant des *Weingut Brücke-Ohl* war noch Betrieb. Er ging zielstrebig zum Jazzkeller *La Plaza Latina*, der unter dem italienischen Restaurant *Frankfurter* in der Georg-August-Zinn-Straße seinen Platz hatte.

Zehner betrat das Lokal durch die offen stehende Tür. Schwüle Hitze und Schweißgeruch schlugen ihm entgegen. Es wurde gefeiert wie selten beim Winzerfest. Aus der hinteren Ecke winkte ihm eine Frau mit schwarzen Locken zu. Er winkte zurück, konnte sich aber nicht erinnern, sie schon mal gesehen zu haben. Ein Martinshorn übertönte kurzfristig den Lärmpegel des Kellers. Polizei oder Rettungswagen.

Der Keller hatte durch die Wölbung der Decke und den gewölbten, weißverputzten Stützpfeilern seinen besonderen Reiz. Auch hatte ihn der Inhaber liebevoll renoviert. Als Beleuchtung gab es Kerzen, die auf allen Tischen und auf der großen Theke standen. Das flackernde Licht spiegelte sich auf den glänzenden Marmorplatten der Tische.

Hinter der Bar stand ein schwarzhaariger junger Italiener, der Drinks mixte und Wein ausschenkte. Sein Kollege, ein beleibter, kleiner Mann mit Glatze, zapfte ununterbrochen Bier. Gabriella Sorrentini, eine große Frau mit brünettem Haar kümmerte sich um die alkoholfreien Getränke.

Sie und ihr Mann Francesco waren die Inhaber des gesamten Komplexes, der das Restaurant *Frankfurter*, den Jazzkeller *La Plaza Latina*, den toskanischen Biergarten und die Vinothek *Vinum* umfasste.

Durch den Keller huschten flink zwei junge blonde Kellnerinnen mit kurzen weißen Röckchen, dunkelroten Blusen, servierten Speisen und Getränke.

Einige Gäste tanzten, während andere vor der Bühne standen und der Band zuschauten. Alle Tische waren besetzt. Auch der überdachte Biergarten im Hof vor dem Keller war gut besucht. Nebenan die Vinothek *Vinum* ebenfalls. An den Theken gab es noch wenige Stehplätze.

Im *Frankfurter* war es ruhig geworden. Beide Kellner waren bereits nach Hause gegangen. Die letzten Gäste bezahlten, gingen hinaus in den Biergarten.

Francesco Sorrentini, der den ganzen Abend mit seiner Tochter Ricarda hinter der Theke gestanden hatte, sperrte ab. Er fasste Ricarda um die Schultern: »Komm, wir gehen noch einen trinken.«

»Gerne, Papa. Antonio wird sicher ein schönes Bier für uns haben.«

»Das will ich doch hoffen, mi preferita«, schmunzelte Francesco.

Sie gingen in den Biergarten, stellten sich an die Theke, genehmigten sich ein Pils. Francesco lächelte: »Genau so möchte ich es haben, mein Sohn. Du hast schon viel von mir gelernt.« Er stieß mit seiner Tochter an, trank einen kräftigen Schluck, wischte sich mit dem Handrücken den Schaum vom Mund.

***

Es war die fein abgestimmte Musik, die Zehner faszinierte. Hauptsächlich das Saxofon fiel ihm auf. Die Musik lenkte ihn von den Geschehnissen des Abends etwas ab.

Langsam ging er auf die Theke zu. Als er zur Bühne schaute, konnte er auf der Basstrommel des Schlagzeuges lesen: Stoker.

Er bestellte Montepulciano beim Barkeeper. Der Musiker spielte ein herrliches Solo, begleitet von Piano, Kontrabass und Schlagzeug: Jungleland. Vom 2011 verstorbenen legendären Saxofonisten Clarence Clemon.

Zehner genoss die ruhige Musik mit geschlossenen Augen, trank einen kleinen Schluck Roten. Plötzlich kam ein Knaller aus den Sechzigern von Henry Mancini, Peter Gunn. Jetzt sorgte der Saxofonist für echte Stimmung.

Zehner riss die Augen auf, starrte auf die Bühne, sah nun, wer dieses Instrument so perfekt spielte. Er traute seinen Augen nicht. »Der Pfarrer! Das darf doch nicht wahr sein! Pfarrer Armknecht spielt diesen wahnsinnigen Sound?« sagte er laut.

Der Barkeeper grinste breit: »Noch nie gehört?«

»Nee, noch nie. Das ist ja genial.« Zehner war begeistert. »Das hätte ich dem Pfarrer nicht zugetraut. Obwohl ... man kann ihm eigentlich fast alles zutrauen.«

»Ja, mein Freund, du hast recht.« Der Barkeeper grinste noch breiter. »Genial ist er wirklich. In allen Lebenslagen.«

Zehner dachte an die Ereignisse dieser Nacht. Ihm wurde jetzt richtig bewusst, was geschehen war. Bedrückt ging er, als das Stück zu Ende war, zur Bühne, beglückwünschte die Band, bat sie, Baker Street von Gerry Rafferty zu spielen. Pfarrer Armknecht legte sich wieder mächtig ins Zeug. Sofort ging es Zehner etwas besser.

Einige Meter abseits der Theke in einer Ecke saß an einem Tisch ein angetrunken wirkender Mann um die fünfzig bei einem Glas Pils. Sein langsam in grau übergehendes, strähniges Haar hatte er zurückgekämmt, so dass seine relativ große Hakennase zur Geltung kam. Sein Gesicht war glatt rasiert.

Die Kellnerin Linda glaube, dass er genug getrunken hatte, machte sich aber weiter keine Gedanken über den Mann. Sie wurde erst wieder auf ihn aufmerksam, als er zur Toilette ging. Da fiel ihr auf, dass er sehr groß war, einen ungewöhnlichen watschelnden Gang hatte. Hatte da nicht vor ein paar Jahren ein Bericht in der Zeitung gestanden? Von einem Mann, der watschelte?

Ein Gast bestellte eine Runde Wein. Sie nahm die Bestellung auf, ging in Richtung Theke. Den watschelnden Mann hatte sie rasch vergessen.

Fünfzehn Minuten später, die Kellnerin brachte ein Tablett mit Bier an einen Tisch, rief ihr der große Mann zu: »Zahlen bitte.«

»Komme sofort.« Sie teilte das Bier aus, ging zurück zur Theke.

Kurz darauf kam sie zu ihm, legte die Rechnung auf den Tisch. Der Mann holte seine Geldbörse aus der Hosentasche, beglich die Rechnung, gab ihr lächelnd ein ordentliches Trinkgeld.

Linda bedankte sich, erschrak gleichzeitig heftig. Sie versuchte, es zu verbergen, hatte Glück, denn es rief jemand nach ihr, um Bier zu bestellen.

Auf dem Weg zur Theke fiel ihr ein, warum sie so erschrocken war: Der Blick des Mannes. Er schielte mit dem linken Auge. Etwas war damals gewesen, das mit Watscheln und Schielen zu tun hatte. Aber da sehr viel los war, kam sie nicht dazu, weiter darüber nachzudenken.

Der große Mann ging an einem Tisch vorbei, an dem vier jungen Männer und eine blonde Frau saßen. Er zwinkerte der Blonden unmerklich zu, ging an der Bühne vorbei zum Ausgang, wo er sich eine Zigarette anzündete.

Wenig später kam die Blondine, meinte: »Was ist los, Papa?«

»Komm Nina, lass uns nach Hause gehen.«

In der Nähe des Tisches, an dem der Schielende gesessen hatte, gesellte sich ein schmaler, ungepflegter Mann zu einer buntgemischten Gruppe. Niemand mochte ihn. So dauerte es nicht lange und er saß alleine am Tisch, was ihm offenbar nichts ausmachte. Er trank einen Schluck von dem Pils, lehnte sich zurück, sein Kopf sank auf die Brust. Er schlief trotz der lauten Musik ein.

In der Mitte des Kellers saß Gottfried Jobst, der Valerie wieder auf die Beine geholfen hatte, mit seiner Frau Vera und einem befreundeten Ehepaar.

Als Jobst den großen Mann zum Ausgang hatte gehen sehen, war ihm sein seltsamer Gang aufgefallen. Aber da er schon einigen Wein intus hatte, vergaß er es schnell wieder. Sie unterhielten sich über alles Mögliche, tranken noch ein paar Gläser Wein, ließen den Abend ausklingen.

Später bezahlte Jobst die Zeche, sagte zu seiner Frau: »Komm Vera, wir rauchen draußen noch eine Zigarette, dann gehen wir nach Hause.«

Beide waren angetrunken. Das mit ihnen befreundete Ehepaar war schon gegangen. An der Wand des *Frankfurter* lehnte ein altes verrostetes Fahrrad.

17

Der watschelnde Mann brachte seine Tochter nach Hause. Sie wohnten beide in Klein-Umstadt. Die Blondine wohnte in der Bahnhofstraße, wo sie sich ein kleines Appartement gemietet hatte, ihr Vater in der Ludwigstraße.

Dort setzte er sich ins Wohnzimmer, schaltete den

Fernseher ein, legte die Beine hoch. Seine Lebensgefährtin war nicht daheim. Sie arbeitete als Altenpflegerin in einem Seniorenheim, hatte Nachtschicht.

Der Western, der gerade im ZDF, lief langweilte ihn. Er gähnte, schenkte dem Film keine weitere Aufmerksamkeit, kam ins Grübeln. Die hübsche Kellnerin aus dem Jazzkeller ging ihm nicht aus dem Sinn.

»Ich muss da noch mal hin.«

Er schaltete den Fernseher aus, fuhr mit seinem Ford Fiesta zurück nach Groß-Umstadt, parkte das Auto auf dem Parkplatz am Mörsweg, ging über die Untere Marktstraße zum Biet, wo er ein Glas preiswerten trockenen Weißwein bestellte. Er trank, setzte aber nach dem ersten kleinen Schluck das Glas wieder ab, spuckte aus. »Habt ihr keinen Besseren?«, fuhr er den jungen Mann an, der im Inneren des Brunnens stand.

»Wieso? Schmeckt er nicht?«

»Schmeckt er nicht? Der ist sauer! Gib mir einen besseren«, blaffte der schielende Mann. Er stellte sein Glas auf den Brunnenrand.

Knut Holler schenkte einen halbtrockenen Weißwein ein, den der große Mann mit einem Zug austrank. Er bezahlte und ging durch die Obere Marktstraße in Richtung Georg-August-Zinn-Straße.

Knut sah ihm nach. Ihm fiel auf, dass der Mann seltsam ging. »Wie eine Ente«, murmelte er halblaut vor sich hin. Er schüttelte den Kopf. Woher kannte er ihn?

Unterdessen war es 2.36 Uhr. Linda hatte ihren Dienst beendet. Der Barkeeper ebenfalls. Er bot ihr an, sie heim zu bringen. Linda lehnte ab: »Vielen Dank Vittorio, nicht nötig. Ich habe es ja nicht weit.«

Sie weckte den eingeschlafenen Mann: »Aufwachen! Gehen Sie nach Hause.«

»Ja, schon gut.« Ächzend erhob er sich, schwankte zur Tür, ging auf die Straße, nahm sein altes Fahrrad, schob es neben sich her, da er nach mehreren Versuchen nicht in der Lage war, aufzusteigen. Julius Ettinger wohnte in der Mühlstraße. Seine Frau hatte ihn wegen seines Alkoholkonsums verlassen.

Etwas später kam Linda aus dem Eingang des Kellers, ging an der Hintergasse vorbei, bog nach nur wenigen Metern in die Obergasse ein, wo sie wohnte. Ettinger wartete, bis sie in der Obergasse war, ging ihr mit seinem rostigen alten Rad langsam nach.

Kurz darauf waren Gottfried und Vera Jobst ebenfalls auf dem Heimweg durch die Obergasse. Sie besaßen ein Haus im Herrnwiesenweg.

Zwei der Straßenlampen funktionierten nicht. Offenbar waren sie an diesem Abend mutwillig kaputt gemacht worden. Linda dachte: »Sauber! Vittorio hätte mich vielleicht doch besser begleitet.«

Jetzt waren es noch ungefähr fünfzig Meter zu ihrer Wohnung. Als sie in Höhe der defekten Straßenlampen kam, hörte sie Schritte hinter sich. Sie drehte sich um, konnte in der Ferne ein Paar erkennen, kurz hinter sich einen großen Mann. Linda lief schneller, wollte wegrennen. Der Mann hatte sie erreicht, hielt sie mit beiden Händen an den Schultern fest, wollte sie zu Boden zerren. Sie roch die Alkoholfahne, seinen Schweiß, konnte sich losreißen. Plötzlich verspürte sie einen Schlag auf den Hinterkopf. Sie merkte noch, wie sie aufgefangen wurde, sah, während sie fiel, in ein verzerrtes Gesicht, dann verlor sie das Bewusstsein.

Gottfried und Vera Jobst sahen, wie die junge Frau angefallen wurde. Jobst ging dazwischen, als der Mann die Kellnerin zu Boden reißen wollte, ihr den Schlag versetzte. Er schlug unkontrolliert auf ihn ein, traf ihn einige Male mit der Faust am Kopf. Der Fremde wehrte sich, schlug zurück, traf Jobst mitten ins Gesicht. Er drehte sich schnell um, ergriff die Flucht, stolperte zweimal, strauchelte, fiel der Länge nach hin, rappelte sich auf, rannte eilig weg. Am Ende der Obergasse angekommen, bog er rechts ab in die Georg-August-Zinn-Straße, dann war er verschwunden. Jobst fiel auf, dass er sich ungewöhnlich bewegte.

»So eine dreckiger Hund«, sagte er verächtlich, spuckte auf die Straße. Aus seiner Nase lief Blut, das er mit dem Ärmel wegwischte.

»Wir müssen die Polissei rufen, Gottfried«, sagte Vera, die jetzt auch hinzugeeilt war, aufgeregt.

Eine Horde singender junger Leute war auf dem Heimweg durch die Obergasse. Eines der Mädchen sah die blonde Frau auf dem Bürgersteig liegen.

»Stopp! Bleibt mal stehen«, rief sie laut. Erst wurde ihr Rufen von den anderen nicht wahrgenommen. Doch schließlich kam ein junger Mann zurück.

»Was ist passiert? Wurde sie überfallen? Ist sie vergewaltigt worden?«

»Nein, Gott sei Dank nicht.« Jobst atmete schwer. »Aber fast. Ich konnte den Mann vertreiben. Er hat sie zusammengeschlagen. So ein Schwein.« Er hielt ein Taschentuch unter seine blutende Nase. Der junge Mann gab ihm ein Papiertaschentuch.

»Du musst die Polizei …«, wiederholte Vera.

Linda war gerade zu sich gekommen, wusste nicht, wo sie war, auch nicht, was geschehen war. Ihr kurzer, weißer Rock war zerrissen und schmutzig. Ein Jackenärmel war abgerissen, die rote Bluse zerfetzt. Hände, Arme, Knie waren durch den Sturz blutig und aufgeschunden.

»Geht's wieder?«, fragte das Mädchen, kniete nieder, legte den Kopf der Frau in ihren Schoß. »Haben Sie Schmerzen?«

»Ja. Mein Kopf!« Linda stöhnte: »Er tut furchtbar weh.« Schwarze Wimperntusche lief ihr über das tränennasse Gesicht.

Mit vereinten Kräften gelang es, sie aufzurichten.

Sie fasste sich an den Hinterkopf, wo sie eine große Beule verspürte, die aber nicht blutete.

»Wie können wir Ihnen helfen? Sollen wir einen Krankenwagen rufen? Die Polizei?«, fragte der junge Mann.

Gottfried Jobst nahm sein Handy aus der Tasche, wollte die 110 wählen, den Überfall melden.

»Nein nein,« sagte Linda heiser. »Keinen Krankenwagen, auch keine Polizei.« Sie stöhnte erneut. »Ich wohne ja gleich da vorne.«

Jobst steckte das Handy wieder in die Tasche. Sie brachten Linda in ihre Wohnung im ersten Stock. »Haben Sie einen Verbandskasten?«, fragte der junge Mann.«

»Im Bad«, stöhnte Linda leise, »da finden Sie alles.«

Er ging ins Bad, holte Verbandsmaterial. Inzwischen hatte das Mädchen die aufgeschundenen Arme und Beine Lindas vorsichtig abgewaschen.

»Brauchen sie wirklich keine Hilfe?« Der junge Mann sah sie besorgt an.

»Nein nein!« Linda fiel das Sprechen schwer. »Ihr wart sehr nett. Geht jetzt bitte. Danke noch mal.«

»Keine Ursache.« Sie verabschiedeten sich. »Alles Gute für Sie.«

»Danke.« Linda fasste sich an den Kopf.

Die beiden verließen die Wohnung, der junge Mann begleitete das Mädchen nach Hause. Unterwegs sagte er zu ihr: »Die ist ganz schön tapfer. Oder was meinst du?«

»Ja, das schon. Vielleicht hat sie auch Angst oder sie schämt sich. Sie tut mir leid.«

»Mir auch, aber sie wollte ja keine Hilfe. Der Mann und die Frau sind ja noch bei ihr.«

»Ja. Wir besuchen sie später mal.«

»Das machen wir.«

Er gab ihr einen Kuss auf die Wange. »Gute Nacht, Monika.«

»Gute Nacht, Jan ... und danke.« Sie schloss die Haustür auf, winkte ihm kurz zu, ging ins Haus.

Gottfried und Vera blieben noch bei Linda, setzten sich im Wohnzimmer neben sie auf die Couch. Jobst legte vorsichtig den Arm um ihre Schultern.

»Ich bin Gottfried Jobst.« Er zeigte auf seine Frau. »Das ist meine Frau Vera. Wir wohnen im Herrnwiesenweg. Wenn wir irgendetwas für Sie tun können, sagen Sie es, ja?« Jobst sah Linda ernst an. »Möchten Sie etwas trinken?«

»Ja, bitte«, stöhnte Linda leise. »Wasser. Im Kühlschrank.« Sie deutete zur Küche.

Jobst holte eine Flasche Mineralwasser und ein Glas, schenkte ihr ein. Sie setzte das Glas an die Lippen, trank in kleinen Schlucken.

Mit halbgeschlossenen Augenlidern saß Vera Jobst neben ihrem Mann, die Ellbogen auf den Tisch, den Kopf in beide Hände gestützt. Wenig später war sie eingeschlafen.

Jobst fragte Linda, ob er nicht doch einen Arzt rufen und die Polizei verständigen solle.

»Nein nein, lassen Sie nur. Es geht schon.« Sie wischte sich die Tränen ab.

Jobst sah schulterzuckend seine schlafende Frau an, schüttelte den Kopf. Nach ungefähr einer halben Stunde weckte er sie auf, sie gingen nach Hause.

Linda fühlte sich zwar nicht besser, aber sie wollte alleine sein. Schließlich fiel es ihr ein: »Das Gesicht! Ich habe dieses Gesicht schon einmal gesehen.«

18

Am Samstagvormittag um 9.15 Uhr öffnete Fritz Kunze die schwere Eisentür zum tiefen Weinkeller des Weinguts Falkenhof. Er schaltete das Licht ein, ging vorsichtig die feuchten Sandsteinstufen hinunter, wobei er sich am Treppengeländer festhielt, um sofort umkehren zu können, wenn irgendetwas Unvorhersehbares geschehen würde. Es geschah nichts.

Als Fritz endlich unten ankam, sah er die rote Lache, die sich in einer ausgetretenen Stelle des Fußbodens gebildet hatte. »Oha, ich glaube, da hat ein Tank ein Leck.« Was ihm auffiel, war die Farbe des Weines. Irgendetwas stimmte hier nicht. Wie zuvor Alois tunkte er einen Finger hinein, roch daran. Dann schrie er: »Blut! Was ist hier passiert?«

Jetzt nahm er seinen ganzen Mut zusammen, folgte dem Rinnsal. Die Spur führte unter den hintersten Edelstahltank, der etwa einen Meter von der Wand entfernt stand. Fritz schlich darauf zu, blickte dahinter. Es war nichts zu sehen. Die Spur musste unter dem Tank zu Ende sein. Fritz öffnete den Tank. Er ging in die Knie, bekam einen schalen Geschmack im Mund, würgte. Dann schaute er abermals in den Tank. Im Rotwein lag ein toter Mann.

Fritz konnte das Gesicht des Mannes nicht erkennen. Das Licht reichte nicht aus. Er sah auch gar nicht mehr genau hin. Er hatte genug gesehen.

Wie vom Teufel gejagt rannte er die Treppe hinauf, schrie immer wieder: »Polizei! Wir müssen die Polizei rufen!«

Oben angekommen, stieß er die Tür auf: »Polizei! Mord in unserem Weinkeller!« Er atmete schwer. »Chef Alois, die Polizei muss her! Schnell! In einem Tank liegt ein Toter!«

Er kniete erschöpft vor dem Tisch nieder, an dem Alois zusammengesunken saß. »Polizei! Chef Alois, Polizei!«

Alois zuckte zusammen, hatte jetzt erst kapiert, was Fritz sagte. Er sah seinen Helfer an. »Mord? Bei uns? Das kann doch nicht sein!«

»Doch, Chef Alois. Im hintersten Tank.« Fritz hob den Kopf. »Wenn ich es dir sage. Der ist mausetot!«

»Wer ist mausetot, Fritz, wer?«

»Ich konnte ihn nicht erkennen.« Fritz hielt die Hand vor den Mund, rannte in Richtung Klohäusschen. Er schaffte es nicht ganz. Kurz davor musste er sich übergeben. Darauf kam er schniefend, sich den Mund mit einem riesigen blauen Stofftaschentuch abputzend, zurück, setzte sich an den Tisch. Er schnaufte.

Alois rappelte sich langsam auf. »Komm Fritz. Wir müssen noch mal runter.«

»Die Polizei! Chef Alois, die Polizei!«

»Ja Fritz, aber erst müssen wir noch einmal nachsehen. Was soll ich denen sagen? Los, komm!«

»Ich geh´ da nicht mehr runter. Ich nicht!« Fritz winkte heftig mit dem Kopf schüttelnd ab, setzte sich auf die Bank, stützte den gesenkten Kopf in beide Hände.

»Also gut.« Alois ging mit langsamen Schritten zur Kellertür, dann die Treppe hinunter, nahm die Handlampe vom Regal, ging langsam zum Tank, unter dem der Wein mit Blut vermischt, hervortrat. Er leuchtete hinein, sah den Toten mit dem Gesicht nach oben im roten Wein liegen. Die dünnen hellroten Haare standen von seiner Halbglatze ab, schwammen auf der Oberfläche des Weines. Es sah furchterregend und geisterhaft aus. Holzbichler erschrak heftig, fasste sich an die Stirn: »Das gibt es doch nicht!«, rief er laut, »der Joschi!«

Er schleppte sich die Treppe hoch, wankte in den Gastraum, nahm das Telefon, wählte die 110. Völlig erschöpft setzte er sich auf einen Stuhl am Stammtisch. Sein Herz hämmerte. Schweiß lief ihm übers Gesicht.

19

Kommissaranwärterin Lore Michelmann nahm in der Leitstelle den Anruf entgegen. Sie informierte sofort den Rettungsdienst, anschließend die zuständige Polizeidienststelle in Dieburg. Der dortige Dienststellenleiter Albert Schöninger funkte sogleich zwei Streifenpolizisten an, die im Otzberger Raum unterwegs waren: »Fahrt sofort nach Groß-Umstadt zum Weingut Falkenhof. Dort ist ein Toter gefunden worden.«

Polizeihauptmeister Dieter Kohlmann, der den Wagen fuhr, schaltete Blaulicht und Martinshorn ein, mit hohem Tempo rasten sie nach Groß-Umstadt, fuhren in den Hof des Weinguts.

Kurz darauf war der Reporter vom *Darmstädter Echo*, Werner von Rheinfels, in Fachkreisen als Spürli bekannt, zur Stelle. Niemand wusste, wie er es anstellte, den Kollegen immer einen Schritt voraus zu sein.

Eine Weile später hatten sich zahlreiche Menschen angesammelt, darunter weitere Journalisten. Auch der Arzt Dr. Michael Hübner war vor Ort. Ein Rettungswagen stand im Hof des Weinguts.

Kohlmann und sein Kollege, Polizeiobermeister Otto Löbig, schickten die Leute zurück, was besonders den Reportern missfiel.

Es dauerte nicht lange, da fuhr der 5er BMW Zehners vor. Er, van der Groot und Welden stiegen aus, kamen auch nicht weit. Auch sie wurden von den Streifenpolizisten zurückgewiesen.

Als Pfarrer Armknecht von der Mordgeschichte hörte, setzte er sich auf seine Horex, fuhr zum Falkenhof. Doch niemand durfte das Weingut betreten, auch nicht der Pfarrer. Die Beamten sperrten den Hof mit einem rot-weißen Band ab.

***

Lore Michelmann informierte sofort nach Eingang des Notrufes auch das K10, Kommissariat für Gewaltverbrechen.

»Gott sei Dank haben Dröger und Fränkli heute Dienst«, sagte sie leise vor sich hin. »Ist ja Samstag. Da sind nicht alle da.«

Der Erste Kriminalhauptkommissar Heiner Dröger studierte gerade Berichte über Einbrüche, als er den Anruf der Leitstelle entgegennahm.

Urs Fränkli, Hauptkommissar, saß im Büro nebenan und telefonierte. Dröger rief ihn zu sich, erzählte ihm, was passiert war. »Urs, ein Mord in Groß-Umstadt. In meiner unmittelbaren Nachbarschaft. Das Weingut Falkenhof liegt gerade mal gut dreihundert Meter von unserem Haus entfernt.«

»Das ist ja wohl der Hammer!« Fränkli, gebürtiger Schweizer, sah seinen Vorgesetzten ungläubig an, fuhr sich über die kurzen, schwarzen Haare, die an den Schläfen bereits grau waren. Er wohnte nicht weit von Groß-Umstadt. Seit der Trennung von seiner Frau lebte er mit der Architektin Michelle, einer attraktiven Südfranzösin, im Otzberger Ortsteil Lengfeld.

»Los, Urs. Beeil' dich.« Dröger schnappte seine dunkelblaue Clubjacke, nestelte die Autoschlüssel aus der Tasche, eilte die Treppe hinunter auf den Parkplatz zu seinem Dienstwagen. Er saß schon auf dem Fahrersitz, hatte gerade das Blaulicht auf das Dach des Audi gestellt, als Urs angerannt kam. Urs setzte sich auf den Beifahrersitz, rief Kriminaldirektor Friedrich Brammers zuhause in Griesheim an, meldete ihm den Vorfall. Dröger startete, sie fuhren vom Parkplatz.

»Bin in zwanzig Minuten da, Fränkli.« Brammers saß mit seiner Frau Maria beim Frühstück. Er zog die hohe Stirn in Falten, legte das *Darmstädter Echo* zur Seite, biss in sein Brötchen.

»Wir sind unterwegs nach Groß-Umstadt, Herr Direktor.«

»Okay. Wir sehen uns später«, murmelte Brammers mit vollem Mund.

Während er aufstand, trank er einen Schluck Kaffee, stellte die Tasse auf den Tisch. Er eilte zur Garderobe, nahm die hellbraune Freizeitjacke vom Haken, küsste seine Frau, die ihn erstaunt ansah, auf die Wange. »Tschüss, Maria.«

»Was ist passiert, Friedrich?«

»Mord. Haben wir selten. Mord im Odenwald.«

***

Fränkli verständigte den Ersten Kriminalhauptkommissar Hennes Lehmann, Chef des Erkennungsdienstes ZK41, auch Spurensicherung oder einfach nur SpuSi genannt. Fränkli erklärte ihm den Sachverhalt, fragte: »Wie sieht's aus, Hennes? Hast du deine Mannschaft schnell beisammen?«

»Die zwei Diensthabenden sind unterwegs. Ich muss mit Schorsch Hartmann sprechen. In die Villa vom Gewerkschaftsboss in Dieburg ist in der vergangenen Nacht eingebrochen worden. Die Terrassentür wurde aufgehebelt. Hartmann und Kemper sind dort.«

»Gut. Ruf sie an. Sie müssen so schnell wie möglich nach Groß-Umstadt kommen. Wenn sie noch nicht soweit sind, müssen zwei andere Kollegen gerufen werden.«

»Okay.« Lehmann griff zum Handy.

Fränkli runzelte die Stirn: »Vor gut zwei Jahren die Morde in Nieder-Klingen, jetzt in Groß-Umstadt. Nicht zu fassen.« Dabei fiel ihm ein, dass der Mörder der Schauspielerin Helen Siemer, die in Nieder-Klingen einen Bauernhof gekauft hatte, noch immer nicht gefasst war.

Er sah Dröger an: »Du kennst sicher das Weingut, Chef, oder?«

»Klar. Dazu gehört das Weinlokal *Autmundisklause*. Ich kenne auch von Auberg. Er ist, oder besser gesagt, war der Inhaber der *Lustigen Reblaus*, einer Weinstube in der Nähe des Falkenhof.«

Sie rasten mit eingeschaltetem Blaulicht und Martinshorn über Ober-Ramstadt, Reinheim, Spachbrücken, Habitzheim nach Groß-Umstadt. Dort waren am Bahnübergang in der Habitzheimer Straße die Schranken geschlossen. Ein Zug der Odenwaldlinie *VIAS* war gerade in den Bahnhof eingefahren.

»Immer wenn man es nicht braucht«, knurrte Dröger. »Die Bahn!« Er schüttelte den Kopf. »Wann kriegen die es endlich hin, hier eine Unterführung oder eine Brücke oder was weiß ich zu bauen?«

»Wahrscheinlich nie, Chef.«

Sechs lange Minuten. Gemächlich setzte sich der Zug in Bewegung bis er hinter der nächsten Kurve verschwunden war.

Drei Minuten später wurden die Beamten von den beiden Streifenpolizisten auf den abgeriegelten Hof des Weinguts durchgelassen. Die Kommissare gingen über den Hof, dann die ausgetretenen Sandsteinstufen hinunter in den Weinkeller, um sich ein Bild über das Geschehene zu machen.

Der typische Geruch schlug ihnen entgegen. In den Ecken an der Decke und zwischen den Tanks waberten Spinnweben. Die mit groben Bruchsteinen gemauerten Wände waren feucht. Aus einer Ecke kam ein monotones Blubbern. Ein Mäuschen lugte unter einem der Tanks hervor, verschwand wieder. Es war kalt. Eine unangenehme nasse Kälte. Nebenan in einem gewölbten Raum lagerten abgefüllte Flaschen und jede Menge Leergut.

Sie sahen sich wortlos an. Hauptkommissar Lehmann und die Oberkommissare Hartmann und Kemper vom Erkennungsdienst der Kripo Darmstadt waren bereits da, bereiteten die anstehenden Untersuchungen vor.

»Alles klar in Dieburg?«, fragte Dröger Lehmann.

»Ja.« Die Sache in der Dieburger Villa war seitens des Erkennungsdienstes abgeschlossen.

»Personen kamen nicht zu Schaden. Die Kollegen von der Dieburger Dienststelle ermitteln«, klärte Lehmann Dröger auf.

»Okay.« Dröger nickte.« Und hier? Was habt ihr hier bisher gefunden?«

»Was mir als erstes auffiel, war, dass die Tür zum Weinkeller ganz sicher nicht abgeschlossen war. Das Schloss ist nicht beschädigt. Neu ist es auch nicht. Also ...«

»Vielleicht hat der Täter einen Schlüssel gehabt.« Dröger hob den Kopf.

»Oder so. Ja«, entgegnete Lehmann.

20

Die Männer vom Erkennungsdienst in weißen Overalls, blauen Überschuhen, mit Mundschutz, wirkten gespenstisch in dem düsteren, schlecht beleuchteten Weinkeller.

Sie stellten helle Strahler auf, legten einen Trampelpfad aus Pappe dorthin, wo sich keine sichtbaren Spuren befanden, damit keine neuen Spuren in den vermutlichen Tatbereich hineingetragen werden konnten. Alle erkennbaren Spuren wurden markiert und vermessen. Spurenzonen wurden mit Ölkreide gezeichnet. Eine Skizze wurde angefertigt, um eine Spurenliste anzulegen. Alle wichtigen Dinge wurden sofort fotografiert, Videos angefertigt.

Erste Untersuchung durch Notarzt Hübner.

»Holt ihn aus dem Tank«, sagte er, nachdem er hinein geschaut hatte.

Hartmann und Kemper zogen den triefenden Toten aus dem Weintank, legten ihn auf eine weit ausgebreitete Plastikfolie.

Dröger wollte den Todeszeitpunkt wissen, doch Hübner stellte lediglich den Tod fest.

»Alles andere überlasse ich der Rechtsmedizin in Frankfurt. Der Helm, der soll das machen. Wenn er Dienst hat.« Er wandte sich ab, schloss seinen Koffer, verabschiedete sich.

»Na, der ist aber sehr kommunikativ.« Dröger schüttelte den Kopf, nahm sein Smartphone aus der Jackentasche, rief im rechtsmedizinischen Institut an. Helms Assistentin war am Apparat: »Tut mir leid, Herr Hauptkommissar, der Herr Professor hat keinen Dienst. Herr Doktor Hück übernimmt die Vertretung. Ich sage ihm sofort Bescheid.«

»Nein, lassen Sie mal. Ich werde Professor Helm schon erreichen. Danke.«

Dröger rief den Rechtsmediziner auf dem Handy an.

Helm war zum Wandern auf dem Nibelungensteig. Die erste Etappe von Zwingenberg an der Bergstraße bis nach Schlierbach im Odenwald hatte er bereits am Tag zuvor hinter sich gebracht. In Schlierbach hatte er in einer Pension übernachtet. Jetzt war er unterwegs von Schlierbach über Lindenfels nach Gras-Ellenbach.

»Mensch Dröger! Ich habe frei. Der Hück vertritt mich.« Helm stieg gerade die steilen Stufen nach Lindenfels hoch, blieb schwer atmend stehen, wischte sich mit einem Stofftaschentuch den Schweiß von der Stirn.

»Ich weiß, dass Sie frei haben, aber ich möchte, dass Sie die Sache übernehmen.«

»Um was geht´s?« Der Professor war merklich verärgert. Der Hauptkommissar erklärte ihm, was passiert war.

»Was? Mord? Bei uns in Umstadt?« Jetzt zögerte Helm keine Sekunde. »Ich komme so schnell wie möglich.«

Er bestellte sofort über Handy ein Taxi, stieg die restlichen Stufen hoch, setzte sich in Lindenfels in das vor der Burg wartende Taxi, ließ sich nach Zwingenberg bringen. Dort hatte er seinen Wagen abgestellt.

***

Lehmann sah sich die Leiche an: »Ein tiefer Schnitt durch die Kehle. Da wurde ganze Arbeit geleistet.«

Er nahm eine Hand des Toten, schnitt mit einer Schere Fingernägel ab, Haare von allen Seiten des Kopfes, verpackte alles in vorbereitete Umschläge. Jede noch so kleine Spur wurde berücksichtigt.

Oberkommissar Kemper maß Raumtemperatur, Bodentemperatur, die Körpertemperatur des Leichnams im Rhythmus von zehn Minuten. Auf diese Weise konnte festgestellt werden, wann ungefähr der Tod eingetreten war.

Dröger war hochgegangen in die *Autmundisklause*, wo er mit Irina sprach. Da die Frau mit der Situation total überfordert war, konnte sie dem Hauptkommissar nicht viel weiterhelfen. Auch die Kellnerin Erika Winter aus Habitzheim, die Irina angerufen hatte, war inzwischen da, wurde von Dröger befragt. Sie konnte ebenfalls nicht weiterhelfen.

Danach ging Dröger wieder hinunter in den Weinkeller, nahm Hauptkommissar Fränkli beiseite: »Ich werde Holzbichler befragen. Urs, du sprichst mit seinem Sohn. Ich habe mit der Haushälterin Irina gesprochen. Die war komplett fertig. Sie konnte mir leider nur soviel sagen, dass Quirin, der Sohn Holzbichlers mit seiner Freundin zu Besuch hier ist und dass noch ein Fritz Kunze auf dem Falkenhof arbeitet. Erika Winter, die hauptsächlich an Wochenenden kellnert, konnte mir auch nicht mehr sagen.« Er schob die Brille auf die Haare, fuhr fort: »Den Kunze nimmst du dir auch vor.«

***

Nach etwa einer Stunde hielt ein schwarzer Porsche 911 vor dem abgesperrten Weingut. Der Rechtsmediziner mit dem Kugelbauch, dem welligen graumelierten Haar, den hier in Umstadt fast jeder kannte, war eingetroffen. Er trug noch seine Wanderkleidung. Professor Dr. Hans Georg Helm hatte am Herrnberg irgendwann mal einen Wingert gekauft, den er selbst vermarktete. Sein Umstädter Kellerriesling, ein halbtrockener Weißwein, war weitum bekannt und beliebt.

Helm wies sich bei den Streifenpolizisten aus, die für die Absperrung verantwortlich waren. Sie ließen ihn ein, grinsten sich an: »Wo kommt denn der her?« Helm hatte es gehört, warf ihnen einen bösen Blick zu, sagte aber nichts, stellte den Porsche auf einem der Parkplätze ab. Er nahm seinen braunen Arztkoffer, den er immer im Wagen hatte, stieg aus, zeigte auf die Kellertür: »Hier?«

»Hier!« Alois, der neben den Polizisten stand, nickte. »Tag, Herr Professor Helm.«

»Tag, Herr Holzbichler. Was ist passiert?«

Holzbichler zuckte mit den Schultern. »Keine Ahnung.«

»Na, dann woll'n mer mal.« Helm öffnete die Tür, stieg die steilen Stufen hinab: »Hat jemand den Toten angefasst?«

»Außer Dr. Hübner nur unser Chef, der Kollege Kemper und ich«, meldete sich Schorsch Hartmann vom Erkennungsdienst, »wir haben ihn aus dem Tank geholt und mit den Temperaturmessungen begonnen.«

»Brav.« Der Professor ließ sich das Ergebnis zeigen, während er ein Paar Latexhandschuhe aus dem Koffer nahm und überstreifte. Er grinste. »Hübner hat nur den Tod festgestellt?«

»Ja«, antwortete Dröger.

»So kenn' ich den. Sobald es in Arbeit ausartet ...« Er zog die Augenbrauen hoch. »Aber lassen wir das.«

Helm sah sich den Toten an: »Ungesunde Gesichtsfarbe ... und das nicht vom Wein. Ich meine, nicht vom Wein trinken.«

Er schob die Unterlippe vor, drehte den Kopf des Opfers leicht nach links: »Sauber die Kehle durchtrennt. Mein lieber Mann!«

Helm sah Lehmann an: »Ihr könnt jetzt.«

»Okay! Schorschi, Karl, wir kleben die Leiche jetzt ab. Karl, bring doch mal die Neschenfolie.«

Da der Tote von einer Mixtur aus Blut und hauptsächlich Rotwein durchnässt war, erwies sich das Abkleben als gar nicht so einfach.

Bevor Dröger oder Urs fragen konnten, meinte der Professor: »Der lag mit Sicherheit, na ja, ich schätze mal grob, vielleicht neun bis zehn Stunden in dem guten Roten. Spätburgunder?« Niemand antwortete.

»Okay, Herr Professor.« Mehr sagte Dröger dazu nicht.

»Einen genaueren Bericht ...«

»Ja ja, bekommen wir frühestens morgen. Das wissen wir.«

»Na, dann ist es ja gut.«

Der Professor dreht sich Dröger zu, sagte leise: »Der Wirt hat mich begrüßt, bevor ich hier herunter kam. Wir kennen uns ja.« Er sah Dröger mit gerunzelter Stirn an, fuhr sich mit dem Handrücken über die Stirn: »Holzbichler wirkte auf mich so ruhig. Normalerweise müsste der doch total aus dem Häuschen sein, oder? Passen Sie bei dem auf.«

»Wir tun schon unsere Arbeit, keine Sorge.« Dröger war leicht angefressen.

Helm zuckte mit den Schultern, ging die Treppe hoch: »Ich mein´ ja nur.«

Oben angekommen, rief er hinunter: »Ich erwarte den Leichnam spätestens heute Nachmittag im Institut.«

»Ich kümmere mich darum.« Fränkli nickte Dröger zu.

Dröger ging nach oben, um den Wirt und seinen Helfer zu befragen. Kurz darauf folgte Fränkli, der den Sohn des Wirtes sprechen wollte. Er stolperte beinahe über eine pechschwarze Katze, die neugierig den Schwanz hochgestellt hatte. Die Katze fauchte, sah ihn feindselig an. Mit einem Sprung verschwand sie hinter den Thujahecken.

Dröger fand Alois im Gespräch mit den beiden Streifenpolizisten. Der Hauptkommissar und der Winzer kannten sich vom Sehen, hatten aber noch nie Kontakt zueinander gehabt. Dröger bat ihn zu sich, sie setzten sich auf eine der Bänke im Hof.

»So, Herr Holzbichler. Nun erzählen sie mal, wie sich alles zugetragen hat.«

»Ja, was soll ich sagen, Herr Kommissar? Ich habe keine Ahnung.« Jetzt machte Alois einen sehr nervösen Eindruck.

»Kommen Sie. Sagen Sie mir, was sie wissen.«

Alois kratzte sich verlegen am Kopf, runzelte die Stirn. Er erzählte Dröger, was er erlebt hatte.

»Die komische rote Spur hatte eine Lache gebildet und führte unter einen Tank des Edlen Falken.«

Dröger sah Alois fragend an.

»Sie müssen wissen,« setzte dieser hinzu, »der Edle

Falke ist ein wirklich besonderer Spätburgunder. Er ist der Beste im ganzen ...«

»Bitte beschränken Sie sich auf das Wesentliche, Herr Holzbichler«, unterbrach Dröger etwas genervt. »Außerdem habe ich mal gehört, dass besondere Rotweine im Barrique reifen.«

»Ja, das stimmt.« Alois sah ihn ein wenig beleidigt an: »Die Barriquefässer waren voll. Sie fassen nur zweihundertfünfundzwanzig Liter. Deshalb haben wir einen Teil des Edlen Falken in diesen Edelstahltank abgefüllt. Ausgerechnet in diesen.«

»Mindert das nicht die Qualität?«

Alois neigte den Kopf etwas: »Vielleicht. Aber gut. Also, ich tunkte einen Finger in die Lache, stellte fest, dass es Blut sein musste. Mir wurde schwindelig. Ich rief nach Fritz.«

»Fritz ist ihr Mitarbeiter, oder?«

»Ja. Fritz Kunze.«

»Und weiter?«

»Ei ja, Fritz kam dann auch.« Er hielt inne, fasste sich an die linke Brustseite, holte tief Luft. Dröger wartete einen Moment, dann fragte er vorsichtig: »Ist Ihnen nicht gut? Brauchen Sie einen Arzt?«

»Nein nein, geht schon.«

»Kann's weiter gehen?«

»Ja. Der Kreislauf, wissen Sie?«

Dröger nickte.

Alois atmete durch. »Ich war nicht in der Lage, noch einmal in den Keller hinunter zu gehen. Ich war am Rande eines Herzinfarktes. Völlig fertig eben, musste mich hinsetzen. Deshalb schickte ich Fritz hinunter.« Erneute Pause. »Ich musste doch wissen, was passiert war.« Er sah Dröger eine Weile an.

»Ja ja, weiter!« Der Hauptkommissar wurde langsam ungeduldig.

Alois fuhr fort: »Fritz kam hochgerannt, faselte was von Mord. Ein Toter läge in einem Tank. Er weigerte sich, noch mal runterzugehen. Also ging ich selbst hinunter, sah in den Tank hinein und entdeckte meinen Nachbarn Joschi im Rotwein.«

»Wie war Ihr Verhältnis zu von Auberg?«

»Eher nicht so gut.«

»Sie haben sich gehasst, oder?«

»Ich glaube, so kann man es nennen«, gab Alois zögernd zu.

Dröger hatte, wie die meisten Umstädter, gehört, wie von Auberg ständig über die *Autmundisklause* lästerte. Trotzdem fragte er: »Warum haben Sie ihn gehasst?«

»Der Joschi hat uns überall schlecht gemacht. So hat er erreicht, dass sein Lokal immer besser besucht war als unsere *Autmundisklause*.« Er hob die Schultern an: »Er war halt ein böser Mensch.«

Dröger legte den Kopf schief. »Es hat Ihnen also nicht allzu viel ausgemacht, dass Ihr Nachbar in dem Tank lag?«

Alois Holzbichler bemerkte zwar die Ironie, ignorierte sie aber. »Es ist schon saublöd, wenn in unserem Wein ein Mensch ertränkt wird. Andererseits ... Joschi hat so viel Übles über uns geredet, dass mir so ein bisschen am Hintern vorbeigeht, was ihm passiert ist.« Er blinzelte nervös mit den Augen. »Aber ausgerechnet bei uns!« Alois tupfte sich mit einem Stofftaschentuch den Schweiß von der Stirn: »So. Habe ich jetzt ein Motiv?«

»Ja, Herr Holzbichler, Sie haben ein Motiv, und zwar ein ganz gewaltiges. Und überhaupt ... wer sagt Ihnen denn, dass Herr von Auberg ertränkt wurde?« Der Wirt zuckte mit den Schultern: »Ich dachte ...«

»Genau. Sie dachten«, unterbrach ihn Dröger. »Wo waren Sie am Freitagnacht zwischen ein und vier Uhr? War die *Autmundisklause* um diese Zeit noch geöffnet?«

»Um viertel vor eins habe ich abgeschlossen und

bin ins Bett gegangen. Bevor Sie mich jetzt nach einem Alibi fragen, ich habe keines. Vorher war ich im Lokal. Den ganzen Abend. Das können die Gäste bestätigen.«

»Okay.« Dröger presste die Lippen zusammen. »Wir werden das überprüfen.« Dann fragte er: »Wird die Tür zum Weinkeller bei Ihnen nie abgeschlossen?«

Alois starrte ihn an: »Eigentlich schon«, versuchte er, seine Überraschung zu überspielen, »aber es ist ab und an schon passiert, dass vergessen wurde, abzuschließen.«

»Wer hat den Schlüssel?«

»Der hängt in der Weinstube hinter dem Gläserschrank.«

»Also für jedermann zugänglich.«

»Ja. Aber das weiß niemand außer Fritz und mir.«

»Wer schließt in der Regel ab?«

»Ach, das ist unterschiedlich. Mal Fritz, mal ich. Meistens Fritz.«

»Und gestern Abend hat keiner von Ihnen beiden abgeschlossen?«

»Sonst wäre die Tür ja nicht offen gewesen. Ich habe nicht abgeschlossen. Wahrscheinlich hat Fritz es vergessen.«

»Gut. Verlassen Sie vorerst Groß-Umstadt nicht, halten Sie sich zu unserer Verfügung.«

»Aber, Herr Kommissar, es ist doch ...«

»Ich wiederhole: Verlassen Sie Groß-Umstadt nicht.« Dröger sah ihn mit ernstem Blick an.

Alois nickte grimmig.

Dröger wandte sich ab, ging hinüber zur *Autmundisklause*, wo Fränkli dabei war, Quirin zu befragen.

»Urs, ich bin dann in der *Lustigen Reblaus*.«

»Mhm.« Fränkli nickte.

Inzwischen war der Leichnam abgeholt und nach Frankfurt in die Rechtsmedizin gebracht worden.

***

Dröger ging zu Valerie. Die hatte einen anonymen Anruf erhalten. Der Anrufer hatte mit verzerrter Stimme ins Telefon geflüstert: »Jetzt ist er endlich weg.« Ohne eine Antwort abzuwarten, hatte er aufgelegt.

Mit verweinten Augen saß Valerie jetzt an einem Tisch in ihrem Lokal. Ihre Tochter Evelyn und deren Freund Gunther saßen neben ihr, versuchten, sie zu trösten.

Dröger kondolierte, fragte: »Frau von Auberg, sind Sie in der Lage, einige Fragen zu beantworten?«

»Fragen?« Sie blickte auf. »Sie sind doch der Polizist aus der Unteren Marktstraße, nicht wahr?«

»Genau. Frau von Auberg, ich weiß, das ist jetzt nicht leicht für Sie, aber wir sind bestrebt, den Täter so schnell wie möglich zu finden. Das ist doch ganz sicher auch in Ihrem Sinne.«

»Ja.« Valerie senkte den Kopf. »Stellen Sie Ihre Fragen.«

»Wann haben Sie Ihren Mann zum letzten Mal gesehen?«

»Gestern Vormittag.«

»Um welche Uhrzeit?«

Sie überlegte. »Vielleicht um neun, halb zehn.«

»Ihr Mann war also seitdem nicht mehr zuhause?«

»Nein.«

»Ist das nicht ein bisschen ungewöhnlich?«

»Am Winzerfest absolut nicht. Da kann bei uns jeder tun und lassen, was er will.«

»Aha! Was heißt das?«

»Das heißt, dass jeder tun und lassen kann, was er will«, antwortete sie gereizt.

»Wo war Ihr Mann in dieser Zeit?« Dröger strich sich übers Kinn.

»Keine Ahnung.« Sie blies eine Haarsträhne aus

dem Gesicht. »Wahrscheinlich war er auf dem Fest unterwegs. Besprechungen, Auftritte mit dem Gesangverein. Da ist er Schriftführer. Manchmal hat er auch schon bei Sangeskollegen geschlafen. Deshalb habe ich mir keine Sorgen gemacht, als er nicht nach Hause kam.«

»Okay. Und das Lokal? Wer betreibt in der Zeit die *Lustige Reblaus*?«

»Meine Tochter und ihr Freund.« Sie wies auf die Beiden. »Und ich natürlich.«

»Waren Sie gestern den ganzen Abend im Lokal?«, fragte Dröger weiter.

»Sie werden mich jetzt auch noch verdächtigen?«, empörte Valerie sich. »Das kann ja wohl nicht wahr sein!«

»Alles reine Routine, Frau von Auberg. Bitte beantworten Sie meine Frage.« Der Hauptkommissar blieb ruhig.

Valerie wischte sich mit einem Taschentuch die Tränen aus den Augen. »Gut. Ich war gestern Abend auf dem Winzerfest.«

»Mit wem?«

»Alleine.«

»Sie haben doch sicher mit jemandem zusammengesessen.«

»Ja, schon, aber die Leute, bei denen ich gesessen habe, kannte ich nicht. Beim Winzerfest setzt man sich dahin, wo gerade Platz ist. Ich war im *Kutscherhaus*. Danach habe ich noch einen Bummel über das Festgelände gemacht.«

»Um wie viel Uhr war das?«

»So genau weiß ich das nicht mehr, aber es dürfte um elf gewesen sein.«

»Vielen Dank, Frau von Auberg. Sollte ich noch Fragen haben, melde ich mich wieder. Wenn Ihnen noch etwas einfällt, rufen Sie mich bitte an.« Er gab ihr seine Visitenkarte. »Auf Wiedersehen.«

»Wiedersehen.« Valerie atmete auf.

Ihre Tochter sah sie an: »Was ist los, Mutti?«

»Ach, das war jetzt doch ein bisschen zu viel. Auch noch die Polizei.«

»Aber sie müssen doch den Mord an Papa aufklären.«

Evelyn musste weinen, umarmte ihre Mutter.

»Hast ja recht, Kind. Sie tun nur ihre Pflicht.« Valerie drückte ihre Tochter fest an sich.

***

Nachdem Hauptkommissar Fränkli mit Quirin gesprochen hatte, ging er auf Dröger zu, der mittlerweile wieder zurück war, sich nachdenklich auf eine Bank im Hof gesetzt hatte. »Chef, Quirin Holzbichler kam erst vor kurzem aus Berlin, wo er studiert. Er wollte zum Winzerfest und zur Weinlese hier sein, um seinen Vater bei der Arbeit zu unterstützen. Seine Freundin Natalia Sprenger ist auch da, aber die ist im Moment nicht vernehmungsfähig. Laut Holzbichler hat sie gestern zuviel getrunken. Sie liegt noch im Kahn.«

»Wo liegt sie?«

»Im Bett.«

»Ach so. Das sollte uns aber nicht aufhalten, sie zu befragen.«

Dröger sah auf: »Lass sie wecken, Urs.«

»Okay.« Fränkli ging hinüber zu Quirin, bat ihn, seine Freundin zu wecken.

»Ich kann es probieren, Herr Kommissar, aber ob ich es fertig bringe, kann ich Ihnen nicht versprechen.«

»Es ist wichtig.«

Er ging zurück zu Dröger, setzte sich neben ihn auf die Bank. »Also Chef, Quirin wird seine Freundin wecken.«

»Gut. Wann genau ist er hier angekommen?«
»Vor zwei Tagen, vormittags.«
»Mit dieser Natalia Sprenger?«
»Richtig.«
»Was hat er denn alles erzählt?«, wollte Dröger wissen.

»Er sagte, er habe in der kurzen Zeit, seit er hier ist, festgestellt, dass Joschi von Auberg sich irgendwie komisch seinem Vater gegenüber verhalten hat. Von Auberg hätte ein sehr arrogantes Auftreten gehabt. Was ihm noch auffiel, war der rege Betrieb in der *Lustigen Reblaus*. In der *Autmundisklause* dagegen sei es verhältnismäßig ruhig. Dass dies so sei, schließe er auf die abfälligen Äußerungen von Aubergs.« Fränkli kratzte sich an der Nase. »Auf meine Frage, ob er ein Messer besitze, zeigte er mir ein Schweizer Taschenmesser, das er, wie er sagte, immer bei sich trage.«

»Ein Schweizer Messer. Könnte Quirin Holzbichler der Mörder sein? Was meinst du, Urs?«

»Warum nicht?« Fränkli nickte. »Er hätte vielleicht ein Motiv. Die üblen Nachreden.« Er zog die Unterlippe durch die Zähne. »Aber zur mutmaßlichen Tatzeit war er angeblich zuhause und hat geschlafen. Er habe seine Freundin heimgebracht und sei dann zuhause geblieben. Übrigens, was hat eigentlich der alte Holzbichler gesagt?«

»Im Grunde genommen das Gleiche wie sein Sohn.« Dröger nieste, holte ein buntes Taschentuch aus der Hosentasche, schnäuzte kräftig hinein. Die beiden Streifenpolizisten drehten sich erschrocken um.

»Nix passiert, Dieter. Dröger hat nur geniest.«

»Mann, Mann, daran werde ich mich nie gewöhnen. Der wird noch mal sein schönes altes Segelflugzeug zum Absturz bringen, wenn er hoch da droben so laut niest.« Er deutete mit einem Zeigefinger in die Luft. Sein Kollege grinste.

»Alois Holzbichler gab sogar zu, dass ihm das nicht allzu viel ausmacht«, fuhr Dröger fort. »Er fand es zwar blöd, dass die Geschichte bei ihm im Weinkeller passiert ist, aber das es den Joschi von Auberg getroffen hat, schien ihn nicht sehr zu berühren.«

»Ist das verwunderlich? Wie der sich Holzbichler gegenüber verhalten hat.«

»Okay. Aber schließlich geht es hier um Mord.« Dröger hob den Kopf. »Hast du mit diesem Fritz Kunze gesprochen?«

»Hab ich. Also, das ist mir ja ein Vogel.«

»Wieso?«

»Er war komplett durcheinander. Er hat nur gestammelt: Der Wein! Der schöne rote Wein! Der gute Spätburgunder! Wo ist Chef Alois? Der Tote im Wein! Furchtbar! Es dauerte eine Weile, bis ich ihn einigermaßen beruhigt hatte. Er erzählte, dass er vom Chef in den Keller geschickt wurde. Er habe dann die rote Lache gesehen und den Toten gefunden, ihn aber nicht erkannt. Sonst könne er sich an nichts mehr erinnern. Er habe sich noch gewundert, dass der Weinkeller nicht abgeschlossen war. Das Schloss sei nicht aufgebrochen worden.« Fränkli schüttelte den Kopf. »Ich denke, der ist geistig nicht so auf der Höhe.«

»Mehr konntest du aus ihm nicht herausbekommen, Urs?«

»Nein, Chef, absolut nicht. Wie gesagt, ich glaube, der ist nicht ganz normal. Zumindest machte er auf mich den Eindruck.«

»Soll´s ja geben. Das erfahren wir vom alten Holzbichler.«

Dröger stand auf, ging zur Terrasse, wo Alois sich an einen Tisch gesetzt hatte, den Kopf in beide Hände gestützt. Von ihm erfuhr der Hauptkommissar, dass sein Helfer Fritz tatsächlich geistig etwas behindert war.

Inzwischen hatte Quirin Natalia geweckt. Er ging zu den Kommissaren, bat sie, mit ins Nebenzimmer der Weinstube zu kommen. »Hier können wir ungestört reden.«

***

Im Weinkeller waren Hartmann und Kemper vom Erkennungsdienst dabei, Spuren auszumachen und mit Nummern zu kennzeichnen. Abdrücke von Schuhspuren wurden festgestellt. Ein Portemonnaie aus braunem Leder, voll gesogen mit Rotwein fanden sie in der rechten Hosentasche des Toten. Es beinhaltete nur wenige Euro. Der Personalausweis befand sich in der Brieftasche. Ein fast komplett aufgerauchter Zigarrenstummel wurde gefunden. Kemper piekste ihn mit einer Nadel auf, verschloss ihn in einen Plastikbeutel, den er sofort mit Datum und Uhrzeit versah. Mehrere Gegenstände, darunter eine leere Zigarettenschachtel wurden verpackt und beschriftet, um im Labor analysiert zu werden. Die Männer vom Erkennungsdienst hatten einiges zu tun.

***

Dröger und Fränkli gingen zusammen mit Quirin ins Nebenzimmer der *Autmundisklause*, wo Natalia sie erwartete. Die strähnigen schwarzen Haare hingen ihr in das blasse, ungeschminkte Gesicht. Schwarze Ringe unter den Augen verliehen ihr das Aussehen einer alten Frau. Sie trug einen zerschlissenen Jogginganzug, der um ihren ausgemergelten Körper schlabberte.

Sie setzten sich an einen Tisch. Irina kam, fragte nach Getränken.

»Jetzt nicht, Irina.« Quirin sah die Beamten an. »Oder?«

»Nein, danke. Kommen wir zur Sache.«

»Ist gut.« Irina ging zurück in die Weinstube.

Natalias erste Frage war: »Habe ich was falsch gemacht?«

Dröger sah Natalia ernst an. »Das wird sich zeigen, Frau Sprenger. Was können Sie uns zu der Geschichte sagen? Sie wissen schon. Der Tote im Weintank.«

Sie hielt seinem Blick nicht stand, sah an dem Hauptkommissar vorbei. »Ich weiß eigentlich gar nichts«, stammelte sie.

»Was soll das heißen, Sie wissen eigentlich gar nichts? Wo waren Sie denn, wenn Sie nichts wissen?«

»Das ist so«, sie fuhr sich durch die strähnigen Haare, »ich habe ja eben erst von Quirin erfahren, was passiert ist.«

Die Beamten sahen sich irritiert an.

»Ja. Sie hat geschlafen. Habe ich Ihnen doch gesagt«, sagte Quirin.

»Gut, Frau Sprenger. Was haben Sie überhaupt mitgekriegt?«

Natalia schaute Dröger mit wässrigen Augen an. »Als wir auf dem Falkenhof angekommen sind, unterhielten wir uns über verschiedene Dinge und ...«

»Über was für verschiedenen Dinge?«, unterbrach Fränkli.

»Über den komischen Nachbarn Joschi von ...« Sie kratzte sich an der Stirn.

»Auberg«, vervollständigte Fränkli ihren Satz.

»Ja. Von Auberg. Der meinte es wohl nicht gut mit dem Falkenhof. Soviel ich gehört habe, soll er viele Gerüchte verbreitet haben. Quirin und sein Vater hatten sich vorgenommen, das zu beenden.«

Sie zündete sich eine selbstgedrehte Zigarette an, nahm einen tiefen Zug, blies den Rauch durch die Nase aus.

»Und weiter?«

»Gar nichts.« Natalia wurde unruhig. »Wir haben dann zusammen gegessen. Ich habe mich am Nachmittag etwas hingelegt.«

»Und dann haben Sie geschlafen? Den Rest vom Tag?« Der Erste Hauptkommissar schüttelte den Kopf. »Was haben Sie am Nachmittag und am Abend noch gemacht?« Er ließ nicht locker.

»Also gut. Nachmittags bin ich einkaufen gegangen.«

»Wohin?«

»Ich war im Drogeriemarkt.«

»In welchem Drogeriemarkt?«

»Im *dm*. Das können Sie nachprüfen.«

»Das werden wir. Was haben Sie gekauft?«

»Seife, Duschbad und Deospray.«

»Den Kassenzettel haben Sie doch sicher noch.«

»Weggeworfen«, gab sie schnippisch zur Antwort.

»Was haben Sie am Abend gemacht?«

»Ich habe mich ins Bett gelegt und geschlafen. Ich war müde.«

»Und am nächsten Tag? Am Freitag?«

»Nach dem Frühstück gingen wir als erstes in die *Bücherkiste*, glaube ich, so heißt die Buchhandlung in der ... Curtigasse? Da fand eine Signierstunde mit dem bekannten Krimiautor Rainer Witt statt. Das interessierte mich zwar nicht, aber Quirin. Quirin kaufte ein Buch, ließ es signieren. Danach sind wir spazieren gegangen. Später gingen wir zur Winzergenossenschaft, wo wir nach einer Sektprobe mit dem Pfarrer sechs Flaschen Rosésekt gekauft haben.«

»Wo sind sie spazieren gegangen?«

Quirin meldete sich zu Wort. »Von der *Bücherkiste* sind wir in Richtung Marktplatz gelaufen, haben uns das Rathaus und die Säulenhalle angesehen, dann die evangelische Stadtkirche. Über den Marktplatz gingen wir durch die Schlosspassage in den Wambolt'schen Park mit seinem Schloss und über die Pfälzer Gasse zum Pfälzer Schloss. Die beiden Schlösser waren leider nicht zugänglich. Anschließend gingen wir, wie Natalia schon sagte, in die Winzergenossenschaft. Dort trafen wir Pfarrer Armknecht. Ich kenne ihn von früher. Er lud uns zu einer Sektprobe ein. Der Rosé hat uns so gut geschmeckt, dass wir sechs Flaschen mit nach Hause nahmen.«

»Im Weingut Ihres Vaters wird kein Sekt produziert?«

»Nein.«

»Okay. Wie ging's weiter?«

Quirin legte den Kopf schief. »Wir spazierten nach Hause, aßen zu Mittag. Nach dem Essen legten wir uns hin.«

Der Erste Hauptkommissar nickte, wandte sich wieder Natalia zu: »Sie schlafen wohl sehr viel? Was haben Sie später gemacht?«

»Das habe ich Ihrem Kollegen doch schon gesagt.« Quirin sprang erregt auf.

Dröger bedeutete dem jungen Mann durch eine Handbewegung, ruhig zu bleiben.

»Bitte fahren Sie fort, Frau Sprenger.«

»Am Abend waren wir auf dem Winzerfest und haben gefeiert.« Natalia wollte sich eine Zigarette drehen. Der Tabakbeutel fiel ihr aus der Hand. Sie bemüht sich nicht, ihn aufzuheben.

Fränkli sagte zu Quirin: »Herr Holzbichler, davon haben Sie mir gar nichts gesagt.«

»Sie haben mich nicht danach gefragt.« Quirin, der sich wieder gesetzt hatte, lehnte sich zurück.

Dröger ignorierte das, fragte Natalia: »Mit wem waren Sie zusammen?«

»Wir saßen zuerst in einer der Weinlauben am Brunnen. Es waren mehrere Leute dabei. Für mich alles Fremde. Dann gingen wir ins *Kutscherhaus*. Später brachte Quirin mich heim. Ich hatte zu viel getrunken.«

»Können Sie sich an irgendetwas Besonderes erinnern?«

Natalia Sprenger überlegte, knabberte an ihren Fingernägeln. »Nein. Oder doch ... warten Sie. Ob es etwas Besonderes ist, weiß ich nicht. Auf jeden Fall war da noch eine Frau mit an der Theke, so 'ne gut aussehende Rothaarige. Die saß auch am Brunnen schon bei uns. Ich bin dann mal rausgegangen um frische Luft zu schnappen. Als ich zurückkam, war sie immer noch da. Dann muss ich wohl zusammengeklappt sein, denn als ich wieder zu mir kam, lag ich zuhause im Bett.«

»Gibt es noch etwas, das Sie uns sagen können?«

Natalia zögerte einen Moment. »Nein, nicht das ich wüsste.«

»Danke, Frau Sprenger. Sollte Ihnen noch etwas einfallen, verständigen Sie uns. Wir sind Tag und Nacht erreichbar.« Dröger wandte sich an Quirin: »Das gilt auch für Sie, Herr Holzbichler.« Er legte seine Visitenkarte auf den Tisch. »Und noch was: Verlassen Sie zunächst Groß-Umstadt nicht.«

»Warum? Wir haben doch nichts getan.«

»Tun Sie einfach, was ich sage. Bleiben Sie vorerst in Groß-Umstadt. Das ist eine polizeiliche Anordnung.«

Die Kriminalbeamten verabschiedeten sich von Quirin und Natalia. Holzbichler junior sah ihnen verärgert nach.

Auf dem Weg zum Weinkeller meinte Dröger zu Fränkli: »Na, siehst du. Die Holzbichlers haben beide ein Motiv. Bei der Sprenger bin ich mir nicht klar.« Er hielt inne. »Was mir auffiel: Die Rothaarige, die gestern Abend beim Winzerfest dabei war, könnte Valerie von Auberg gewesen sein, oder?«

»Keine Ahnung. Aber Chef, vergiß nicht, es gibt noch mehr Rothaarige. Oder was denkst du?« Sie blieben stehen.

»Ja ja, stimmt schon. Aber vielleicht gibt es Zusammenhänge. Die von Auberg hat zwar gesagt, dass sie bei Fremden gesessen habe. Sie sprach aber nur vom *Kutscherhaus*. Die Sprenger sagte aber, dass eine Rothaarige auch am Brunnen schon dabei gesessen habe. Wir müssen Valerie von Auberg im Auge behalten.«
Nachdenklich griff Dröger in die Jackentasche, holte die Savinelli-Pfeife und den Tabakbeutel hervor, stopfte sie, zündete sie mit einem seiner langen Streichhölzer an. Ein angenehm nach Zedern duftender Rauch durchzog die Luft.

Der überzeugte Nichtraucher Fränkli sog den Duft genüsslich durch die Nase. Dann sagte er: »Chef, diese Natalia Sprenger ist nicht ganz sauber. Etwas stimmt mit der nicht. Ich denke mal, die war nicht nur voll. Da war mehr.«

»Klar war da mehr, Urs. Ich vermute Heroin.« Dröger nickte. »Das ständige Kratzen, die wässrigen Augen. Überhaupt ihr ganzes Verhalten.«

»Genau, Chef. So wie die aussah und wie komisch sie roch.«

»Richtig. Irgendwie roch die ... süßlich? Und nach Mundspray oder so ähnlich. Auf jeden Fall war sie gestern high. Wie kommt die an das Zeug? Jede Art von Rauschmittel ist sehr teuer ... und man muss jemanden kennen, der einem das Zeug besorgt. Kostet alles viel Geld.« Er sinnierte: »Im Geldbeutel des Toten war nur Hartgeld. Also nur wenige Euro.«

»Du meinst, die Sprenger hat ihn umgebracht und das Papiergeld aus seiner Geldbörse genommen?«

Dröger zuckte mit den Schultern: »Oder Quirin?«

»Das würde ich eher glauben. Sieh dir doch mal die dürre Sprenger an. Die hat doch überhaupt keine Kraft. Wie soll die den Mann in den Tank geschafft haben?«

»Keine Ahnung, Urs. Noch nicht. Aber warten wir es ab.«

Dröger und Fränkli wollten gerade in den Weinkeller hinuntergehen, da begegneten ihnen die Männer vom Erkennungsdienst. Es war 18.25 Uhr.

»Feierabend, Leute. Genug für heute. Abmarsch nach Hause.«

Der Hauptkommissar hob die Hand, zeigte mit dem Daumen nach oben rückwärts in Richtung Tür.

Dröger rief Brammers an, informierte ihn über den Stand der Dinge.

»Okay, Dröger. Wir treffen uns morgen früh um acht. Kommen Sie in den Konferenzraum neben meinem Büro. Bringen Sie Fränkli mit.« Direktor Friedrich Brammers war, wie immer, kurz und präzise. »Auch Lehmann.«

21

Am Sonntag früh um acht Uhr trafen sich die Kommissare im Konferenzraum zum ersten Gespräch wegen des Toten in Groß-Umstadt. Direktor Friedrich Brammers kam zehn Minuten später.

»Kein Kaffee?«, knurrte er.

»Ist ja keine der Damen da.« Fränkli zuckte mit den Schultern. »Sonntag.«

»Fränkli, Fränkli. Ich muss schon sagen. Sie sind doch bestimmt schon eine halbe Stunde hier.«

»Viertel Stunde.«

»Auch gut. Da hätten Sie wenigstens auf die Idee kommen können, Kaffee zu kochen. Mann!«

»Ich mach ja schon.« Fränkli ging widerwillig zur Kaffeemaschine, füllte sie mit Wasser und Kaffee, setzte sie in Gang.

»So, meine Herren,« Brammers sah in die Runde. »Bevor viel Staub aufgewirbelt wird, müssen wir dafür sorgen, dass diese Geschichte so schnell wie möglich aufgeklärt wird.«

Die Kommissare nickten zustimmend.

»Okay«, Brammers strich sich übers Kinn.

Fränkli brachte die gefüllte Kaffeekanne und vier Tassen, stellte alles auf den Tisch. Er goss jedem Kaffee ein: »Gut so?«

»Gut so.« Der Direktor nickte und grinste. Er trank einen Schluck, verzog den Mund: »Was für eine Brühe! Fränkli, Fränkli, Sie müssen noch viel lernen.« Er setzte die Tasse ab.

Brammers schlug die Beine übereinander, zündete sich mit seinem silbernen Boss-Feuerzeug eine filterlose Reval an, nahm einen tiefen Zug, hustete, maulte: »Doofe Kippen.«

Dass im Präsidium Rauchverbot herrschte, interessierte ihn nicht im geringsten.

»Nix Neues, das mit den Kippen«, raunte Dröger, legte die Stirn in Falten, stieß Fränkli leicht in die Rippen. Der grinste.

»Bitte?« Brammers sah die Kommissare fragend an, rückte seine rote, mit silbernen Fäden durchzogene Krawatte zurecht.

»Och nichts, schon gut.« Fränkli hob die Kaffeetasse, trank einen Schluck.

»Ach so. Na ja. Also …« Der Direktor sah den Ersten Kriminalhauptkommissar durchdringend an. »Wir gründen eine Sonderkommission. Sie, Dröger sind federführend. Bei Ihnen laufen die Fäden zusammen. Lehmann ist mit seinen Leuten an Ihrer Seite, wann immer Sie ihn brauchen. Von Ihnen, Fränkli, erwarte ich höchste Einsatzbereitschaft. Ist das klar?«

»Klar.« Fränkli trank einen weiteren Schluck Kaffee. Er ließ sich nicht anmerken, wie schlecht der Kaffee wirklich war.

»Herr Direktor, Sie wissen ganz genau, dass wir immer höchste Einsatzbereitschaft bringen.« Dröger war leicht verärgert.

»Ist ja gut«, brummte der Kriminaldirektor. Er legte die Stirn in Falten. »Ich werde mich um die SoKo kümmern.« Brammers zog an der Reval, blies den Rauch gegen die Decke, sah hindurch wie durch eine Nebelwand: »Ich werde mich sofort darum kümmern.«

»Wenn es möglich wäre, hätte ich gerne Lars Södermann im Team.« Der Hauptkommissar nahm die Savinelli-Pfeife, die vor ihm auf dem Tisch lag, griff nach dem Tabakbeutel in der Jackentasche, stopfte die Pfeife mit schwarzem Tabak, zündete sie an, zog einige Male daran, bis sie richtig brannte. Es duftete nach Zedern.

Qualmwolken zogen durch den Konferenzraum. Brammers meckerte laut hustend: »Was rauchen Sie denn für einen Knaster? Mein lieber Mann, das haut einen ja um.«

»Beste Qualität«, grinste Dröger.

»Na ja.« Brammers verzog das Gesicht, »darüber kann man geteilter Meinung sein.« Er hustete erneut, hob seine Kaffeetasse, dachte an den Geschmack der schwarzen Brühe, winkte mit der anderen Hand ab, stellte die Tasse wieder hin. Sein Blick traf Fränkli wie ein Giftpfeil.

Der sah einfach nur weg.

»Gut Dröger, Sie bekommen Södermann.« Jetzt grinste er. »Der hat doch diesen genialen Spürhund, Prinz heißt er glaub ich, oder?«

»Genau«, erwiderte Dröger. »Nicht nur das. Er ist auch ein sehr guter Ermittler.«

»Schön. Ich werde Södermann Bescheid geben lassen. Die Staatsanwältin habe ich gestern gleich angerufen. Sie kennen die Augustin. Die verlangt schnellste Aufklärung des Falles.«

Die Staatsanwältin Dr. Ramona Augustin war fünfzig Jahre alt, kräftig, einsneunundsechzig groß, hatte neuerdings hennarot gefärbte, glatt frisierte Haare mit superkurzem Pony. Sie gab sich sehr burschikos, manchmal gar ruppig. Es wurde vermutet, dass sie sich dem weiblichen Geschlecht hingezogen fühle.

Der Direktor erhob sich, verließ seinen Platz, verschwand in seinem Büro, wo er mit lautem Knall die Tür zuschlug.
Fränkli verzog das Gesicht, schüttelte den Kopf.
Brammers wählte die Nummer Stefan Humberts, Södermanns Vorgesetzten, bekam die Zusage, die er sofort an Dröger weitergab. »Ich rufe jetzt verschiedene Dienststellen an. Wir werden mindestens noch sechs Leute benötigen.«
»Mindestens«, erwiderte Dröger.
Die Beamten erhoben sich von ihren Stühlen. Dröger bedeutete ihnen mit einer Kopfbewegung, in sein Büro zu kommen. Fränkli und Hennes verstanden.
»Urs, ruf Nikki und Lars an. Sie sollen sofort kommen. Es ist zwar Sonntag, aber ...« Er hob die Schultern.
Der Erste Hauptkommissar setzte sich hinter seinen Schreibtisch, seine beiden Kollegen blieben stehen, lehnten sich an einen der Büroschränke. Nach kurzer Zeit kam der schlaksige Lars Södermann mit seiner bildhübschen Freundin Nikki Herold hinzu. Beide sahen übernächtigt aus.
Dröger schaute sie an: »Na, ihr habt wohl die Nacht zum Tag gemacht.«
»Ist ein bisschen spät geworden letzte Nacht. Der sechzigste Geburtstag meines Onkels aus Dieburg.« Der Achtundzwanzigjährige kratzte sich verlegen an der Stirn.
»Verstehe.« Dröger grinste
»Was ist passiert?« Lars sah die Kollegen fragend an.
Fränkli erklärte was geschehen war.
»Das ist ja Wahnsinn«, entfuhr es Lars.
Nikki rief erstaunt aus: »Du liebe Zeit. Ein Mord?

Und schon wieder im Odenwald? Das ist doch nicht weit von Otzberg, oder?« Sie setzte sich. »Da hat doch damals der Watschler, weiß nicht mehr wie er hieß, vermutlich die Schauspielerin erstochen! In Nieder-Klingen. In dem Bauernhaus!« Sie sah Hauptkommissar Dröger an: »Vielleicht war der das?«

»Aber, Nikki. Der Watschler, wie du ihn nennst, heißt Peters, Helmut Peters, und ist nicht hier. Der ist doch verschwunden. Osteuropa. Rumänien, Bulgarien oder so. Nicht aufzufinden. Nach dem wird immer noch gefahndet.«

»Aber ... man weiß nie.«

Fränkli nickte. »Richtig, Nikki. Man weiß nie.«

Nachdem die Kriminalassistentin sich beruhigt hatte, stand sie auf: »Kaffee?« Sie sah in die Runde.

»Klar.« Fränkli nickte. »Aber richtigen!«

Nikki sah ihn irritiert an: »Wieso?«

»Ach, vergiss es.«

Nikki schüttelte den Kopf, fragte nicht weiter. Sie kochte starken Kaffee, den sie den Kollegen servierte. Sie wusste, diesen Kaffee liebten sie.

22

Das Treffen von Quirin und Valerie in der *Weinscheune* fiel natürlich aus.

Quirin stieß Natalia, die mit offenem Mund leise schnarchend neben ihm lag, sanft in die Seite. »Komm, steh auf. Wir gehen aufs Winzerfest.«

Natalia sah ihn schlaftrunken an, drehte sich auf die linke Seite, schlief einfach weiter.

»Die ist doch schon wieder high. Es ist noch nicht mal Mittag«, knurrte Quirin verärgert. »So eine blöde Kuh.« Er schüttelte den Kopf.

Dann stand er auf, ging ins Bad, duschte, rasierte sich, zog Jeans und einen leichten Pulli an, ging hinunter in die *Autmundisklause*.

Die Weinstube hatte trotz des Mordes geöffnet. Alois Holzbichler konnte auf die Einnahmen nicht verzichten. Er stand wie immer hinter der Theke, während Irina die Gäste bediente. Einige saßen beim Frühschoppen, andere standen an der blank polierten Theke beim Edlen Falken oder dem weißen Kerner, darunter die drei Freunde Zehner, van der Groot und Welden. Hauptthema war der Mord an Joschi.

Bei Zehner fiel Quirin auf, dass dieser versuchte seine rechte Hand zu verstecken, indem er sie in der Hosentasche vergrub.

»Na, ham´mer gut geschlafen?« Alois grinste seinen Sohn an.

»Ja klar, Vater.«

»Kann ich heute mit eurer Hilfe rechnen, Quirin? Du weißt, Winzerfestsonntag! Da ist mehr los als an normalen Tagen. Erika wird alleine ihren Schaff haben.«

Quirin überlegte eine Sekunde, versprach seinem Vater, in der Weinstube zu helfen. Es ging auf die Mittagszeit zu, Irina musste in die Küche, Quirin half Erika beim Kellnern.

Um zehn Minuten nach zwölf erschien Natalia. Sie sah etwas erholter aus, hatte sich ganz gut zurecht gemacht. Vom Drogenkonsum war ihr nur wenig anzusehen. Jedoch der alte Holzbichler merkte, was los war. Er nahm seinen Sohn zur Seite.

»Sag mal, wollt ihr so weitermachen? Die macht sich doch kaputt. Ist ja eh nichts an ihr dran. Mein Gott, Quirin, komm zu dir! Die ist doch nichts für dich.« Er fuhr sich über die Glatze.

Quirin ignorierte die Worte seines Vaters, ging auf seine Freundin zu, sah sie an: »So, und jetzt hilf Irina in der Küche.«

23

Am darauf folgenden Montag traf sich das Darmstädter Ermittlerteam zur Frühbesprechung im Polizeipräsidium. Direktor Brammers und Lehmann waren bereits da. Sie setzten sich im Konferenzraum zusammen. Inzwischen war die Sonderkommission aufgestellt worden. Die SoKo Spätburgunder, die von Dröger geleitet wurde, bestand aus zehn Beamten, die Assistentin eingerechnet. Kein Beamter war begeistert, bei der Sonderkommission dabei zu sein. Dieser Job brachte eine Menge Schreibkram, Archivierungen, penible Ermittlungen, Überstunden mit sich. Nikki sollte sich um die innerdienstlichen Angelegenheiten kümmern, als Aktenführerin fungieren. Die restlichen Kollegen sollten überwiegend ermitteln, auch die anfallenden Schreibarbeiten durften nicht vernachlässigt werden. Also Arbeit ohne Ende. Fast rund um die Uhr.

Dröger hatte das *Darmstädter Echo* vor sich liegen. Eine große Schlagzeile stand auf der ersten Seite: *Mord in Groß-Umstadt. Opfer ist der Wirt der Lustigen Reblaus.* Ein Kurzbericht folgte. Spürli war mal wieder allen anderen voraus.

Die Assistentin des Kriminaldirektors servierte den Kaffee. Irgendwo in einem Büro klingelte ein Telefon.

Brammers fragte: »Wie weit sind wir?«

»Noch nicht sehr weit.« Dröger zupfte sich am Ohrläppchen. »Schwieriger Fall.«

»Was heißt das, schwieriger Fall?«

»Nun, alles ist sehr kompliziert. Und wir haben noch keinen Obduktionsbericht von der Rechtsmedizin.«

»Wer ist verantwortlich?«

»Professor Helm.«

»Okay.« Brammers nahm den Telefonhörer, drückte die Taste mit der gespeicherten Nummer der

Rechtsmedizin in Frankfurt, verlangte Professor Helm.

»Der Herr Professor ist gerade mit einer Obduktion beschäftigt. Kann ich ihm etwas ausrichten, oder soll er sie zurückrufen?«, antwortete eine freundliche weibliche Stimme. »Vielleicht kann ich Ihnen weiterhelfen.«

»Es geht um die Obduktion einer Leiche aus Groß-Umstadt. Sie wurde am Samstag zu Ihnen gebracht. Wir warten dringend auf den Bericht.«

»Joschi von Auberg?«

»Genau.«

»Den Bericht habe ich vor fünf Minuten per E-Mail nach Darmstadt geschickt.«

»Gut. Haben Sie vielen Dank.« Brammers legte auf. »Der Bericht ist da. Dröger sehen Sie mal auf Ihrem PC nach.«

Dröger stand auf, ging in sein Büro, fuhr den PC hoch. Er druckte den Obduktionsbericht aus, nahm ihn mit in den Konferenzraum.

»Na, was ist?«, fragte Brammers.

»Die Kehle mit einem glatten, geraden Schnitt durchtrennt. Möglicherweise mit einem Rasiermesser. Es kann aber auch ein anderes sehr scharfes Messer gewesen sein. Aufgeplatzte Lippen, das Nasenbein gebrochen, Hämatome am Kopf, an beiden Kniescheiben, an beiden Schienbeinen und am Oberkörper. Ganz sicher ist er vor der Ermordung verprügelt worden. 1,8 Promille Alkohol. Keine Rauschmittel. Der Tod ist am frühen Samstagmorgen zwischen zwölf und ein Uhr eingetreten.«

»Okay. Lehmann, was hat die SpuSi festgestellt?« Brammers zündete sich eine Filterlose an, nahm einen tiefen Zug, hustete. »Verdammte Kippen.«

»Alle gefundenen Gegenstände sind bereits im Labor. Es gibt es unendlich viele Fingerabdrücke. Die können im Moment nicht genau zugeordnet werden.

Natürlich sind die Fingerabdrücke von dem Winzer Holzbichler, seinem Sohn und dem Helfer überall zu finden. Wir werden es mit einer DNA versuchen.« Lehmann atmete tief durch. »Die Kleidung des Toten weist Schleifspuren auf. Das graue Sakko ist voller Blut. Die Hose ist zerrissen, auch blutig. Auf der Treppe und im Hof haben wir auch Blutspuren gefunden. Also, er wurde ganz sicher nicht im Weinkeller ermordet, sondern hinuntergeschleppt, dann im Weintank versenkt.«

»Was ist mit der Tatwaffe?« Brammers kratzte sich an der Wange.

Lehmann schüttelte den Kopf: »Nicht auffindbar. Wir müssen erst mal herauskriegen, wo der Tote ermordet wurde. Vielleicht liegt die Mordwaffe irgendwo am Tatort. Aber wie gesagt, den müssen wir erst mal ausfindig machen. Es kann auch sein, dass der Täter die Waffe mitgenommen hat.«

Dröger berichtete von den Befragungen bei den Holzbichlers, dann war die Besprechung beendet.

Brammers war unzufrieden. »Was soll ich der Augustin sagen? Die wartet doch auf den Bericht wie die Geier auf das Aas.«

Vor sich hin nörgelnd erhob er sich, ging in sein Büro, warf mit lautem Knall die Tür zu.

»Der Löwe ist wieder am Knurren. Leute, wir müssen sehen, dass wir vorwärts kommen.« Dröger sah seine Kollegen ernst an.

24

An diesem Montag, dem letzten Tag des Gross-Umstädter Winzerfestes trafen sich Zehner, van der Groot und Welden spätnachmittags zum Schoppen am Biet auf dem Marktplatz. Etwas später kam Quirin hinzu.

Der Spätsommer zeigte sich in diesem Jahr von seiner besten Seite. Man konnte die Tage des Winzerfestes im Freien verbringen. So war auch das Biet immer gut besucht.

»Na, Quirin, heute keinen Dienst?«, fragte Zehner.

»Nein. Vater will heute die *Autmundisklause* nicht öffnen. Es geht ihm jetzt doch alles ziemlich an die Nieren.«

»Aber gestern hattet ihr doch ...«

»Ja, schon. Aber heute bleibt geschlossen.«

»Trinkst du einen mit?« Zehner wartete die Antwort gar nicht erst ab, bestellte für Quirin Spätburgunder.

»Wie geht es deiner Freundin?«

»Was willst du hören?«

Zehner zuckte mit den Schultern.

Der junge Holzbichler winkte ab: »Die liegt im Bett.«

»Voll?«

»Voll ... und zugedröhnt.«

»So ein Quatsch. Das soll sie lassen. Die kann sich bös' vertun. Das ist dann für keinen gut.«

»Wie, die kann sich bös' vertun?« Quirin sah Zehner irritiert an. »Wobei?«

Zehner winkte ab. »Ich mein' ja nur. Lass gut sein.«

»Nein, mein Lieber. Ich will jetzt wissen, was du meinst.«

»Ich meine, wenn die den Bullen irgendeinen Blödsinn erzählt.«

»Was denn zum Beispiel?« Quirin runzelte die Stirn.

»Ach, irgendwas.« Zehner wich aus. »Was weiß ich. Glaubst du vielleicht, die kriegt nichts mit?«

»Was soll sie denn mitkriegen?«

»Zum Beispiel, was Freitagnacht passiert ist.«

»So ein Blödsinn. Die hat gepennt. Du hast doch selbst gesehen, wie ich sie nach Hause gebracht habe.«

»Ich bin mir nicht so sicher, dass sie geschlafen hat.«

»Doch, was denn sonst? Sie war ja total weggetreten.«

»Na ja.« Zehner winkte ab. »Also gut, vergiss es.«

Kurz nach 20 Uhr schlenderte Dröger mit seiner Frau Karin über den Festplatz an der Stadthalle, wo sie an einem der Stände Nierenspieße aßen. Die Nacht senkte sich langsam über die *Odenwälder Weininsel*. Bunte Lichter bestimmten das Stadtbild rund um den Marktplatz und auf dem Festplatz.

»Lose! Leute, kauft Lose! Drei zum Preis von zwei.« Der Verkäufer am Losstand schüttelte auffordernd einen roten Plastikeimer. »Leute, kauft Lose!«

»Komm Karin, versuchen wir unser Glück.« Sie gingen zu dem Losverkäufer, Dröger fragte seine Frau: »Nehmen wir sechs Stück?«

»Okay.«

»Du zuerst.« Dröger bezahlte.

Karin Dröger griff in den Eimer, nahm drei Lose heraus, wartete, bis ihr Mann auch drei herausgenommen hatte. Dann öffneten sie die Lose gleichzeitig.

»Na, was gewonnen?«, fragte Karin grinsend.

»Alles Nieten. Pech. Hab´s ja gleich gewusst. Kein Glück im Spiel, dafür ...« Er lächelte seine Frau an, ließ den Satz unvollendet. Sie knuffte ihn leicht in die Seite.

»Zwei Nieten habe ich auch. Aber«, sie machte eine kleine Kunstpause, »ich habe auch einen Gewinn.«

»Ach ja? Da bin ich aber neugierig.«

Sie holte sich am Stand den Gewinn ab. Es war ein großer Löwe.

»So! Den darfst du tragen.« Sie grinste ihn an.

»Das fehlt mir gerade noch. Ein Löwe!«

Karin drückte ihm schmunzelnd die hellbraune Plüschfigur mit der prächtigen dunkelbraunen

Mähne in die Hände. »Wir nennen ihn Friedel, einverstanden?«

»Kommt von Friedrich. Gut, einverstanden.« Er lachte amüsiert.

Sie spazierten weiter am Darmstädter Schloss vorbei durch die Hanauer Gasse zum Marktplatz, tranken an Helms Stand ein Glas Umstädter Kellerriesling. Helms Nichte Yvonne und ihr Freund Swen bedienten gut gelaunt die Gäste, die sich um den Stand scharten. Ein befreundetes Ehepaar, Nicole und Frank, halfen fleißig mit.

Der Kommissar schaute zufällig hinüber zum Biet. Er zog die Augenbrauen zusammen. Da war doch Quirin Holzbichler. Die drei Männer, die mit Quirin am Biet standen, kannte er nicht.

Dröger überlegte, sah seine Frau an: »Entschuldige. Komme gleich wieder.« Er übergab ihr den Löwen, ging in Richtung Biet, um sich die Männer, die bei Quirin standen, etwas genauer anzusehen, ging zurück zu seiner Frau. »So Karin, jetzt gehen wir ins *Kutscherhaus*.«

»Aber Heiner, da müssen wir noch mal zurück.« Karin sah ihn erstaunt an.

»Ist doch egal. Mir ist eben eingefallen, dass Urs und Michelle heute Abend dort hin wollten, weil Michelle gerne Vinho Verde trinkt. Urs hatte es heute mal erwähnt. Hatte nur nicht gleich daran gedacht. Außerdem habe ich jetzt auch Lust auf einen guten Vinho Verde. Den besten bekommen wir im *Kutscherhaus*.«

»Meinetwegen.« Sie lächelte ihn an. »Es ist ja noch früh am Abend.«

»Richtig.« Er übernahm wieder den Löwen, legte seinen Arm um ihre Schultern. Sie betraten die portugisische Taverne gegenüber dem Darmstädter Schloss, wo sie Fränkli mit seiner Freundin Michelle antrafen. Am Tisch saßen noch vier weitere Personen.

Bereitwillig wurde zusammengerückt, so dass noch zwei Stühle dazwischen passten. Den Löwen setzte Dröger auf den Tisch.

»Woher hast du denn diesen stattlichen Burschen?« Fränkli streichelte dem Löwen über die Mähne.

»Gewonnen. Gerade vorhin am Losstand. Vielmehr hat ihn Karin gewonnen.«

»Ein Löwe. Wie passend.«

»Nicht wahr? Friedel heißt er.«

Fränkli lachte. »Noch passender!«

Dröger bestellte eine Runde Vinho Verde, sie prosteten sich zu. Dann bedeutete Dröger Fränkli mit den Augen, ihm zu folgen. Dröger ging zur Toilette. Zwei Minuten später kam Fränkli.

»Was ist los?«

»Ich habe am Biet vorhin Quirin Holzbichler mit drei Männern gesehen, die ich nicht kenne.«

»Na und?«

»Es kam mir seltsam vor. Wir sollten morgen mal darüber reden. Ich hätte mir die drei gerne näher angeschaut.«

»Okay.«

»Lass uns zurückgehen.«

Mittlerweile war es 23 Uhr geworden. Dröger und seine Frau verabschiedeten sich.

»Wir sehen uns morgen in alter Frische.« Fränkli hob zum Abschied die Hand.

Dröger nahm den Löwen, holte die Jacken von der Garderobe, verließ mit Karin das Lokal. Er atmete tief die kühle Nachtluft ein. Es war nicht mehr so warm wie an den Tagen zuvor. Ein auffrischender Wind wehte durch Groß-Umstadt. Der Himmel war klar, der Mond ersetzte das manchmal fehlende Licht in den winkeligen Gässchen.

Sie gingen in Richtung ihrer stilvollen Altstadtvilla in der Unteren Marktstraße. Die schmucke Villa erstrahlte in neuem Glanz. Sie hatten sie kürzlich renovieren lassen.

Plötzlich blieb der Hauptkommissar stehen: »Du Karin, wir trinken am Biet noch einen Trollschoppen, oder?«

Karin legte ihren Arm um seine Hüften, meinte: »Ich mag nicht mehr. Aber wenn du willst, geh. Denk daran, du musst morgen früh raus.«

Dröger brachte seine Frau zur Haustür, gab ihr den Löwen, machte sich auf den Weg zum Brunnen am Marktplatz. Trotz der späten Stunde lag immer noch der verführerische Duft von Bratwurst und Schaschlik in der Luft. Das machte Appetit. Dröger konnte nicht widerstehen, holte sich an einem der Stände eine lange Thüringer Bratwurst im Brötchen. Er bestrich sie mit Senf, biss hinein, schloss für ein paar Sekunden die Augen.

Am Biet standen immer noch einige Leute, darunter Welden, van der Groot, Quirin und Natalia. Zehner war nicht mehr da. Natalia war eigentlich auch nur halb da, vermutlich war sie wieder high. Dröger glaubte, ihr das schon von weitem anzusehen.

Als er sich dazu gesellte, lallte sie ihn an: »Aaach, die Polisssei!« Sie versuchte einen Augenaufschlag, der ihr misslang. Er achtete einfach nicht darauf.

»Guten Abend«, grüßte er höflich.

Es standen ungefähr noch zehn Leute am Biet. Alle hatten mehr oder weniger einen über den Durst getrunken. Die meisten von ihnen kannten den Groß-Umstädter Kommissar, grüßten zurück.

Quirin entschuldigte sich: »Sie ist mal wieder voll, sorry.«

Dröger winkte ab, bestellte ein Glas trockenen Weißwein. »Ihr Problem.« Er wandte sich um, wies mit dem Kopf zu Welden und van der Groot: »Sind das Freunde von Ihnen?«

»Ja, warum fragen Sie?«

»Nur so.« Der Hauptkommissar zuckte mit den Schultern.

»Da war doch vorhin noch jemand dabei. So ein Großer, oder?«

»Ja«, antwortete Quirin einsilbig.

»Und wo ist der jetzt?«

»Keine Ahnung. Hat nicht gesagt, wo er hingeht.«

»Wie heißt der eigentlich?« Dröger trank eine Schluck Wein, schüttelte sich. »Du liebe Zeit! Ist der trocken!« Er runzelte die Stirn. »Nein, der ist nicht trocken. Der ist sauer!« Er ging zum Ausschank, holte sich einen halbtrockenen Weißen, nippte vorsichtig am Glas. »Schon besser.« Er trank es genüsslich halb leer, wandte sich an Quirin: »Also wie heißt der Große?«

»Er wird Groschen-Max genannt,«, antwortete Quirin ausweichend.

»Groschen-Max! So so. Und wie heißt er richtig?«

»Maximilian Zehner.«

»Aha.« Dröger sah Quirins Freunde an. »Trinken Sie einen mit?«

Welden hüllte sich in Schweigen. Ihm wurde unbehaglich.

Van der Groot fühlte sich auch nicht sonderlich wohl, gab jedoch zur Antwort: »Ja, gerne, warum nicht?«

»Sie auch?« Der Hauptkommissar sah Quirin an. Der bejahte. Natalia ignorierte Dröger. Er bestellte für die drei Männer Spätburgunder, der blutrot im Glas stand. Er selbst blieb bei dem halbtrockenen Weißen.

Bevor Dröger irgendwelche Fragen stellen konnte, hatten Welden und van der Groot ausgetrunken. Sie verabschiedeten sich schnell mit einem kurzen »Gute Nacht.« Van der Groot murmelte noch: »Man sieht sich«, und weg waren sie.

Quirin sah den Kommissar verlegen an.

»Was ist denn mit denen los?« Dröger schaute Quirin fragend an.

Dieser schüttelte den Kopf: »Ich weiß es nicht.«

»Na, dann Prost, Herr Holzbichler.«

»Prost.« Sie hoben ihre Gläser, stießen an.

»Woher kennen Sie die beiden Männer, die eben noch neben Ihnen standen? Und diesen Herrn Zehner?«

»Aus Vaters *Audmundisklause*. Da habe ich sie zum ersten Mal gesehen.«

»Waren die am Freitag auch beim Winzerfest?«

»Keine Ahnung. Vielleicht waren sie da und ich habe sie nicht registriert. Ich weiß es nicht.«

»Ah ja.« Dröger nahm seine silberne Taschenuhr aus der Hosentasche, schaute darauf. »Ach du lieber Gott. Zehn nach zwölf. Jetzt wird´s aber Zeit.« Er fragte beiläufig: »Wie heißen denn die beide Herren?«

»Warum wollen Sie das denn wissen?« Quirin schien genervt.

»Ach, nur so. Nicht so wichtig.« Dröger winkte ab.

»Wenn Sie es unbedingt wissen wollen, sage ich Ihnen das auch noch.« Quirin räusperte sich, kräuselte die Stirn. »Der Kleine heißt Johan van der Groot, der andere heißt Peter Welden.«

»Danke.«

»Sie würden es ja doch erfahren.«

»Richtig, ich würde es doch erfahren. Und wo wohnen sie?«

»Van der Groot wohnt in Lengfeld, Welden wohnt in Dieburg. Zufrieden?«

»Noch nicht ganz. Wo wohnt Herr Zehner?«

»Nieder-Klingen«, antwortete Quirin.

»Aber fragen Sie mich jetzt nicht nach den genauen Adressen. Die weiß ich nicht, aber das werden Sie ...«

»Genau! Das werde ich herauskriegen. Vielen Dank, Herr Holzbichler.«

Nach und nach wurde es still am Biet. Zehn Minuten später war keiner der Zecher mehr da. Auch wurde es nun empfindlich kühl. Der Hauptkommissar trank sein Glas aus, klopfte dem jungen Holzbichler auf die Schulter: »Gute Nacht.«

»Gute Nacht.« Quirin atmete auf.

Dröger ging über den Marktplatz, ließ einen nachdenklichen Quirin zurück. Der trank sein Glas aus, weckte die mittlerweile eingeschlafene Natalia, verschwand mit ihr nach kurzer Zeit.

Auf dem Weg zu seinem Haus sah Dröger, wie ein Pärchen eng umschlungen aus der Entengasse kam. Im Mondlicht konnte Dröger erkennen, dass die Frau lange rote Haare hatte. Der Mann an ihrer Seite war von großer kräftiger Statur. Valerie von Auberg? Das konnte nicht sein.

Als er zuhause ankam, ließ ihm das Pärchen immer noch keine Ruhe. Vielleicht hatten die beiden nur einen Spaziergang gemacht. Wenn sie nicht gesehen werden wollten, ja dann waren die schmalen Gässchen Groß-Umstadts ideal.

Dröger ging leise durch das Treppenhaus in den Flur, legte den Schlüssel in ein Holzschälchen auf dem Sideboard, von dem der neue Mitbewohner, der Löwe Friedel, stolz herabschaute.

»Bist du es, Heiner?«, hörte er die Stimme seiner Frau aus dem Schlafzimmer.

»Ja ja. Oder hast du jemand anderen erwartet? Warum schläfst du noch nicht? Es ist spät.«

»Ich habe auf dich gewartet.«

»Blödsinn. Das tust du doch sonst nicht.«

»Ich weiß nicht. Ich hatte so ein seltsames Gefühl.«

Dröger zog den dunkelblauen Pyjama an, legte sich ins Bett.

»Seltsames Gefühl! So´n Quatsch. Jetzt wird geschlafen.« Er gab Karin einen Kuss auf den Mund. »Gute Nacht.«

»Gute Nacht, alter Brummbär.« Karin löschte das Licht. Sie liebte diesen Mann. Auch noch nach über dreißig Jahren. Leider waren ihnen Kinder versagt geblieben, was beide sehr bedauerten.

Kurze Zeit später war sie eingeschlafen.

Er aber sinnierte noch eine Weile. Valerie von Auberg? Ein großer Mann? Zehner? Dröger grübelte noch eine zeitlang, dann schlief auch er ein.

25

Wenige Tage später, an einem sonnigen Samstagvormittag, hatte Zehner die Idee, zu wandern. Er rief seine Freunde an, fragte, ob sie Lust dazu hätten.

»Wir müssen die Sache mit Joschi vergessen. Vielleicht hilft uns eine kleine Wandertour.«

Van der Groot sagte zu: »Warum nicht? Bei dem schönen Wetter!«

Welden hatte etwas anderes vor.

Es war vierundzwanzig Grad warm, fast windstill. Blauer Himmel.

»Alles klar, ich bin in einer halben Stunde bei dir.« Zehner holte den Holländer in Lengfeld ab.

Sie fuhren nach Groß-Umstadt, parkten den Wagen am Bahnhof, stiegen aus, nahmen ihre Rucksäcke aus dem Kofferraum.

»So, Johan, jetzt werden wir uns zuerst mit Proviant versorgen.«

»Wie du meinst«, entgegnete sein Freund. »Was schlägst du vor?«

»Wir gehen zum Markplatz, da ist Wochenmarkt.«

Sie liefen in die Obere Marktstraße. In der Auslage der Bäckerei *Seliger* lachten sie frisch gebackene Kaffeestückchen, knuspriges Brot und Brötchen geradezu an.

»Ich hole Brötchen. Holst du auf dem Markt Fleischwurst?« Zehner sah Johan an.

»Alles klar. Wir treffen uns am Marktplatzbrunnen«, erwiderte van der Groot.

»Am Biet. So heißt der Brunnen«, klärte Zehner den Holländer auf.

»Okay. Am Biet. Hab's ja schon mal gehört.«

»Alles klar.« Zehner betrat die kleine Bäckerei. Er nahm keine Brötchen, sondern einen Laib Bauernbrot, ließ das Brot in Scheiben schneiden.

»Kann ich auch eine Flasche Wein mitnehmen?« Zehner deutete mit dem Zeigefinger zum Weinregal.

»Selbstverständlich, gerne«, die Inhaberin nickte, »nehmen Sie sich eine.«

»Ach, ich nehm' gleich zwei. Auf einem Bein steht man nicht. Außerdem sind wir zu zweit.« Er zwinkerte ihr zu. »Wissen Sie, wir wollen wandern.«

Zehner nahm zwei Flaschen trockenen roten Cabernet Dorsa vom Regal, bezahlte, nahm das geschnittene Brot.

»Wo geht's denn hin?«

»Hexenhäuschen, Sausteige, Rödelshäuschen. Mal sehen.«

»Das lohnt sich. Bei dem schönen Wetter! Viel Spaß.«

»Danke.«

Auf dem Wochenmarkt war viel Betrieb. Die Stände waren gut besucht. Eine Gruppe Jugendlicher mit Gitarren auf dem Rücken tummelte sich über den Marktplatz zum Rathaus. Aus einem der hübschen Fachwerkhäuser erklang durch ein geöffnetes Fenster der Welthit von Dean Martin, That's Amore. Ein Evergreen.

Am Biet wartete van der Groot. Als er Zehner kommen sah, hob er lachend zwei Ringe Wurst hoch. Zehner grinste: »Du hast ja auch einen Ring Leberwurst!«

»Ja. Ich konnte nicht widerstehen. Deutsche Leberwurst! Welches Land kann so eine Wurst bieten?«

»Und das aus dem Mund eines Holländers!«
Johan grinste. »Aber Fleischwurst habe ich auch.«
»Na, dann kann´s ja losgehen. Komm!«
Van der Groot verstaute die Wurst im Rucksack. Zehner gab dem kleinen Holländer einen Klaps auf die Schulter. »Wir haben heute alle Zeit der Welt.«
Sie liefen über die Untere Marktstraße, überquerten die Richer Straße, gingen weiter in die Steinbornshohl, einen achthundert Meter langer Hohlweg, der mit einer steilen Treppe endet und im Jahr 1959 als Naturdenkmal ausgewiesen wurde. Sie stiegen die Stufen hinauf, legten eine Verschnaufpause ein.

»Das war jetzt steil. Mein lieber Mann!«, meinte der Holländer schwer atmend. Er holte ein Taschentuch aus der Hosentasche, putzte sich die Nase.

»Ja, man kommt ganz schön außer Puste«, erwiderte Zehner und fuhr sich schnaufend mit dem Handrücken über die schweißnasse Stirn.

Sie gingen weiter zwischen Wingerten, Bäumen und Holundersträuchern zum Parkplatz am Hainrichsberg. Links vom Hainrichsberg wanderten sie in Richtung Breuberg, wo sie am Frankfurter Blick eine wunderschöne Aussicht nach Frankfurt und zum Feldberg hatten. Wenig später erreichten sie das Rödelshäuschen, eine ehemalige Waldarbeiterhütte. Dort legten sie eine Pause ein, setzten sich auf eine Bank. Van der Groot packte die Wurst aus, Zehner das Brot und den Wein.

»Mann, Maximilian, das Brot riecht soo gut. Ist ja super!« Johan sog leicht mit dem Kopf nickend den Duft durch die Nase. »Unglaublich.«

»Ja, nicht wahr?« Zehner schnitt sich mit seinem scharfen Klappmesser ein Stück Fleischwurst ab, öffnete den Wein, gab van der Groot das Messer. Der Holländer schmierte dick Leberwurst auf das frischgebackene Bauernbrot, biss genüsslich hinein. Er schloss die Augen.

»Was wir jetzt tun werden, Johan, ist ein bisschen gefrevelt, aber wir haben keine andere Wahl.« Zehner hob die Schultern, sah seinen Freund verlegen von der Seite an.

»Was meinst du mit gefrevelt?« Van der Groot verstand nicht.

»Na ja, das mit dem Wein. Einen so guten Wein trinkt man doch nicht aus der Flasche.« Er verzog das Gesicht. »Wir haben keine Gläser dabei.«

»Hauptsache, er schmeckt«, meinte van der Groot augenzwinkernd, setzte die Flasche an, trank einen großen Schluck.

Zehner lächelte. Holländer! Er nahm einen Schluck des dunkelroten Cabernet Dorsa, schwenkte ihn im Mund, bevor er ihn hinunterschluckte. »Klasse Wein. Vollmundig. Unglaublich gut. Der ist durchaus vergleichbar mit dem Edlen Falken.«

Sie genossen noch eine Weile die Ruhe, beobachteten die Vögel, die hoch über ihnen umherflogen.

Nach gut einer halben Stunde erhob sich Zehner. »So Johan, weiter geht´s.«

»Okay.« Van der Groot stand ebenfalls auf. Sie packten das, was übrig geblieben war, in die Rucksäcke, wanderten weiter, bogen rechts ab in Richtung Heubach zur Sausteige und zur Brunneneiche, wo früher Schweine zur Eichelmast getrieben wurden. Dann weiter zum Hexenhäuschen, auch eine ehemalige Waldarbeiterhütte. Auf dem dunkelgrünen Anstrich waren Hexen gemalt. Beim Umstädter Weinlauf verkleideten sich Leute als Hexen und verteilten Süßigkeiten.

Van der Groot und Zehner kamen aus dem Wald heraus. Vogelgezwitscher begleitete sie. Im hohen Gras zirpten Grillen. Vor ihnen lag Heubach, ein Stadtteil Groß-Umstadts. Sie sahen am Berghang ein Haus, das kürzlich gebrannt hatte. Im Hintergrund konnten sie die Veste Otzberg sehen. Blauer Himmel, weiße Schönwetterwolken, die langsam hoch über die hügelige Landschaft glitten. Fast unwirklich.

»Was für ein Panorama! Traumhaft«, schwärmte van der Groot, »in Holland ist ja alles flach. Lass uns eine kurze Rast einlegen. Alleine wegen der schönen Aussicht.«

»Na klar.« Zehner lächelte. »Ham´mer noch Leberwurst?«

»Mhm, auch noch Fleischwurst. Und Wein? Gibt´s noch Wein?«

»Sicher. Brot haben wir auch noch.«

»Na dann.« Sie setzten sich, aßen und tranken, genossen die wunderschöne Umgebung, dann ging´s weiter nach Heubach zum Dorfbrunnen. Sie liefen die Kreisstraße entlang zum Steinerwald. Vorbei am Steinbruch zurück nach Groß-Umstadt. Es war 16.34 Uhr. Sie waren ungefähr viereinhalb Stunden unterwegs gewesen.

Zehner meinte: »Es ist noch nicht so spät. Wir könnten im Gruberhof einen schönen Tagesabschluß machen, oder?«

Fünfzehn Minuten später waren sie im Gruberhof, dem Heimatmuseum und Kulturzentrum Groß-Umstadts im Raibacher Tal, wo reger Betrieb herrschte. Tische und Bänke waren im großen Innenhof aufgestellt.

»Alle Plätze besetzt. Schade.« Der Holländer seufzte. »Ich glaube, es ist besser, wir gehen nach Hause.«

»Nee, da sind noch zwei Plätze.« Zehner deutete mit dem Zeigefinger nach vorne.

Im Innenhof fand eine Folkloreveranstaltung statt. Mehrere Gruppen in bunten Trachten waren beteiligt und führten ihre Tänze vor. Auch Musikgruppen waren dabei, die mit Irish Folk überraschten. Sie gingen zu dem Tisch, wo zwei junge Pärchen bei Bier und Grillsteaks saßen, sich angeregt unterhielten.

»Haben Sie noch Platz für zwei müde Männer?«

»Ja, selbstverständlich!« Die dunkelhaarige Frau legte die schlanken Beine übereinander.

»Danke schön.«

Zehner und van der Groot nahmen Platz. Der Kellner war sogleich zur Stelle, Zehner bestellte zwei Pils, die der Kellner kurz darauf brachte.

Jetzt wurden Gedichte und Kurzgeschichten von Jungen und Mädchen in Odenwälder Mundart vorgetragen, was die Zuhörer mit viel Applaus honorierten. Zehner und van der Groot hörten sich alles mit viel Spaß an, tranken ihr Bier aus, verabschiedeten sich. Sie liefen zum Bahnhof stiegen in Zehners Wagen, fuhren heim.

26

In den darauf folgenden zwei Wochen konnte trotz akribischer Ermittlungen der Darmstädter Kriminalpolizei nicht herausgefunden werden, was in der Freitagnacht am Winzerfest wirklich passiert war.

Die Beamten der SoKo Spätburgunder hatten alle Gasthäuser, Hotels, Cafés sowie alle Geschäfte und Tankstellen in Groß-Umstadt abgeklappert und die Inhaber befragt. Auch die Schausteller, Besitzer und Personal der Stände. Es gab unzählige Hinweise, aber letztendlich war keiner hilfreich gewesen.

Auch Werner von Rheinfels, genannt Spürli, der Starjournalist vom *Darmstädter Echo*, hatte trotz mehrerer Recherchen keinerlei Erfolg.

Spürli war ein außergewöhnlicher Journalist, intelligent und scharfsinnig. Er hatte guten Kontakt zur Darmstädter Polizei. Durch wertvolle Tipps hatte er in der Vergangenheit mehrfach geholfen, Verbrechen aufzuklären.

Er war nicht groß, trug immer eine schwarze Lederjacke, blaue Jeans, rote Shirts oder bei kühlem Wetter rote Pullover. Seine alten Cowboystiefel waren zwar ziemlich abgewetzt, aber sie gehörten zu seinem Outfit wie die schwarze Schiebermütze, unter der schwarze, dünne Haare hervorschauten. Er war Junggeselle. Auf die Frage, warum er denn immer noch solo sei, antwortete er stets: »Isch hab aafach kaa Zeit fer e Fraa.«

Das Ermittlerteam um Heiner Dröger stand sprichwörtlich auf dem Schlauch.

»Ich habe keinen Plan. Ich könnte verrückt werden«, gab Dröger montags bei der Frühbesprechung zu. Er schob die neue randlose Brille auf die weißen Haare, rieb sich die Augen.

Brammers zündete sich eine Zigarette an, inhalierte tief, blies den Rauch gegen die Decke, trank einen Schluck Kaffee.

Das Telefon klingelte. Dröger nahm ab. Lore Michelmann von der Leitstelle sagte ganz knapp: »Herr Hauptkommissar, jemand möchte sie persönlich sprechen. Ich verbinde.«

Der Hauptkommissar meldete sich.

Er vernahm eine heisere Stimme: »Schauen Sie sich mal im Jazzkeller in Umstadt um.«

»Warum? Wer sind Sie?«

Schweigen.

»So melden Sie sich doch! Wie ist Ihr Name?« Dröger wurde laut.

»Tut nichts zur Sache.«

Es knackte in der Leitung. Das Gespräch war beendet.

»Merkwürdig.« Dröger sah in die Runde, zupfte sich am Ohrläppchen, legte auf.

»Was war denn das?« Brammers sah auf.

»Der Anrufer eben hat gesagt, wir sollten uns mal im Jazzkeller in Groß-Umstadt umsehen. Warum?

Keine Ahnung. Seinen Namen hat er auch nicht genannt.« Er fuhr sich mit der Rechten über die Stirn. »Nikki, lass bitte sofort prüfen, woher der Anruf kam. Ich vermute, von einem öffentlichen Telefon.« Dann sagte er entschlossen: »Wir werden da hinfahren. Wir müssen jedem Tipp nachgehen.«

»Tun Sie das. Anonym ist besser als gar nichts.« Der Kriminaldirektor drückte seine Kippe in einem kleinen blauen verschließbaren Aschenbecher, den er immer bei sich trug, aus.

Nikki kam zurück. »Der Anruf kam von einem öffentlichen Fernsprecher aus Groß-Umstadt in der Realschulstraße.«

»An der Ecke Realschulstraße und Georg-August-Zinn-Straße steht eine weiße Telefonzelle.« Dröger strich sich mit der Linken über die Haare. »Na dann, Leute. Wir werden uns noch mal in Groß-Umstadt umsehen. Es muss einfach ...«, der Hauptkommissar stockte, »es muss einfach etwas geben. Was auch immer.« Er hielt eine Hand vor den Mund, hustete, fuhr fort: »Gut. Lasst uns keine Zeit mehr verlieren«, entschied er. »Urs, du fährst mit Lars noch mal zum Falkenhof. Ich fahre mit Susanne Hamann zum Besitzer des Jazzkellers. Es muss etwas geben. Irgendetwas.« Er stand entschlossen auf: »Los geht's. Fahrt schon mal voraus«, er sah Urs Fränkli an. »Ich muss noch zu Lehmann.«

»Na dann, viel Erfolg. Ich brauche dringend Ergebnisse, und zwar positive. Die Augustin!«

Kriminaldirektor Brammers stand auf, ging nach nebenan, wo er sich an seinen riesigen Schreibtisch setzte, sich einen Aktenordner vornahm.

Dröger lief in sein Büro, um seine blaue Clubjacke anzuziehen, die er über die Rückenlehne seines Sessels gehängt hatte. Er bückte sich, hob einen vom Schreibtisch heruntergerollten Kugelschreiber auf, steckte ihn in die Jackentasche. Das Telefon klingelte.

Hennes Lehmann war am Apparat: »Hallo Heiner, muss dir was mitteilen. Komme mal schnell hoch.«

»Komm«, erwiderte Dröger trocken. Er rief Nikki an, bat sie, im Internet nachzusehen, wo der Inhaber des Jazzkellers wohnte.

Zwei Minuten später erschien Lehmann, setzte sich auf den Stuhl gegenüber Drögers Schreibtisch.

»Pass mal auf, Heiner. Ich war am vergangenen Samstag im Jazzkeller in Groß-Umstadt. Dort gibt es manchmal mittwochs und an Wochenenden Musikveranstaltungen unter anderem mit der Umstädter Jazzband namens ...«

»Stoker, ich weiß.«

»Ach so, du bist ja Umstädter. Alles klar. Dann weißt du sicher auch, dass der Pfarrer da mitspielt.«

»Ich habe davon gehört. Selbst war ich noch nie im Jazzkeller.«

»Da solltest du mal hingehen. So ein Saxofon hast du noch nicht gehört, wetten?«

»Weiter, Hennes. Ich habe nicht viel Zeit.«

»Ja ja, die Zeit läuft uns allen davon. Schon klar.« Nach einer kurzen Pause sah er Dröger an. »Weißt du, wer dieses Saxofon so genial spielte?«

»Nein. Ich habe ...«

»Keine Zeit, ich weiß. Ich sage es dir trotzdem: Der Pfarrer! Pfarrer Armknecht spielte dieses Instrument so sagenhaft.«

»Und?«

»Was und? Ei ja, mit dem habe ich dann noch gesprochen. Wir kamen in einer Pause über die Musik auf einen großen kräftigen Mann namens Maximilian Zehner, der am Winzerfestfreitag im Jazzkeller war. Armknecht kennt ihn aus der *Autmundisklause*. Er hat, so der Pfarrer, sich einen Musiktitel gewünscht, hätte aber einen sehr zerstreuten Eindruck auf ihn gemacht. Er kam ihm ziemlich durcheinander vor.«

»Aha. Und?«

»Vielleicht solltest du mal mit dem reden. Dem Pfarrer sind noch zwei Männer aufgefallen. Zum Beispiel einer, der hinkte, oder wie er sagte, watschelte. An einem der Tische saß ein ziemlich verwahrloster Typ. Alleine.«

»Der Pfarrer hat anscheinend eine gute Beobachtungsgabe. Ich kenne ihn, aber da ich keines seiner Schäfchen bin, kenne ich ihn nur vom Sehen.« Dröger überlegte kurz, zog die Augenbrauen zusammen. »Watschelte?«

»Ja ...« Lehmann schlug sich mit der flachen Hand an die Stirn. »Mensch, Heiner. Watschelte! Das wird mir jetzt erst bewusst. Wie hieß der noch mal? Der vor zwei Jahren? Mann, wie hieß der, den wir nicht gekriegt haben? Der vermutlich die Schauspielerin Helen Siemer in Nieder-Klingen erstochen hat?«

Dröger kratzte sich am Kinn, überlegte kurz.

»Peters. So hieß er. Helmut Peters.« Er schüttelte den Kopf. »Der ist wieder da? Ich kann es kaum glauben. Nikki hatte bei der ersten Besprechung schon die Vermutung, dass er der Mörder sein könnte. Kannst du dich erinnern? Jetzt kriegen wir ihn!«

Entgegen seiner sonst sehr ruhigen Art war Dröger nun richtig aufgeregt. Er sah seinen Kollegen anerkennend an: »Danke, Hennes, ich werde mal mit Pfarrer Armknecht sprechen.« Dann fiel ihm ein, dass um 14 Uhr eine Beerdigung in Groß-Umstadt war. Der Pfarrer hielt dort ganz sicher die Grabrede.

»Und was war mit dem zweiten Typ?«

»Mit welchem zweiten Typ?« Lehmann sah Dröger irritiert an.

»Du sagtest, dem Pfarrer seien außer diesem Zehner noch zwei Typen aufgefallen. Der eine soll gewatschelt haben ... und der andere?«

»Ach so, ja. Der sei sehr ungepflegt gewesen und habe so komisch rumgelungert. Er kannte ihn, wusste aber nicht, wo er ihn hinstecken sollte.«

»Okay. Gibt es sonst was Neues, oder tappt ihr auch noch im Dunkeln?«

»Wir haben alles ausgewertet, konnten aber noch keine Zusammenhänge feststellen. Fingerabdrücke ohne Ende. Das wird uns nicht weiterhelfen. Ansonsten? Fehlanzeige bisher.« Lehmann lehnte sich zurück, der Stuhl, auf dem er saß, brach zusammen. Der Chef des Erkennungsdienstes machte ein verdutztes Gesicht, fand sich auf dem Hosenboden wieder. Er rief laut: »So ein Schrott! Was habt ihr denn hier für Stühle?«

Dröger konterte: »Bisschen schwer, was?« Er reichte seinem Kollegen die Hand, half ihm hoch. Lehmann lachte: »Typisch! Kein Geld für vernünftige Stühle.«

Dröger klopfte ihm auf die Schulter, zog seine Jacke an. »So, jetzt muss ich aber los.«

»Viel Erfolg.« Lehmann ging zurück in den ersten Stock. Dröger räumte den kaputten Stuhl in eine Ecke seines Büros.

»Nikki!«, rief der Hauptkommissar laut über den Flur.

»Ja, Chef.« Nikki kam, sah den kaputten Stuhl in der Ecke. »Was ist denn hier passiert?«

»Ach, der Lehmann! Der muss, glaub' ich, dringend ein paar Gramm abnehmen.«

Nicki schüttelte den Kopf. »Ach so. Verstehe.«

»Hast du die Adresse des Besitzers vom Jazzkeller?«

»Klar. Francesco und Gabriella Sorrentini wohnen im ersten Stock über dem Restaurant *Frankfurter*, das ihnen auch gehört.«

»Ich kenne das *Frankfurter* in der Georg-August-Zinn-Straße.«

Kurz darauf gingen Susanne Hamann von der Dienststelle Dieburg und Dröger hinunter auf den Parkplatz, wo Dröger sich hinter das Steuer setzte. Susanne nahm auf dem Beifahrersitz Platz.

27

Sie fuhren nach Groß-Umstadt. Der Hauptkommissar parkte den Wagen direkt vor dem Restaurant *Frankfurter* an der Hauptverkehrsstraße.

Susanne drückte den Klingelknopf neben dem Messingschild. Eine Stimme meldete sich durch die Sprechanlage: »Ja bitte, wer ist da?«

»Kripo Darmstadt«, antwortete Dröger kurz.

»Polizei?«, fragte Gabriella Sorrentini erstaunt.

»Ja, lassen Sie uns bitte ein.«

»Erster Stock.«

Der Türsummer ertönte leise, sie gingen die helle Marmortreppe hoch in den ersten Stock. Frau Sorrentini öffnete die Wohnungstür. Sie stellten sich vor, zeigten ihre Dienstausweise, worauf Gabriella Sorrentini sie hinein bat.

»Die Polizei? Mein Mann ist nicht da. Er ist zum Einkaufen gefahren.«

»Ich glaube, Sie können uns die Fragen, die wir haben, auch ohne ihren Mann beantworten.«

»Gut.« Sie nickte freundlich. »Wenn ich das kann. Bitte nehmen Sie Platz.« Die Beamten setzten sich auf die bequeme Samtcouch im Wohnzimmer. Gabriella Sorrentini blieb stehen, lehnte sich an den altdeutschen Wohnzimmerschrank. »Was möchten Sie denn wissen?«

»Frau Sorrentini«, begann Dröger, »Sie haben doch sicher von dem Mord am Winzerfestfreitag gehört.«

»Ja klar, Herr Kommissar, jeder hat davon gehört. Der Joschi von Auberg! Furchtbare Geschichte. Wer macht so etwas?«

»Tja, wer macht so etwas? Das ist eine gute Frage. Vielleicht können Sie uns weiterhelfen.« Der Hauptkommissar räusperte sich. »Ist Ihnen an diesem Abend irgendetwas aufgefallen? Auch wenn es nur eine Kleinigkeit war.«

»Das kann ich Ihnen auf Anhieb nicht sagen. An solchen Festen ist immer viel zu tun. Da hat man keine Augen für andere Dinge, verstehen Sie? Aber lassen Sie mich mal überlegen.« Gabriella Sorrentini hob den Kopf, dachte nach.

»Sicher. Vielleicht waren ungewöhnliche Leute bei Ihnen im Jazzkeller.«

»Ach wissen Sie, Herr Kommissar, wenn man danach ginge. Es gibt immer ungewöhnliche Leute.« Sie überlegte. »Aber es könnte vielleicht sein, dass den Kellnerinnen der eine oder andere merkwürdig vorkam. Sie haben ja mit den Gästen wesentlich mehr Kontakt.«

»Wäre ´ne Möglichkeit. Wie heißen die Damen, und wo kann ich sie erreichen?«

»Die eine heißt Linda Vermont und wohnt hier in Groß-Umstadt in der Obergasse 48, die übernächste Straße rechts. Die andere heißt Andrea Liebrecht. Wohnt in Kleestadt in der Sudetenstraße 95. Es sind zwei nette Frauen, die sich nebenher bei uns ein bisschen Geld verdienen. Sind sehr fleißig, die beiden.«

»Wechseln Sie öfter das Personal?«

»Nein, absolut nicht. Die beiden sind schon seit drei Jahren hier.

»Haben Sie vielen Dank, Frau Sorrentini.« Dröger und Susanne verabschiedeten sich.

Sie gingen in die Obergasse zu Linda Vermont. Es war ein zweistöckiges Haus, wie die meisten in der Obergasse. An der Haustür gab es zwei Klingelknöpfe, Krause und Vermont.

Der Hauptkommissar klingelte. Aus einem der oberen Fenster schaute eine blonde Frau heraus.

»Ja, bitte?«

»Guten Tag, Kripo Darmstadt. Können wir hochkommen?«

»Kripo? Einen Moment, ich komme runter. Der Türöffner ist kaputt.«

Kurz darauf ging die Haustür auf, eine auffallend hübsche, junge Frau mit langen blonden Haaren und dunklen Augen erschien. Die leicht getönte Brille mit schwarzem Rand passte ideal zu ihrem gebräunten Gesicht. Sie trug eine hellblaue Jeans, ein weißes Sweatshirt und weiße Turnschuhe, türkisfarbenen Indianerschmuck als Ohranhänger.

Die Beamten stellten sich vor. Linda Vermont bat sie, mitzukommen.

Der Hauptkommissar und die Hauptkommissarin folgten ihr auf der steilen Holztreppe nach oben. Im Wohnzimmer nahmen sie an einem kleinen hellen Holztisch auf der Couch Platz. Linda Vermont setzte sich gegenüber in einen Ledersessel.

»Was führt Sie zu mir?«

Dröger sah sie an. »Frau Vermont, wie Sie sicher wissen, wurde in der Freitagnacht des Winzerfestes in Groß-Umstadt ein Mord verübt.«

»Ja. Schrecklich, nicht wahr? Ganz schrecklich!«

»In der Tat. Was ich von Ihnen gerne wissen wollte: Sie kellnerten an diesem Abend im Jazzkeller?«

»Ja, wie immer. Ich bediene da schon seit ungefähr drei Jahren. Zwei bis drei Abende in der Woche.«

»Was sind das für Tage?«

»Freitag, Samstag. Manchmal auch mittwochs.«

»Ist Ihnen am Winzerfest etwas Besonderes aufgefallen? Bitte überlegen Sie.«

»Okay. Also, es war wahnsinnig viel los. Wir hatten alle Hände voll zu tun, meine Kollegin und ich.« Sie nahm die Brille ab, legte sie vor sich auf den Tisch.

»Andrea Liebrecht aus Kleestadt?«

»Ja, Andrea. Aber was fiel mir auf? Bei einem solchen Betrieb. Oder doch! Ein Mann fiel mir auf. Ja. Er hat eine zeitlang vor seinem Bier gesessen ohne zu trinken. Als er zur Toilette ging, sah ich, dass er einen ganz eigenartigen Gang hatte. Wie gesagt, es war sehr viel los an diesem Abend. Irgendwann zahlte er, an sich war er freundlich. Mit dem linken Auge schielte er. Dann fiel mir ein, dass vor ungefähr zwei oder drei Jahren mal etwas von einem watschelnden Mann im *Darmstädter Echo* stand. Aber da ich weiter bedienen musste, habe ich es schnell wieder vergessen.«

Dröger und Susanne hörten geduldig, aber angespannt zu.

»Er watschelte? Heiner, der Peters!« Susanne war plötzlich ganz aufgeregt.

»Vorsicht, Susanne. Wir können jetzt nicht einfach jemanden verdächtigen.«

»Aber Heiner, das war …«

»Susanne, bitte!« Dröger sah sie von der Seite an. Susanne senkte den Kopf.

»Frau Vermont, haben sie den Mann noch mal gesehen?«

»Nein, Herr Kommissar.«

Linda Vermont stand auf, ging in die Küche, holte eine Flasche Mineralwasser. »Entschuldigung, ich habe Ihnen gar nichts zu trinken angeboten.« Sie deutete auf die Flasche. »Möchten Sie?«

Die Polizisten verneinten.

Von einer Sekunde zur anderen wurde sie kreidebleich. Sie nahm aus dem Wohnzimmerschrank ein Glas, füllte es, trank es mit einem Zug aus. Dann setzte sie sich wieder, fasste sich an die Stirn.

»Ist etwas mit Ihnen?«, fragte Susanne besorgt. Sie merkte, dass mit der jungen Frau etwas nicht stimmte.

»Mir ist plötzlich schlecht.« Linda Vermont rannte ins Bad.

»Frau Vermont, was ist denn los?« Dröger stand auf. »Susanne, geh doch mal zu ihr, kümmere dich um sie.«

Susanne wollte gerade aufstehen, da kam Linda schniefend aus dem Bad zurück. Tränen standen ihr in den Augen. Die Hauptkommissarin gab ihr ein Papiertaschentuch, in das sie heftig hineinschnäuzte. Sie wischte sich die Tränen mit dem Ärmel ab, setzte sich wieder hin.

»Geht's besser, Frau Vermont, oder sollen wir einen Arzt rufen?« Dröger setzte sich wieder, sah sie mit ernstem Gesicht an.

»Geht schon, danke. Mir ist da gerade etwas Furchtbares eingefallen.« Sie schnäuzte erneut. »Dieser schielende Mann! Ich muss Ihnen noch etwas erzählen.«

»Schiessen Sie los.« Dröger sah sie gespannt an.

Die blonde Kellnerin erzählte, was ihr Freitagnacht auf dem Nachhauseweg passiert war.

»Sie haben das nicht angezeigt?« Dröger war entrüstet. »Soll dieser Typ vielleicht noch Schlimmeres anstellen?« Er schüttelte den Kopf.

»Aber Herr Kommissar, ich wusste ja erst einmal gar nicht, was geschehen war. Und oft ist es dann doch so, dass den Frauen einfach nicht geglaubt wird. Außerdem haben die beiden jungen Leute und das Ehepaar sich um mich gekümmert.«

»In der Wohnung unter Ihnen wohnt doch eine Familie Krause, oder?« Dröger strich sich über den Schnauzer. »So steht es auf dem Klingelschild. Haben die nicht gehört, dass Sie nach Hause gebracht wurden?«

»Ach, der Krause.« Linda fuhr sich durch die Haare. »Der lebt alleine. Ist ein Einzelgänger. Er hat mir vor ein paar Wochen erzählt, dass er übers Winzerfest in den Urlaub fährt. Eine Mittelmeerkreuzfahrt mit der Aida. Mittlerweile ist er wieder da.«

»Gut. Wissen Sie, wie die Leute heißen, die Ihnen geholfen haben?«

»Das Ehepaar heißt Jost, Jobst oder so ähnlich. Soviel ich weiß, wohnen sie im Herrnwiesenweg. Nicht weit von hier. Wie die beiden jungen Leute heißen, keine Ahnung.«

Sie schenkte sich wieder Mineralwasser ein, trank einen großen Schluck. »Aber was mir gerade siedend heiß einfällt: Ein Auge in diesem verzerrten Gesicht hat geschielt. Das ist mir eben erst klar geworden.« Sie wurde nachdenklich. »Der, der mich überfallen hat, könnte der Mann aus dem Jazzkeller sein!« Linda sprang auf, rief: »Der wollte mich vergewaltigen!« Tränen schossen ihr in die Augen. »Das muss er sein!« Sie schlug die Hände vors Gesicht. »So ein Schwein!«

Dröger sah Susanne an. Sie verstand. Sie nahm die völlig aufgelöste Linda in die Arme. Dankbar lehnte diese sich an Susanne, weinte. Susanne strich ihr übers Haar, versuchte, sie zu trösten.

»Entschuldigung«, schluchzte die junge Frau, wischte sich über die verweinten Augen.

Sie ging ins Bad. Nachdem sie sich frisch gemacht hatte, setzte sich wieder in den Sessel.

Dröger sah sie mit gekräuselter Stirn an. »Sie können den Mann immer noch anzeigen.«

»Nein!« Linda war entschlossen. »Bitte behandeln Sie alles, was ich Ihnen erzählt habe, vertraulich.«

»Selbstverständlich. Soweit es möglich ist.«

»Danke.«

»Um wie viel Uhr ist das denn passiert?«

»So gegen halb drei, glaube ich.«

»War ihre Kollegin auch so lange da?«

»Nein, Andrea ist früher gegangen. Ich weiß aber nicht, wann.«

»Sollte Ihnen noch etwas einfallen, oder sollten Sie unsere Hilfe benötigen, melden Sie sich bitte.« Dröger überreichte ihr seine Visitenkarte. »Ach, eine Frage hätte ich noch.«

»Bitte.«

»Wo arbeiten Sie hauptberuflich?«

»Ich arbeite bei der Stadtverwaltung Groß-Umstadt. Diese Woche habe ich Urlaub. Übrigens, Andrea und ich sind auch dort Kolleginnen.«

»Ah ja. Auf Wiedersehen, Frau Vermont. Und vielen Dank.«

»Wiedersehen.«

Der Erste Hauptkommissar und seine Kollegin gingen in Richtung Georg-August-Zinn-Straße, wo der Wagen vor dem Restaurant *Frankfurter* stand.

»Na, die hat ja ein Ding erlebt, oder Heiner?« Susanne Hamann war bestürzt.

»Das kann man wohl sagen. Aber dass sie das nicht anzeigen will!«

»Kann ich verstehen«, meinte Susanne nachdenklich.

Dröger brummte: »Na ja. Stell dir vor, keine Frau zeigt so was an. Was soll denn noch alles passieren?«

»Ja, schon, aber trotzdem.« Sie sah den Hauptkommissar nachdenklich an. »Was anderes: Der Peters hat doch auch geschielt. Nicht nur gewatschelt, oder?«

»Ja, hat er. Aber wir dürfen trotzdem keine voreiligen Schlüsse ziehen. Es gibt noch mehr Menschen, die schielen ... und vielleicht einen ungewöhnlichen Gang haben.«

»Das stimmt wohl.«

Sie waren am Wagen angekommen. Dröger sah auf seine Taschenuhr. 12.05 Uhr. Mittagszeit.

»So, jetzt gehen wir erst mal was essen. Schlage vor, wir geh´n ins *Frankfurter*. Einverstanden?«

»Ja, natürlich, warum nicht? Ich liebe die italienische Küche.«

Der Hauptkommissar rief Urs an, sagte ihm, dass er mit Susanne im *Frankfurter* zu Mittag esse. »Komm doch mit Lars her.«

Als Urs und Lars das *Frankfurter* betraten, sahen sie Dröger und Susanne an einem der weißgedeckten Tische im linken Teil der Gaststube sitzen. Sie zogen ihre Jacken aus, hängten sie an die Garderobe, setzten sich dazu.

»Na, was gibt´s Neues?« Dröger sah Urs an.

»Hör mir bloß auf! Der junge Holzbichler ist stur wie ein Panzer. Der Alte weiß offenbar nicht mehr, als er schon gesagt hat. Die Polin ist nicht sehr gesprächig. Die wird auch nix wissen. Und der Kunze, na ja, der hat ja wohl nicht alle an der Latte. Der sagt gar nix. Von der Sprenger ganz zu schweigen.« Fränkli sah Dröger frustriert an.

Lars pflichtete Urs nickend bei: »Es ist, gelinde gesagt, eine Katastrophe.«

»Okay. Wir reden später weiter. Ich habe jetzt erst mal Hunger.«

Lars machte ein bedrücktes Gesicht. »Wenn ich ehrlich bin, einen allzu großen Hunger habe ich nicht.«

»Du musst essen. Dann fällt alles andere wieder leichter.« Heiner Dröger klopfte dem Oberkommissar auf die Schulter.

Sie ließen sich die Speisekarte bringen. Lars und Susanne bestellten Pizza Quattro Stagione. Dröger und Fränkli nahmen Scaloppine Marsala mit Kroketten und Salat. Susanne sah Dröger an: »Tolles Essen, Heiner. Hast recht.«

Dröger schmunzelte. »Sag ich doch.«

Nachdem sie gegessen hatten, bot Gabriella Sorrentini Nachtisch und Espresso an. Alle bestellten noch einen Espresso, der sogleich serviert wurde. Dröger fragte, ob sie eine Familie Jost oder Jobst kenne.

»Jobst? Ja, natürlich. Gottfried und Vera sind öfter bei uns zu Gast. Sie wohnen im Herrnwiesenweg. Warum fragen Sie?«

»Nur so. Danke.«

Gabriella Sorrentini ging zurück zur Theke. Dröger setzte die Espressotasse an, trank einen kleinen

Schluck, meinte: »So, weiter. Urs, ihr bringt die Holzbichlers, die Sprenger und den Kunze nach der Mittagszeit ins Präsidium nach Darmstadt. Die Polin braucht nicht mitzukommen. Die können wir, denke ich, ausschließen.« Er trank die Tasse leer. »Von vierzehn bis siebzehn Uhr ist die *Autmundisklause* geschlossen. Lehmann soll bei denen Fingerabdrücke nehmen und die DNA festellen lassen. Susanne und ich waren hier bei der Besitzerin und bei einer der beiden Kellnerinnen des Jazzkellers. Wir werden nun versuchen, die andere Kellnerin in Kleestadt zu erreichen. Und den Pfarrer.«

»Okay. Wir gehen zurück zum Falkenhof. Dann ab mit denen nach Darmstadt.« Sie standen auf, nahmen ihre Jacken, gingen aus dem Restaurant.

Dröger bezahlte die Rechnung. Er und Susanne standen ebenfalls auf, verabschiedeten sich, gingen zu Drögers Dienstwagen. »Wir fahren jetzt zuerst nach Kleestadt. Vielleicht ist diese Andrea Liebrecht zu Hause.« Der Hauptkommissar startete den Wagen, keine viertel Stunde später bogen sie in die Sudetenstraße ein.

Ein Haus mit der Nummer 95 fanden sie nicht. So viele Häuser gab es in der Sudentenstraße nicht. Auf dem Bürgersteig spielten vier Jungen Fußball. Dröger ließ das Seitenfenster herunter, fragte einen der Buben, ob er Andrea Liebrecht kenne.

»Und wie ich die kenne,« grinste ein kleiner hellroter Lockenkopf mit unzähligen Sommersprossen im Gesicht. »Das ist meine Schwester.« Er streckte den Daumen nach oben. »Die ist topp.«

»So so, deine Schwester. Und die ist topp?«

Der Junge nickte heftig. »Und voll cool!«

»Aha! Na dann sag mir doch bitte, wo ihr wohnt.«

Der Lockenkopf deutete auf ein Haus: »Nummer 59. Sie ist daheim. Hat heute früher Feierabend gemacht. Normalerweise kommt sie erst um siebzehn

Ich glaube, Steffen ist auch da. Steffen ist ihr Freund.«

»Auch topp?« Dröger lächelte.

»Na klar. Auch topp. Auch voll cool. Er ist Schlagzeuger.«

»Ist ja toll!« Ehe Dröger sich bedanken konnte, war der Junge wieder beim Kicken.

»Also, nicht 95 sondern 59. Wahrscheinlich haben wir uns verhört.«

»Alle beide? Glaub´ ich eher nicht. Frau Sorrentini hat die Zahlen verdreht.«

»Egal, jetzt wissen wir´s ja.«

Sie hielten vor dem Einfamilienhaus, stiegen aus, gingen zwei Treppenstufen hoch. Der Hauptkommissar drückte den Klingelknopf.

Eine sehr gepflegte ältere Dame mit angegrautem kurzem Haar öffnete die Tür. »Sie wünschen?«

»Frau Liebrecht?«

»Ja?«

»Guten Tag, wir kommen von der Kriminalpolizei Darmstadt. Können wir bitte Andrea Liebrecht sprechen?«

»Bitte sprechen Sie etwas lauter. Ich höre nicht mehr so gut.« Frau Liebrecht deutete auf ihr Hörgerät am linken Ohr. Dröger nickte, wiederholte laut. Sie zeigten ihre Ausweise.

Die Frau war überrascht. »Polizei? Andrea? Hat sie was angestellt?«

»Nein, nein, keine Sorge. Wir möchten ihr nur ein paar Fragen stellen.«

»So?« Frau Liebrecht setzte ihre Goldrandbrille auf, schaute sich die Ausweise genauer an. »Entschuldigen Sie, aber es passiert heutzutage so viel. Worum geht es denn?«

»Das möchte wir gerne mit Ihrer Tochter besprechen.«

»Natürlich. Sie ist im Garten. Ich geh mal voraus.«

Sie gingen durch einen schmalen Flur zur Terrasse

an der Rückseite des Hauses. Auf einem Regal neben der Sitzgruppe aus Rattan stand ein Strauß Astern in einer Porzellanvase. Andrea Liebrecht goss gerade Blumen. Zwetschgen- und Apfelbäume standen auf dem kurz geschnittenen Rasen. Der Garten war mit Kirschlorbeersträuchern umsäumt.

Anna Liebrecht rief: »Andrea, komm doch bitte mal. Ein Herr und eine Dame möchten dich sprechen.« Andrea drehte sich um, sah über den Rand ihrer Sonnenbrille hinweg, nickte. »Ich komme.«

Sie stellte den Brauseschlauch ab, ging mit federnden Schritten zur Terrasse.

Andrea Liebrecht war eine große, junge Frau. Schlank, blonde, halblange gewellte Haare. Sie trug eine hellblaue Leinenhose, weiße Flip-Flops, eine weiße Bluse mit einem dünnen roten Seidenschal, den sie einfach um den Hals gelegt hatte.

***

Unterdessen waren Hauptkommissar Fränkli und Lars Södermann im Präsidium in Darmstadt eingetroffen. Alois Holzbichler, sein Sohn, Natalia und Fritz Kunze waren von zwei Streifenwagen gebracht worden.

Nachdem ein Mitarbeiter des Erkennungsdienstes bei allen Fingerabdrücke und Speichelproben entnommen hatte, wurden sie wieder zurück nach Groß-Umstadt gebracht.

»Die verdächtigen uns«, erregte sich Alois, als sie sich in der *Autmundisklause* an einen Tisch gesetzt hatten. »So eine Unverschämtheit!«

»Da hast du recht, Vater. Das ist wirklich eine Unverschämtheit. Wo wir doch eh den Schaden haben.« Quirin war aufgebracht.

Seine Freundin meinte: »Was wollt ihr? Die tun doch nur ihre Pflicht.« Sie hob die knochigen Schultern, drehte sich eine Zigarette, zündete sie an, blies den Rauch in kleinen Kringeln in die Luft.

»Du musst denen noch beistehen!« Der alte Holzbichler winkte verärgert ab. »Wenn die Leute merken, dass wir verdächtigt werden, Joschi umgebracht zu haben, können wir den Laden gleich dichtmachen.« Er schüttelte den Kopf. »Und nicht nur die *Autmundisklause*, sondern auch den Wingert. Dann wird uns nämlich niemand mehr eine einzige Flasche Wein abkaufen.« Dann fuhr er Fritz an: »Oder hast du damit etwas zu tun?«

»N-n-nein,« stotterte Fritz, »ich doch nicht. Was denkst du, Chef Alois?« Fritz Kunze sah betreten auf den gefliesten Fußboden.

***

»Wer möchte mich sprechen?«, fragte Andrea Liebrecht freundlich, setzte lächelnd die Ray-Ban-Sonnenbrille auf die blonden Haare.

»Hauptkommissar Heiner Dröger und Hauptkommissarin Susanne Hamann von der Kripo Darmstadt«, stellte Dröger sich und seine Kollegin vor.

»Kriminalpolizei?« Andrea zog die Brauen zusammen. Sie deutete auf die Sessel an dem runden Tisch.

»Bitte nehmen Sie Platz.«

»Nein danke, Frau Liebrecht, wir haben nur ein paar Fragen an Sie.« Dröger sah ihre Mutter an. »Alleine bitte.«

Anna Liebrecht zeigte keine Reaktion. Sie hatte es nicht gehört.

»Mutti, lass uns bitte alleine.«, sagte Andrea laut, schaute die Polizisten mit entschuldigendem Blick an.

»Ich geh´ schon.« Ein wenig beleidigt erhob sich Anna Liebrecht und ging.

»Fragen Sie, Herr Kommissar.« Andrea Liebrecht

lehnte sich an einen der Betonpfeiler, die das Dach der Terrasse trugen.

»Sie haben von dem Mord am Winzerfest gehört? Freitags nachts?« Dröger sah sie an.

»Ja, natürlich. Es ist furchtbar.« Sie hielt seinem Blick stand.

»Ja, das ist es.« Der Hauptkommissar nickte. »Vielleicht können Sie uns helfen.«

»Wenn es mir möglich ist, gerne.«

»Sie haben am Freitagabend im *La Plaza Latina* gekellnert?«

»Ja. Zusammen mit meiner Freundin Linda. Linda Vermont.«

»Ist Ihnen an diesem Abend irgendetwas aufgefallen?«

»Nun, das ist jetzt schon eine Weile her. Ich kann mich im Moment nicht erinnern, dass mir jemand aufgefallen wäre. An diesem Abend war Hochbetrieb.« Sie schürzte die Lippen. »Da hatten wir wirklich genug zu tun.«

»Klar, das ist durchaus verständlich. Aber jede Kleinigkeit könnte von großer Bedeutung sein. Bitte versuchen Sie, sich zu erinnern. Es ist wirklich sehr wichtig.«

Andrea Liebrecht dachte angestrengt nach. Sie kam zu keinem Ergebnis. »Tut mir Leid, Herr Kommissar. Ich fürchte, ich kann Ihnen nicht weiterhelfen.«

»Okay. Sollte Ihnen doch etwas einfallen, rufen Sie mich bitte an.« Dröger überreichte der jungen Frau seine Visitenkarte. »Ach, noch was, Frau Liebrecht. Wann hatten Sie denn Feierabend?«

»Ich glaube, es war ungefähr zwei. Mir war übel geworden. Die stickige Luft, wissen Sie?«

»Verstehe. Hat jemand für Sie weiterbedient. Soll ja viel los gewesen sein.«

»Ich glaube nicht.« Sie schüttelte den Kopf. »Um diese Zeit war nicht mehr so viel los.«

Der Hauptkommissar strich sich übers Kinn, sagte plötzlich: »Ihr Freund ist schon weg?«

Andrea Liebrecht sah ihn überrascht an: »Ja. Aber woher wissen Sie?«

»Ihr Bruder hat gesagt, dass er hier sei«, sagte Dröger gelassen.

»Ach so. Nein, Steffen ist nicht mehr da. Er hat noch etwas zu erledigen.«

»Das war´s vorerst, Frau Liebrecht. Wir finden alleine hinaus. Vielen Dank. Auf Wiedersehen.« Dröger nickte Andrea zu.

»Auf Wiedersehen.«

»Das war nicht sehr aufschlussreich. Jetzt geht´s zum Pfarrer.« Der Hauptkommissar startete den Motor, langsam fuhren sie aus der Sudetenstraße hinaus über den Heimgesberg und die Friedrich-Ebert-Straße weiter in Richtung Groß-Umstadt.

Dröger parkte den Wagen vor seinem Haus in der Unteren Marktstraße. Sie stiegen aus, gingen zum Marktplatz, wo sie vor der Kirche Pfarrer Armknecht von seiner Horex absteigen sahen.

»Er geht in die Kirche. Umso besser«, sagte der Hauptkommissar zu Susanne.

Pfarrer Armknecht bestätigte, was Lehmann Dröger mitgeteilt hatte. Er erzählte auch von der Streiterei Weldens mit Zehner in der *Autmundisklause*. »Dieser ungepflegte Typ, von dem ich sprach, ist ein Polizist. Kann das sein?«

Dröger zuckte die Schultern.

»Mehr kann ich Ihnen leider nicht sagen, Herr Kommissar. Wenn ich etwas erfahre, melde ich mich selbstverständlich.«

»Danke, Hochwürden, das ist sehr freundlich.«

Pfarrer Armknecht trat näher an den Hauptkommissar heran. »Übrigens, es würde mich sehr freuen, sie mal beim Gottesdienst begrüßen zu dürfen.«

»Na, na, Herr Pfarrer«, Heiner Dröger schmunzelte, »das klingt ein bisschen nach Erpressung, oder?«

»Aber Herr Kommissar, wo denken Sie hin?« Der Pfarrer grinste verschmitzt.

Dröger glaubte zu wissen, wer der Polizist war, den der Pfarrer meinte. Julius Ettinger.

Inzwischen war es 17.14 Uhr.

»So, Susanne, jetzt fahren wir zu diesem Jobst. Mal sehen, was der zu dem Überfall auf Linda Vermont sagt.«

Im Herrnwiesenweg drückte Susanne den Klingelknopf. Nichts regte sich. Sie wiederholte zweimal. Immer noch nichts. »Offensichtlich funktioniert die Klingel nicht.« Sie schaute durch das schmale Fenster in der braunen Holztür, klopfte dagegen. »Niemand zu sehen.«

Dröger rief laut: »Hallo! Ist jemand zuhause?«

Von der Terrasse hinter dem Haus kam ein mittelgroßer Mann durch den Garten. Er trug ein weißes T-Shirt, das eng an seinem massigen Körper anlag.

»Was wünschen Sie?«, fragte er reserviert, aber nicht unfreundlich.

»Wir sind von der Kripo aus Darmstadt.« Dröger zog seinen Ausweis. »Ich bin Hauptkommissar Dröger. Das ist meine Kollegin Hauptkommissarin Susanne Hamann.«

»Guten Tag.« Susanne hielt ebenfalls ihren Ausweis hin, den Jobst genau betrachtete. »Gottfried Jobst. Kommen Sie.« Er öffnete das Gartentürchen. Sie gingen über den ausgetrockneten Rasen in den abwechselnd mit Rosen und verschiedenen Sträuchern bepflanzten Garten. Alles machte einen sehr ungepflegten Eindruck. Unter einem Bogen mit wild wuchernden Clematis blieben sie stehen.

»Herr Jobst, Sie sind Freitagnacht am Winzerfest einer jungen Frau zu Hilfe gekommen?«

»Das ist richtig.«

Inzwischen war Vera Jobst hinzugekommen. Die Haare hingen glatt über ihre Schultern. Die hellrote Bluse, die sie zu dem fleckigen weißen Rock trug, wies unter den Achseln dunkle Ränder auf. Sie war barfuss. Vera Jobst sah etwas mitgenommen aus, roch leicht nach Schweiß. Auch eine Alkoholfahne konnten die Kommissare richen.

Susanne rümpfte die Nase. Dröger ließ sich nichts anmerken. »Warum haben Sie nicht den Notarzt und die Polizei verständigt?«

»Ich habe es gleich gesagt.« Vera Jobst sah ihren Mann mit trübem Blick an.

»Ja ja, nun lass doch mal«, fuhr Jobst seine Frau an. Die drehte sich beleidigt um, wollte gehen.

»Bleiben Sie bitte.« Dröger schaute sie ernst an.

»So, Herr Jobst, warum also haben sie Notarzt und Polizei nicht angerufen?

»Ich wollte es, aber Frau Vermont wollte es nicht. Das habe ich respektiert.« Er erzählte, wie sich alles zugetragen hatte.

»Und der mit dem seltsamen Gang?« fragte Hauptkommissar Dröger weiter. »Haben Sie den noch mal gesehen?«

»Nein, Herr Kommissar. Nie wieder.«

»Und sie, Frau Jobst?«

»Nein. Ich weiß auch nicht mehr als mein Mann«, antwortete sie unfreundlich. »Kann ich gehen?«

»Ja.«

Mit großen Schritten eilte Vera Jobst davon.

Dröger bedankte sich, verließ mit Susanne den Garten. Jobst ging zurück zur Terrasse. Bevor sie zum Türchen hinausgingen, sah Dröger sich noch mal um. Vera Jobst hatte sich weit übers Holzgeländer der Terrasse gelehnt und schaute ihnen nach.

Zurück in Darmstadt, ging Dröger ins Präsidium.

»Außerm Lehmann is kaaner mehr do, Herr Hauptkommissar.« Hieronymus Schröder lugte hinter der Scheibe des Empfangs hervor.

Er hatte recht. In den Büros im zweiten Stock war niemand mehr. Dröger suchte im ersten Stock Hennes Lehmann auf, der grübelnd die DNA-Berichte studierte.

»Na, Hennes, gibt´s was?«

»Nix, Heiner, ich könnte verrückt werden. Wenn jemand von denen an dem Mord beteiligt war, hat er mit Sicherheit Handschuhe getragen. Diese Natalia zum Beispiel, ist vielleicht immer betrunken und zugedröhnt. Aber blöd ist die nicht. Genau so wenig wie die anderen.« Er sah auf: »Außer vielleicht Kunze. Aber dem traue ich so etwas nicht zu.« Lehmann winkte ab. »Der ist viel zu ängstlich.«

»Mag sein. Vielleicht hat er auf irgendeine Weise mitgeholfen. Wer weiß? Vielleicht gerade, weil er so ängstlich ist.«

»Klar. Nun komm, morgen geht´s weiter.« Sie gingen hinunter auf den Parkplatz, setzten sich in ihre Autos und fuhren heim.

28

Am darauf folgenden Tag trafen sich die Beamten zur Frühbesprechung. Die Ermittlungen des Vortages wurden erörtert und analysiert. Auch der Überfall auf Linda Vermont.

Dröger erläuterte: »Wir haben mit den beiden Kellnerinnen vom Jazzkeller, Linda Vermont und Andrea Liebrecht gesprochen. Linda Vermont wurde nicht weit von ihrer Wohnung in der Obergasse von einem großen Mann angefallen. Ein Ehepaar namens Jobst kam unmittelbar dazu. Gottfried Jobst konnte eine Vergewaltigung verhindern, indem er auf den Täter einschlug, worauf dieser von Frau Vermont abließ und flüchtete.«

»Haben Sie mit diesem Jobst gesprochen?«, fragte Brammers.

»Ja, gestern. Er konnte mir auch nicht mehr sagen als Frau Vermont. Frau Liebrecht konnte uns auch nicht weiterhelfen.«

»Was gedenken Sie zu tun?« Brammers fuhr sich mit der Hand über die hohe Stirn, nahm die Brille ab, klappte sie zusammen.

Dröger stöhnte: »Das ist eine gute Frage.«

So richtig war man nicht weiter gekommen.

»Es ist ein Unding«, schimpfte Dröger. »Irgendjemand muss doch etwas gesehen haben. Der Mord an von Auberg, der Überfall auf die Kellnerin. Und das in einer Stadt, die im Allgemeinen als eine der friedlichsten in der ganzen Umgebung gilt. Von ein paar Dealern mal abgesehen.«

»Dealer.« Fränkli rieb sich das Kinn. »Die Sprenger muss doch irgendwo den Stoff gekauft haben. Und womit? Die hat doch ganz sicher nichts auf der Kante. Chef, da müssen wir mal nachhaken.«

»Jou, Fränkli, gute Idee. Vielleicht ergibt sich da was.« Brammers nickte. »Natalia Sprenger.«

»Aber warum sollte sie von Auberg umbringen? Wenn sie seine Frau umgebracht hätte, würde mich das nicht so sehr wundern. Das hätte aus Eifersucht geschehen sein können«, verwarf Södermann den Gedanken.

»Lars, du meinst, Quirin und Valerie von Auberg?« Lars nickte. »Ja. Warum nicht?«

Dröger schüttelte den Kopf: »Glaube ich eher nicht. Aber es ist alles möglich.« Er zupfte sich am Ohrläppchen, wie immer, wenn er in Verlegenheit war. »Es könnte sein, dass Natalia Sprenger dabei war, als der Mord passierte. Aber dass sie es getan hat, glaube ich nicht.« Er holte tief Luft, wischte sich mit dem

Handrücken über die Stirn. »Die meisten Süchtigen müssen irgendwie an Geld kommen, um ihren Konsum finanzieren zu können. Was zu denken gibt, ist, dass von Auberg nur noch Hartgeld im Portemonnaie hatte. Aber vielleicht hat er sein ganzes Papiergeld ausgegeben.« Er atmete abermals tief durch. »Okay, es hat keinen Sinn, lange zu palavern. Wir müssen was tun.«

»Genau. Und wenn's geht, schnell«, Brammers stand auf, ging zum Fenster, schaute hinaus. Der Himmel war hellblau, etwas bewölkt, die Sonne lugte hinter ein paar weißen Wolken hervor. Die Bäume bogen sich leicht im Wind. Es versprach, ein schöner Tag zu werden.

»Die Staatsanwältin hat schon wieder nachgefragt, wie weit wir mit den Ermittlungen sind. Die Augustin versteht da keinen Spaß.«

»Wissen wir, wissen wir.« Dröger rollte die Augen.

»Die Presse lässt natürlich auch nicht locker. Der Spürli sitzt mir ständig im Nacken. Mit ihm kann man wirklich gut auskommen. Aber im Moment ...« Brammers drehte sich langsam um. »Im Moment nervt er ganz schön.«

»Auch das wissen wir.« Dröger sah an die Decke, dann entschied er: »Urs, du und Lars fahrt wieder nach Groß-Umstadt. Bleibt an den Holzbichlers dran. Ich werde diesen Zehner aufsuchen. Nikki, sollte etwas sein, melde dich bitte. Jede Kleinigkeit, hörst du? Aber bitte wirklich jede Kleinigkeit.«

»Aber Chef, du weißt doch, dass ich das mache.« Nikki zog einen Flunsch.

In diesem Moment klingelte das Telefon. Dröger nahm ab. Oberkommissar Wilfried Gremm von der Leitstelle informierte den Kriminalhauptkommissar über einen mutmaßlichen Diebstahl in der Concord-Tankstelle in Groß-Umstadt: »Die Dienststelle in Dieburg hat angerufen. Der dortige Dienststellenleiter meinte, in Groß-Umstadt sei es eigentlich sehr ruhig und jetzt, nicht lange nach diesem furchtbaren Mord ein Tankstellendiebstahl. Das hält er für sehr ungewöhnlich. Er wollte nur informieren.«

»Danke.« Dröger wurde hellhörig, legte den Hörer auf. »Kommando zurück! In der Concord-Tankstelle in Umstadt gab es einen Diebstahl. Lars, versuch, diesen Zehner in Nieder-Klingen ausfindig zu machen. Befrage ihn, was er beruflich macht und so weiter. Urs, wir beide fahren jetzt zur Concord nach Groß-Umstadt.«

Dröger rief die Leitstelle an, bat Gremm, Dieburg zu informieren: »Wir übernehmen die Sache.«

29

Eine halbe Stunde später hielten die Beamten auf dem Parkplatz der Tankstelle.

Sie stellten sich der Pächterin Melanie Grossmann vor, einer kleinen, schmalen Person von ungefähr fünfundzwanzig Jahren mit hellen Locken. Sie machte einen sehr resoluten Eindruck.

Frau Grossmann bat sie ins Büro, bot ihnen Platz an einem kleinen runden Tisch an. Die Kommissare setzten sich. Sie nahm hinter ihrem Schreibtisch Platz, wo sich Zeitungen, lose Rechnungen und Lieferscheine stapelten. Ungeöffnete Kartons standen in einer Ecke. In einem offenen Stahlschrank hingen eine beige Cordjacke und rote Arbeitsoveralls.

»So, Frau Grossmann. Wir haben von unseren Dieburger Kollegen die Information bekommen, dass bei Ihnen gestohlen worden sei. Ist das korrekt?«

»Ja, Herr Kommissar.«

»Was wurde gestohlen?« Urs sah sie fragend an.

»Eine größere Menge Zigaretten, vielleicht zehn bis zwölf Stangen. Und einiges an Bargeld.«

»Wie ist das passiert?«

»Frau Welz, eine meiner Mitarbeiterinnen hatte die

Zigaretten aus dem Lager geholt und auf die Theke gelegt. Sie wollte die Regale bestücken. Aber Moment.« Sie stand auf und ging in den Verkaufsraum. »Dagmar, komm doch mal. Die Polizei ist hier.«

Eine große Frau mit blassem Gesicht kam ins Büro. Sie mochte vielleicht dreißig Jahre alt sein.

»Erzähl doch den Herren von der Kriminalpolizei, wie sich alles abgespielt hat«, sagte die Pächterin der Tankstelle in strengem Ton. Sie ärgerte sich immer noch über den Leichtsinn ihrer Mitarbeiterin.

»Das war so«, begann Dagmar Welz, kratzte sich nervös am Kinn, »ich holte die Zigaretten aus dem Lager, weil ich die Regale auffüllen wollte. Zur gleichen Zeit kamen vier Kunden herein. Leichtsinnigerweise, ja, das muss ich zugeben, legte ich die Zigaretten auf die Theke, bediente die ersten zwei Kunden.«

»Männer, Frauen?«, warf Urs ein.

»Zwei Männer.«

Urs fragte weiter: »Wie bezahlten die Kunden, mit Karte oder bar?«

»Beide bezahlten bar.«

»Okay. Sie sprachen von vier Kunden.«

»Ja, die beiden anderen waren Frauen. Eine von ihnen wollte noch Brötchen und Croissants mitnehmen. Ich bediente sie am Backshop.« Sie blies eine Haarsträhne von ihrer Stirn. »Als ich zurück an die Kasse kam, war die andere Frau verschwunden. Die Zigaretten waren weg. Und ich sah, dass die Kasse noch geöffnet war. Ich sah auf den ersten Blick, dass die drei Hundert-Euro-Scheine fehlten, die vorher in der Kasse lagen. Ich dachte, mich trifft der Schlag.« Sie setzte sich zitternd auf einen Stuhl, legte verlegen die gefalteten Hände in den Schoß. »Das Benzin, das sie getankt hatte, hat sie auch nicht bezahlt.«

»Sie sind sicher, dass sie getankt hat?«

»Aber ja, das System zeigt es an. Die Frau stand mit

einem grünen Golf an der Zapfsäule Nummer zwei.«

Nun schaltete sich Dröger wieder ein: »Wie sah diese Frau aus?«

»Krank. Sie sah krank aus, mager, ungepflegt.«

»War sie groß oder klein? Welche Haarfarbe?«

»Sie war vielleicht einssiebzig groß, hatte schwarze, strähnige, lange Haare und eine Baseballkappe auf.« Dagmar Welz nestelte eine Stuyvesant aus dem Päckchen, das sie aus der Brusttasche ihrer Bluse zog, zündete sie umständlich mit einem goldfarbenen Feuerzeug an.

»Was trug sie?«

»Schwarze Jeans, schwarze Jacke.« Sie nahm einen tiefen Zug, blies den Rauch hastig aus.

»Aha.« Dröger sah Urs an. Der nickte leicht, sah Dagmar Welz durchdringend an. »Was für einen Eindruck machte diese Frau auf Sie?«

»Mir kam es vor, als hätte sie getrunken.«

»Ist Ihnen sonst noch etwas aufgefallen?«

Dagmar Welz überlegte: »Ja. Aus ihrer Jackentasche blitzte ein silbriger Gegenstand auf, den sie mit der Hand zurückschob.«

»Ein silbriger Gegenstand? Könnte das ein Messer gewesen sein?«

»Vielleicht. Ich konnte es nicht genau erkennen.«

»Sonst noch etwas?«

Sie schüttelte den Kopf: »Nein. Im Moment fällt mir nichts mehr ein.«

»Okay. Danke.« Urs nickte.

Dröger wandte sich an die Pächterin: »Gut, wir werden in der Sache ermitteln und Sie informieren, sobald wir etwas herausgefunden haben.«

Die Beamten verabschiedeten sich, fuhren umgehend zum Falkenhof, um sich abermals mit Natalia Sprenger zu unterhalten.

Wenig später bogen sie auf den Parkplatz des Weingutes ein.

Sie stiegen aus, gingen zur *Autmundisklause*. Alois stand hinter der Theke. Es war Mittagszeit. Einige Gäste saßen an den Tischen und speisten. Irina war wie gewohnt in der Küche, Quirin kellnerte. Dröger ging auf ihn zu, fragte nach seiner Freundin Natalia.

»Wo wird die schon sein? Oben in meinem Zimmer.«

»Hilft sie nicht im Lokal mit?«

»So voll, wie die wieder ist?« Quirin winkte ab. »Unmöglich. Die können wir hier nicht gebrauchen.«

»Wir müssen sie dringend sprechen.«

»Gehen Sie hoch. Aber ob Sie etwas mit ihr anfangen können, kann ich Ihnen nicht garantieren.« Er nickte ihm zu. »Mir ist es mittlerweile wirklich egal, was sie macht. Werde mich eh von ihr trennen.« Er fügte hinzu: »Zwei Treppen hoch, zweite Tür links.«

Dröger wandte sich an Urs: »Komm.«

Sie gingen hoch, klopften. Nichts rührte sich. Nach mehrmaligem heftigem Klopfen ging die Tür langsam auf. »Was is denn?« Natalia sah fürchterlich aus. Das lange Haar hing ihr ins Gesicht. Sie war so betrunken, dass sie kaum sprechen konnte. Eine schwarze Katze schlüpfte zwischen ihren nackten Füßen aus dem Zimmer, sprang die Treppe hinunter.

»Machen Sie sich fertig, Frau Sprenger, wir müssen mit Ihnen reden.«

»Was wollen Sie?«

»Bitte machen Sie sich fertig. Wir warten draußen.«

Natalia schloss murmelnd die Tür. Die Beamten lehnten sich im Flur an die Wand und warteten. Sie hörten Wasser rauschen.

Nach geraumer Zeit kam Natalia heraus. In der Hand hatte sie eine hellblaue Jeansjacke. Eine rote Stoffhandtasche hatte sie umgehängt.

Die Kommissare und Natalia gingen hinunter, setzten sich im Nebenraum an einen Tisch. Kilian bot ihnen Kaffee an, was sie dankend ablehnten.

»So, Frau Sprenger«, begann Dröger, »wir haben einiges zu besprechen.«

»Ach ja? Was denn?« Sie sah ihn müde und gelangweilt an, legte die Jacke auf den neben ihr stehenden Stuhl, hängte die Handtasche an die Rückenlehne.

»Das werde ich Ihnen sagen.« Dröger holte Luft. »Sie waren gestern Nachmittag tanken und haben in der Concord-Tankstelle gestohlen. Sie haben Zigaretten und Geld gestohlen. Das Benzin, das sie tankten, haben Sie auch nicht bezahlt.«

»Was?« Plötzlich war sie hellwach. »Was soll ich gemacht haben? Gestohlen? Niemals!« Sie schloss die Augen. »Außerdem habe ich nicht getankt. Ich war nicht an der Tankstelle. Ich weiß ja noch nicht einmal, wo die ist.«

»Oh doch. Sie haben dort getankt.« Dröger drehte für einen Moment den Kopf weg. Natalias Alkoholfahne nahm ihm fast den Atem.

»Sie haben Geld gebraucht, um an Rauschgift zu kommen. Ohne dieses Zeug können Sie offensichtlich nicht einen Tag überstehen.«

»Ich habe niemals ...«

»Doch, Sie haben. Verarschen Sie uns nicht!« Fränkli war jetzt richtig sauer. »Wir nehmen Sie mit ins Präsidium. Dort können Sie sich in einer unserer bequemen Unterkünfte überlegen, was Sie uns noch so alles auftischen wollen. Packen Sie ein paar Sachen.«

Jetzt gab Natalia nach. Sie rieb sich nervös die Oberschenkel.

Dröger sah sie scharf an. »Erzählen Sie uns, was gestern passiert ist.«

»Und erzählen Sie uns nicht irgendeinen Käse, den wir nicht hören wollen«, ergänzte Urs.

Dröger gab ihm durch ein Handzeichen zu verstehen, ruhig zu bleiben. Er wandte sich wieder an Natalia: »Nun, Frau Sprenger, wir hören!«

Sie sagte keinen Ton, begann stark zu zittern.

»Ist Ihnen kalt, oder was ist mit Ihnen?« Dröger wusste sehr wohl, was für ein Problem sie hatte.

»Ja, mir ist kalt.« Sie nahm ihre Jacke von der Stuhllehne, zog sie über. »Hier drinnen ist es ja auch nicht gerade warm.«

»Na ja. Okay, erzählen Sie.«

»Ja.« Natalia stockte. »Ja, es stimmt. Ich habe gestern bei Concord getankt. Aber ich habe nicht ...«

»Was haben Sie nicht?«, fiel ihr Urs ins Wort. »Sagen Sie uns ganz einfach die Wahrheit. Ich habe nämlich die Schnauze voll. Haben Sie verstanden?«

»Stopp, Urs, mach langsam«, raunte ihm Dröger zu. »Lass mich machen.«

»Frau Sprenger«, Dröger blieb ruhig, »hören Sie jetzt auf, uns anzulügen. Wir haben Zeugen. Also, was war los gestern?«

»Wenn Sie es eh schon wissen.«

»Ich will es aber von Ihnen hören.«

»Also gut. Ich war tanken, ja. Bei Concord.« Sie zögerte.

»Das sagten Sie bereits. Weiter.« Dröger lehnte sich zurück, verschränkte die Arme.

»Nachdem ich getankt hatte, ging ich im Verkaufsraum zur Kasse, wollte bezahlen.« Nervös kratzte sie sich an der Stirn. »Ich sah die Zigaretten auf der Theke liegen, sah auch, dass die Kasse offen stand.«

Sie machte eine Pause, nahm ein Päckchen Tabak und Zigarettenpapier aus ihrer Jackentasche, drehte sich eine Zigarette. »Kann ich einen Kaffee haben?«

»Urs, sei so gut.«

Urs bestellte bei Quirin eine Tasse Kaffee. Sie trank einen kleinen Schluck. Mittlerweile hatte sie sich etwas erholt.

»Fahren Sie fort.« Dröger trommelte mit den Fingern auf den Tisch.

»Also, ich griff schnell in die Kasse, nahm die drei

Hunnies, schnappte die Zigaretten, setzte mich in den Golf und fuhr weg.«

»Wie viel Stangen Zigaretten waren es?«

»Zehn.«

»Was haben Sie damit gemacht?«

»Wie?«

»Sie drehen Ihre Zigaretten doch.«

»Ja, normal schon, aber wenn ich schon mal ...«

»Ich frage Sie noch einmal: Was haben Sie mit den Zigaretten gemacht?«

»Okay, ich habe sie versetzt.« Sie kratzte sich am Kinn.

»Wie versetzt?«

»Ich habe ... ich habe ...«, stotterte sie.

»Ja? Was haben Sie?«

»Ich habe mir dafür Stoff besorgt.«

»Welchen Stoff?«

»Heroin.«

»Wo?«

»Auf einem Parkplatz zwischen Groß-Umstadt und Höchst.«

»Wer hat Ihnen das Heroin verkauft?«

Natalia zuckte die Schultern.

»Woher wissen Sie, wo man Heroin bekommt?«

»Insidertipp.«

»Von wem?«

»Von einem Typ auf dem Winzerfest. Er hat mich beobachtet und gesehen, dass ich schnupfte.«

»Und er hat Ihnen so ganz einfach gesagt, wie man an das Zeug herankommt?«

»Nein, natürlich nicht. Gegen eine schnelle Nummer in der Gasse hat er mir den Tipp gegeben.« Sie nahm eine tiefen Zug aus ihrer Zigarette, blies den Rauch gegen die Decke.

»Wie sah der Mann aus?«

»Ich kann mich nicht mehr erinnern. War ja stockdunkel«, sagte sie gleichgültig.

Dröger rieb sich das Kinn. »Woher hatten Sie Heroin, bevor Sie nach Groß-Umstadt kamen?«

»Berlin.«

»Haben Sie dort auch Diebstähle begangen?«

»Nein.« Sie ließ die Zigarettenkippe auf den Boden fallen, trat sie mit dem Absatz aus.

»Wo hatten Sie das Geld her?«

»Woher schon?« Sie trank ihren Kaffee aus, stellte die Tasse hart auf den Tisch.

»Ach so, ja.« Dröger hatte verstanden.

»Wissen Sie etwas über den Mord am Winzerfest?«, bohrte er weiter.

»Nein. Wie sollte ich denn? Aber das habe ich Ihnen doch schon gesagt.« Sie kratzte sich wieder.

»Wie oft noch?«

»Okay.« Der Hauptkommissar beließ es dabei.

»War's das?« Natalia stand von ihrem Stuhl auf.

»Ja, das war's vorerst. Sie können gehen.« Dröger erhob sich ebenfalls. »Ach, noch was.«

»Was denn noch?«

»Hatten Sie bei dem Diebstahl ein Messer dabei?«

»Wie kommen Sie denn darauf? Ich besitze so etwas nicht«, antwortete Natalia gereizt.

»Sie hatten wirklich kein Messer dabei?«

»Nein!«

»Na ja ...« Dröger zweifelte, ließ sie aber trotzdem gehen.

Sie ging schnellen Schrittes aus dem Nebenraum, durch die Weinstube hinaus auf den Hof, wühlte in der Handtasche.

Dröger sah Urs an: »Lass uns geh'n.«

Sie verließen die *Autmundisklause*, fuhren nach Darmstadt ins Präsidium, wo sie noch einmal alles zusammenfassten, was sie bisher hatten. Es war einiges. Aber eben nicht genug.

Inzwischen war auch Södermann zurück im Präsidium.

»Na, fündig geworden?«, fragte Dröger

»Nee, überhaupt nicht. Ich habe zwar Zehners Adresse herausgekriegt, aber er war nicht zuhause.«

»Okay, Leute, lasst uns nach Hause fahren. Wir machen morgen weiter. Mich plagt langsam der Hunger. Dich sicher auch, Urs. Heute Mittag gab´s ja nichts.« Er schüttelte den Kopf. »Mein Gott, wie ich diesen Job liebe!«

30

Zehner traf sich mit Valerie auf dem Parkplatz am Hainrichsberg. Die Wirtin hatte ihren roten Alfa Romeo kaum geparkt, da kam Zehner mit seinem BMW angerauscht. Sie hatten sich am Abend zuvor verabredet, wollten unbedingt vermeiden, gesehen zu werden. Es war Dienstag, 11.30 Uhr, trocken, teilweise sonnig. Ein schöner Oktobertag.

Zehner und Valerie wollten einen Spaziergang durch einen Teil der Weinlagen machen. Später wollten sie nach Bad-König fahren, um es sich in der Altstadt in einem der Cafés gemütlich zu machen und den schönen Tag zu genießen.

»Ist nicht so auffällig. Dort wird uns niemand kennen«, meinte Zehner.

»Ich muss jetzt für mindestens ein halbes Jahr die traurige Witwe spielen. Sonst fällt´s auf«, sagte Valerie. »Bis dahin ist über den Mord genügend Gras gewachsen und wir brauchen nicht mehr verheimlichen, dass wir zusammen sind.«

Zehner sah sie skeptisch von der Seite an. Er nahm sie an der Hand, sie spazierten über den Weinlehrpfad. Die Trauben waren reif. Sie warteten darauf, gelesen zu werden. Einige Winzer waren im Weinberg, bereiteten die Lese vor. Zu ihrem Leidwesen gab es in diesem Jahr wesentlich mehr Wildschweine, als in den Jahren zuvor. So mancher Wingert war wie umgepflügt, alles musste wieder geebnet werden. Glücklicherweise waren die Trauben größtenteils unversehrt geblieben.

***

Professor Helm hatte frei. Er war in seinem Weinberg, um Vorbereitungen für die Traubenlese zu treffen. Auch musste er die tiefen Spuren der Wildschweine beseitigen, denn bei der Lese sollte sich niemand verletzen.

Seine Nichte Yvonne und ihren Freund Swen, die ihn mal wieder besuchten, hatte er mitgenommen. Das Wetter war mittlerweile traumhaft schön geworden. Die Sonne strahlte vom stahlblauen Himmel, ein paar weiße Schönwetterwolken gaben einen fantastischen Kontrast, ein milder Wind wehte über die sanften Hügeln des Herrnbergs.

Helm, Yvonne und Swen saßen vor der massiv gemauerten Hütte, die bei schlechtem Wetter einen guten Schutz bot, an einem klobigen Holztisch auf ebenso klobigen Holzstühlen. Auf dem Tisch standen Wurst und Schinken, ein Weidenkörbchen mit leckerem Schwarzbrot und knusprigen Brötchen. Auch an Getränken fehlte es nicht. Esprit, ein ausgezeichneter Perlwein der Winzergenossenschaft *Vinum Autmundis*, Wein, Cola, Mineralwasser.

Sie hatten vom Herrnberg einen herrlichen Blick über die Kleine Toskana, wie das Biotop mit Blick ins Wächtersbachtal genannt wurde, hinunter nach Groß-Umstadt und ins Otzberger Land. Linker Hand konnten sie die Veste Otzberg sehen.

Helm sah die beiden schulterzuckend an. »Es ist ganz einfach nur der Odenwald.«

Swen meinte: »Was heißt hier: nur der Odenwald? Der Odenwald ist superschön.« Jetzt wandte er sich an Yvonne: »Auch in Mosse, gell, Yvonne?«

»Genau. Und in Klinge?«, gab Yvonne zurück.

»Es ist in Ober-Mossau sehr schön und hier auch. Selbstverständlich auch in Nieder-Klingen. Nur ist es halt überall anders, oder?«, mischte sich der Professor ein.

»Ja genau. Damit kann ich leben. Guten Appetit«, grinste Yvonne, biss kräftig in ihr mit Schinken belegtes Schwarzbrot. Sie hob das Glas mit dem intensiv nach Pfirsichen schmeckenden Esprit, den sie besonders gerne trank. »Prost, Onkel!«

Helm schmunzelte. »Prost! In der frischen Luft schmeckt es gleich viel besser.« Er stieß mit Yvonne an, natürlich mit seinem Eigenanbau, dem Umstädter Kellerriesling, biss in die Fleischwurst, sah hoch, ließ seinen Blick über die herrliche Landschaft schweifen.

Ein händchenhaltendes Paar lief direkt an der Hütte vorbei. Helm überlegte. Das war doch Valerie von Auberg, die Wirtin der *Lustigen Reblaus*. Aber wer war der große Mann an ihrer Seite? Der Professor schüttelte den Kopf. Seltsam.

***

Nach knapp zwei Stunden kehrten Valerie und Zehner zurück auf den Parkplatz. Sie setzten sich in Zehners BMW, fuhren nach Bad-König. Nach einem Stadtbummel gingen sie in ein Café nahe der Odenwaldtherme, genossen einfach den Tag.

Alles lief genau so, wies sie es geplant hatten.

31

An diesem Abend rief Dröger bei Professor Helm an, fragte ihn, ob er sich mal wieder mit ihm treffen wolle. »Wir könnten ins *Ourewälldsche* gehen«, sagte Dröger. »Ich habe gehört, dort gäbe es ein hervorragendes Odenwälder Kochkässchnitzel. Darauf hätte ich Appetit. Meine Frau ist heute Abend nicht zuhause. Sie besucht ihre Schwester in Wiebelsbach.«

»Prima, warum nicht? Im *Ourewälldsche* gibt es auch ein hervorragendes Bier, Hövels Bräu. Das habe ich nicht nur gehört, das weiß ich.«

Dröger grinste. »Okay, wann treffen wir uns? Zwanzig Uhr?«

»Zwanzig Uhr«, bestätigte Helm.

Um kurz vor 20 Uhr trafen sich der Kommissar und der Rechtsmediziner vor dem Wirtshaus *Zum Odenwald*, von den Einheimischen liebevoll *Ourewälldsche* genannt: Das alteingesessene Wirtshaus bot Platz für ungefähr vierzig Personen. Die Wände waren ringsum mit rustikalem Eichenholz getäfelt. Mit weinroten Tischtüchern bedeckte Holztische, helle Stühle, eine durchgehende Bank mit roten Polstern befanden sich vor den mit braunen Butzenscheiben versehenen Fenstern an der Wand zur Straße. Im hinteren Teil des Gastraumes war die Wand bemalt. Der Titel des Gemäldes hieß: Malerei von Umbstadt aus dem Jahre 1645.

Dröger und Helm fragten nach zwei Plätzen. Die Inhaberin bot ihnen einen gerade frei werdenden Tisch an. Vier Männer älteren Jahrgangs standen auf. Einer von ihnen sagte freundlich: »Bitte, nehmen Sie Platz.«

»Vielen Dank, meine Herren.« Dröger nickte. Sie setzten sich. Dröger hörte, wie einer der Männer beim Weggehen sagte: »Die kenn' ich. Weiß nur nicht, woher.«

»Ei Schorsch, die sinn doch bekannt in Umstadt. Der aane is de Polizeikommissar aus de Unnere Marktstroße unn de anner is in Frankfort bei de Reschtsmedizin. Des is en Professer«, antwortete ein kräftiger Mann. »Glaab isch jedenfalls«,

»Ach so, ja.« Schorsch nickte. »Stimmt.«

Der Kellner kam, brachte die Speisekarte mit. Sie

bestellten Hövels Pils und Odenwälder Kochkässchnitzel mit Bratkartoffeln und Gemüse.

»Mann, habe ich jetzt einen Hunger. Ist eine Weile her, dass ich des letzte Mal etwas gegessen habe«, meinte der Rechtsmediziner.

Dröger sah ihn an: »Na ja, wie ein Hungerhaken sehen Sie nicht gerade aus.«

»Schon gut, schon gut. Aber es ist nun mal so: Das Bäuchlein ist da, also muss es auch gefüllt werden.«

»Bäuchlein ist gut. Aber Sie haben recht. Ein gutes Essen hat noch niemandem geschadet. Ob mit oder ohne Bäuchlein.«

Der Kellner servierte das Pils, wenig später die Kochkässchnitzel mit den bestellten Beilagen.

Schweigend aßen sie mit großem Appetit, tranken zwischendurch Bier.

»Das war jetzt sehr lecker.« Dröger wischte sich den Mund mit der Serviette ab.

»Aber ehrlich. Ein Genuss.« Helm nickte. »Das Bier auch. Vom Feinsten.« Er bestellte zwei weitere Pils.

Am Stammtisch wurde getuschelt: »Was werrn dann die zwaa widder aushecke?«, fragte ein schmaler, kleiner Mann mit schütterem weissem Haar, sah in die Runde.

»Irschendwas ganz bestimmt.« Eine Frau um die siebzig mit faltigem Gesicht hielt die Hand vor den Mund, schaute verstohlen an den Tisch, an dem der Hauptkommissar und der Rechtsmediziner saßen. »Ganz bestimmt schwätze die von dem Mord am Winzerfest.«

»Ja klar. Wahrscheinlisch. Hast rescht, Traudel.« Der Dicke ihr gegenüber kratzte sich am Kopf, kippte seinen Himbeergeist hinunter. »Mer kennt se ja, den Dröger unn den Helm, gell.«

»Genau.« Traudel runzelte die Stirn, hob ihr Rotweinglas, trank eine Schluck.

Zwei junge dunkelhaarige Frauen kamen in die Gaststube, fragten den Kellner ob noch ein Tisch frei sei.

»Im Moment nicht, aber Sie können gerne am Stammtisch Platz nehmen.« Der Kellner sah zur Runde am Stammtisch, rief: »Gell Philipp, ihr habt doch noch zwaa Plätz fer die junge Leit?«

»Na klar. Mir stelle noch zwaa Stiehl dezu. Kaa Problem.«

Der Kellner brachte sogleich zwei Stühle, stellte sie an den Tisch.

Die beiden Damen bedankten sich, nahmen inmitten der größtenteils älteren Herrschaften Platz. Jetzt war der Stammtisch voll besetzt. »Zwölf Leit«, meinte Philipp, »mehr geht net. Werklisch net.«

Anekdoten und Witze wurden erzählt. Lustige Geschichten machten die Runde.

»Und? Gibt es Fortschritte in der tragischen Mordsache?«, erkundigte sich der Professor bei Dröger.

»Na ja. Es gibt echte Probleme. Was wirklich Richtiges haben wir nicht. Ein paar Verhöre, ja. Aber bis jetzt ziemlich erfolglos. Auch die DNA ergab bisher nichts. Der Obduktionsbericht von Ihnen hat uns auch noch nicht weiter gebracht. Leider.«

»Die Presse, der Spürli? Auch nichts?«

»Außer dass er zurzeit den Löwen gewaltig nervt, auch nichts.«

»Brammers?«

»Mhm.«

Plötzlich schoss Dröger ein Gedanke durch den Kopf: »Herr Professor, der Obduktionsbericht! Sie hatten in Ihrem Obduktionsbericht erwähnt, dass der Schnitt durch die Kehle des Opfers gerade und glatt war. Könnte das irgendeine Bedeutung haben? Was könnte man daraus schließen?«

»Tja.« Helm dachte kurz nach. »Daraus könnte

man eventuell schließen, dass der Mörder so einen Schnitt nicht zum ersten Mal durchgeführt hat.«

»Aha!« Dröger lehnte sich nachdenklich zurück. »Das würde heißen, dass er bereits Erfahrung mit einem ungewöhnlich scharfen Messer hat?«

»Durchaus. Vielleich ein Bastler oder ein Holzschnitzer?« Der Professor rieb sich die Nase.

»Vielleicht.« Dröger nickte mehrere Male.

»Ach, da fällt mir ein«, wechselte Helm das Thema, »ich war heute im Weinberg. Musste ein bisschen was arbeiten. Die Wildsäue haben den halben Herrnberg umgepflügt. Sie haben sicher davon gehört.«

»Ja, das ist mir bekannt, aber was ...«

»Was ich sagen will, ist«, unterbrach Helm, »dass ich dort Valerie von Auberg händchenhaltend mit einem großen Mann gesehen habe. Sie gingen da oben spazieren. Sahen sehr verliebt aus, die beiden. Vielleicht ist das für Sie wichtig.«

»Könnte sein.« Dröger wurde nachdenklich. »Könnte durchaus sein. Der Joschi von Auberg ist doch erst kürzlich beerdigt worden.« Er blickte auf. »Und schon wieder ein Neuer?«

»Vielleicht auch kein Neuer«, gab Helm zu bedenken.

»Sie haben recht. Vielleicht auch kein Neuer. Die von Auberg ist ja nicht gerade eine Kostverächterin.«

»So ist es.«

»Ich werde der Sache mal nachgehen.«

Dröger bestellte zwei weitere Pils, die der Kellner drei Minuten später servierte.

»So, jetzt trinken wir noch einen, dann ist Schluss. Ich muss morgen wieder früh raus.«

»Ich auch. Aber gut, einen können wir noch trinken.« Helm sah Dröger an. »War eine gute Idee, sich hier zu treffen. Essen super. Bier super.« Er hob das Glas. »Prost, Kommissar! Es muss nicht immer Wein sein. Ein frisches Pils ist auch nicht verkehrt.«

»Sie haben recht, Herr Rechtsmediziner. Prost!«

Beide tranken einen kräftigen Schluck, stellten ihr Glas ab. Dröger wischte sich den Schaum vom Mund, meinte: »Ach, was mir gerade einfällt: Sie waren freitags und samstags am Winzerfest wandern. Keine Lust aufs Fest gehabt?«

»Nein, Dröger. Ich wollte mal raus. Wollte keinen Rummel, sondern Ruhe. Nur«, er hob die Arme, »die hatte ich nicht lange.«

Der Hauptkommissar nickte.

32

Einen Tag später, es war 10.30 Uhr, kam Fränkli eilig in Drögers Büro. »Chef, diese Natalia Sprenger hat uns nicht alles gesagt. Die weiß mehr. Da würde ich wetten.«

»Beruhige dich, Urs. Wir kriegen sie. Ich denke auch, dass sie mit dem Mord an von Auberg zu tun hat. Den Diebstahl hat sie ja gestanden.«

»Ja, aber was wird ihr schon passieren?« Er holte ein Taschentuch aus der Hosentasche, putzte sich die Nase. »Diebstahl! Mehr können wir ihr nicht nachweisen.«

»Schon klar, vorläufig«, erwiderte Dröger, »ich bin einfach der Meinung, dass ihre Drogensucht irgendwie eine Rolle spielt. Weiß nur noch nicht, welche.«

»Mir geht es genauso. Die weiß was, da bin ich sicher. Die deckt jemanden.«

»Ja, aber wen? Das ist die Frage. Wahrscheinlich ihren Freund Quirin. Aber wenn du die hörst, haben alle ein Alibi. Winzerfest gefeiert, dann nach Hause gegangen. Schlafen gelegt. Punkt. Die Sprenger lassen wir erst mal schmoren. Du nimmst dir diesen Zehner vor. Ich habe da so eine Vermutung.«

»Meinst du, der hat damit was zu tun?«

»Weiß nicht, Urs. Auf jeden Fall wurde er beim

Spaziergang am Herrnberg mit Valerie von Auberg gesehen. Sie sollen einen sehr verliebten Eindruck gemacht haben. Ich denke, dass er das war. Rate mal, von wem ich das weiß?«

»Herrnberg?« Fränkli überlegte: »Holzbichler! Der hat doch dort einen Wingert.« Dann fiel ihm ein: »Oder ... ja, natürlich, Helm. Professor Helm, richtig?«

»Genau der. Ich war nämlich gestern Abend mit ihm im *Ourewälldsche* zum Essen. Da hat er es mir erzählt. Außerdem habe ich am Montag des Winzerfestes nachts als ich nach Hause ging ein Paar gesehen, das über den Marktplatz spazierte. Die beiden kamen aus der Entengasse, wo es relativ dunkel war. Deshalb konnte ich ihre Gesichter nicht erkennen. Aber ich vermute, dass sie es waren, Zehner und die von Auberg.«

»Aha. Übrigens, *Ourewälldsche* kenn´ ich. *Brücke-Ohl* ist auch sehr gut. Dort gibt es einen schönen Weinkeller.«

»Richtig. Der Weinkeller wird im Herbst als Straußwirtschaft genutzt. Weiß nur nicht mehr genau, wann. Ich war mit Karin schon ab und zu da. Ist echt super. Wir gehen da mal zusammen hin.«

»Können wir gerne machen. Michelle freut sich ganz sicher.«

»Machen wir. Zurück zum Thema, Urs. Was mir noch auf der Seele brennt, ist der Überfall auf Linda Vermont. Der Mann hatte laut ihrer Aussage einen eigenartigen Gang. Er watschelte. Das sagt dir doch was, oder?«

Fränkli überlegte kurz: »Ja, sicher. Das ist doch ... dieser Peters.« Er runzelte die Stirn. »Der ist doch damals abgehauen. Der soll wieder hier sein?«

»Ja. So wie es aussieht, ist er wieder hier.«

»Das hast du bei der Besprechung heute früh gar nicht erwähnt, Chef.«

»Nein, bewusst nicht. Ich wollte nicht die Pferde scheu machen. Urs, du wirst diesen Zehner aufsuchen, noch heute Abend. Sprich ihn auf ein Verhältnis mit Valerie von Auberg an. Nimm Lars mit. Lars weiß, wo er wohnt. Sollte er nicht zuhause sein, dann schaut euch mal bei der *Lustigen Reblaus* um. Auch wenn das Lokal geschlossen ist.«

Er sagte leise, mehr zu sich selbst: »Ich werde mich um Peters kümmern.«

Der Pfarrer musste ihm helfen – auch wenn er sich dafür eine Predigt anhören musste. »Was soll's! In der Not frisst der Teufel Fliegen.«

Noch am gleichen Abend fuhr Urs mit Lars nach Nieder-Klingen in die Schützenstraße. Es war 17.25 Uhr. Urs drückte an dem niedrigen Hoftor die Klingel. Sekunden später erschien ein großer, kräftiger Mann im blauen Jogginganzug in der Haustür.

»Guten Abend, Kriminalpolizei Darmstadt. Können wir Sie mal kurz sprechen?«

»Kriminalpolizei?« Der Mann zog die Brauen hoch, schlüpfte in seine Hausschuhe, kam zum Hoftor. »Was will denn die Polizei von mir?«

»Sind sie Maximilian Zehner?«

Zehner nickte. »Was wünschen Sie?«

Die beiden Beamten zeigten ihre Ausweise. »Können wir reinkommen?«, fragte Urs.

»Meinetwegen. Ich habe aber nicht viel Zeit. Will weg zum Joggen.«

»Es wird nicht lange dauern, Herr Zehner«, versicherte Urs.

Zehner ließ die Polizisten ins Wohnzimmer eintreten, bot ihnen jedoch keinen Platz an. Er holte aus der Diele ein paar blaue Outdoorschuhe, zog sie an, stützte sich auf die Rückenlehne eines der grünen Samtsessel.

»Also? Was gibt's?«

Urs fragte sehr direkt: »Sie haben ein Verhältnis mit Valerie von Auberg? Ist das richtig?«

Zehner lachte laut auf. »Was? Ich soll mit der ein Verhältnis haben? Dass ich nicht lache. Ich glaube, die hat mit vielen ein Verhältnis.« Er schüttelte den Kopf. »Aber nicht mit mir.«

»Sie wurden mit ihr gesehen. Wie erklären Sie sich das?«

»Wer hat mich mit Valerie von Auberg gesehen? Und wo?«

»Ich denke, es reicht, wenn ich Ihnen sage, dass Sie gestern auf dem Herrnberg gesehen wurden. Händchenhaltend. Stimmt das etwa nicht?«

»Na ja«, gab Zehner zögernd zu. »Wir waren gestern auf dem Herrnberg, stimmt.«

»Aha.«

»Man muss doch nicht gleich ein Verhältnis haben, wenn man mal zusammen spazieren geht.«

»Okay, anderes Thema. Trafen Sie sich mit Frau von Auberg auch schon am Winzerfest?« Urs sah Zehner lauernd an.

»Äh, so richtig eigentlich nicht. Wir waren mal einen trinken.«

»Wo? Wann?«

»Ich wollte jetzt eigentlich zum Joggen«, versuchte Zehner auszuweichen.

»Beantworten Sie bitte meine Frage.«

»Was soll das alles? Ich habe nichts verbrochen!«

»Beantworten Sie meine Frage.« Der Hauptkommissar verschärfte den Ton.

»Wir waren am Winzerfest montags abends in der *Weinscheune*.«

Zehner zuckte mit den Schultern, nickte. »Ja. Und?«

»Trafen Sie sich mit Frau von Auberg schon, als ihr Mann noch lebte?«

»Nie.« Zehner errötete.

»Herr Zehner, Sie lügen. Soll ich die Frage noch mal stellen?«

Zehner schüttelte den Kopf, gab dann zu: »Na ja, bei ihr in der *Lustigen Reblaus*. Aber das war doch nur ...« Er brach den Satz ab. »Ich war ja öfters dort.«

Urs ließ sich nicht ablenken. »Was war das nur?«

»Ihr Mann war damals nicht da. Wir sind, nachdem niemand mehr im Lokal war, ins Nebenzimmer gegangen. Den Rest können Sie sich denken.«

»War wirklich niemand mehr im Lokal?«, warf Lars ein.

»Doch, ein Freund von mir. Aber der war an der Theke eingeschlafen. Der hat nichts mitgekriegt.«

»Der Name des Freundes?«, fragte Lars weiter.

»Johan van der Groot.«

»Wo wohnt der?«

»Lengfeld.«

»Wo genau?«

»Hindenburgstraße. Nummer weiß ich nicht.«

»Okay. Valerie von Auberg gefällt Ihnen also schon länger, oder?«

»Ja, stimmt.«

»Mhm.« Lars blickte Urs an, dann Zehner. »Jetzt können Sie zum Joggen gehen. Aber halten Sie sich zu unserer Verfügung.« Fränkli und Södermann verabschiedeten sich.

Sie stiegen in den Focus, fuhren los. Als sie am Klinger Storchenhorst vorbeikamen, überflog ein Weißstorch mit majestätischem Flügelschlag die Straße, landete mit elegantem Schwung auf der Wiese, wo er nach Futter suchte.

Södermann meinte: »Mit dem Zehner stimmt doch was nicht.«

»Genau! Mit dem stimmt was nicht.« Fränkli haute mit der flachen rechten Hand auf's Lenkrad. »Wir kriegen sie, glaub' mir.«

Zehner wartete, bis die Beamten gegangen waren, dann zog er die Outdoorschuhe aus, warf sie in eine Ecke. »Verdammter Mist!«

Er griff zum Telefon, rief Quirin an: »Pass mal auf, die Bullen waren eben hier und haben blöde Fragen gestellt. Die wissen was.«

»Was sollen die schon wissen?«, antwortete Quirin. »Bei uns waren sie auch. Sie haben uns sogar Fingerabdrücke genommen. Auch Speichelproben. Wegen der DNA. Herausgefunden haben sie nichts, rein gar nichts. Mach dir keine Gedanken, halt die Füße still. Die finden nix.«

»Wenn du meinst. Tschüß.«

»Und tschüß.«

33

Am Morgen darauf machte sich Dröger auf den Weg zur Kirche. Er hoffte, dort Pfarrer Armknecht anzutreffen. Da die Kirche nicht weit von seinem Haus war, ging er zu Fuß.

Am Marktplatz angekommen sah er schon die in der Morgensonne schwarz und silbern blinkende Horex Regina mit dem Seitenwagen vor der Kirche stehen. Dabei fiel ihm ein, dass er wieder mal auf den Reinheimer Flugplatz musste. Dort stand der Kranich II, sein geliebtes Segelflugzeug, ein Oldtimer, mit dem er gerne über die Odenwälder Täler gleitete.

Der Hauptkommissar fand den Pfarrer in der Sakristei, wo er an einem kleinen Tisch sitzend in einem Buch blätterte.

»Moin, Herr Pfarrer.«

Armknecht sah erschrocken auf, lächelte dann. »Sie in meiner Kirche? Das freut mich. Guten Morgen, Herr Dröger.« Er legte das Buch zur Seite, erhob sich, schüttelte Dröger die Hand.

»Was führt Sie zu mir?« Er schmunzelte. »Wenn

Sie zum nächsten Gottesdienst kommen möchten, müssen Sie sich nicht anmelden. Sie können ganz einfach kommen.«

Dröger sah ihn lächelnd an.

»War jetzt ein Spaß, Herr Dröger.« Der Pfarrer neigte den Kopf zu Seite. »Was kann ich für Sie tun?«

»Nun, Herr Pfarrer, sie sprachen gestern von einem ungepflegten Mann, der Ihnen in der Mordnacht im Jazzkeller aufgefallen ist.«

»Moment, Herr Dröger, ich sprach von zwei Männern.« Armknecht zog die Augenbrauen zusammen. »Ach so, sie meinen den Ungepflegten.«

»Genau den.«

»Der war am Tisch eingeschlafen. Die blonde Kellnerin, Linda heißt sie glaub´ ich, hat ihn geweckt. Dann ging er. Er schwankte ziemlich. Ich habe mir nichts dabei gedacht. Am Winzerfest schwanken einige.« Dann fuhr er fort: »Kurz darauf ging auch Linda. Wir hatten gerade das letzte Stück gespielt und begannen, abzubauen.«

»Okay, und der andere, der mit dem seltsamen Gang?«

»Der war schon weg.«

»Noch eine Sache, Herr Pfarrer. Was war damals mit den drei Männern, die sich an der Theke in der *Autmundisklause* gestritten haben?

Armknecht fasste sich an die rote Nase, überlegte: »Ach, Sie meinen vor dem Winzerfest. Der Streit legte sich wieder, nachdem ich ihnen zugeredet hatte wie einem kranken Pferd. Die gingen dann nach Hause. Aber das sagte ich Ihnen ja schon.«

»Stimmt. Das sagten sie schon. Gingen Sie dann auch nach Hause?«

»Ich trank mit dem Wirt noch zwei Gläser Edlen Falken. Dann hat Holzbichler die Weinstube geschlossen, ich machte mich auf den Heimweg. War spät genug.«

»Mit der Horex?«

»Bitte?«

»Sie fuhren mit der Horex nach Hause?«

Armknecht senkte den Kopf, sah den Hauptkommissar schuldbewusst an, murmelte leise: »War ja nicht weit.«

Dröger grinste, sagte nichts. Der Hauptkommissar verabschiedete sich von Pfarrer Armknecht mit dem Versprechen, bei Gelegenheit den Gottesdienst zu besuchen.

»Hat mir jetzt nicht viel gebracht«, brummte er unzufrieden. »Hochwürden weiß auch nix. Meine Fresse, wie komme ich an den verdammten Peters ran. Über den suspendierten Polizisten Ettinger? Der muss ihn doch auch gesehen haben, auch wenn er vielleicht voll war wie zehn Russen.«

Er entschied sich dafür, bei Ettinger vorbei zu schauen. Der Hauptkommissar ging nach Hause, nahm das Telefonbuch, fand die Adresse.

Er fuhr in die Mühlstraße, klingelte. Kurz darauf hörte er Schritte im Flur. Julius Ettinger, der im Erdgeschoß wohnte, öffnete die Haustür. Seine dunkelbraunen, fettigen Haare hatte er glatt zurückgekämmt. Einige Strähnen hingen ihm ins unrasierte Gesicht.

»Tag, Herr Ettinger, Kriminalpolizei Darmstadt.«

»Ich kenne Sie. Sie sind doch der Dröger, der Kommissar aus der Unteren Markstraße.«

»Na, dann muss ich mich ja nicht vorstellen«, entgegnete Dröger.

»Was wollen Sie?«, fragte Ettinger mürrisch.

»Kann ich reinkommen?«

»Wenn´s sein muss.« Der suspendierte Polizeiobermeister nahm eine filterlose Lucky Strike aus der Schachtel, zündete sie mit einem Streichholz an, nahm einen tiefen Zug, blies den Rauch aus.

Sie blieben im Treppenhaus stehen.

Auf dem grauen Fußboden fehlten drei Fliesen. Die Raufasertapeten an den Wänden, wahrscheinlich ehemals weiß, waren stark nachgedunkelt. Das einzige Fenster war geöffnet. Ein verkümmerter Blumenstock stand auf dem Fensterbrett. Straßenlärm drang herein.

»Herr Ettinger, können Sie sich an den Freitagabend des Winzerfestes erinnern?«

»Das ist schon ein paar Tage her. Helfen Sie mir mal.« Julius Ettinger zuckte mit den Augenlidern.

»Da ist der Mord passiert.«

»Ach ja, jetzt weiß ich es wieder.«

»Was wissen Sie jetzt wieder?«

»Ich war damals im *Kutscherhaus*, später im Jazzkeller, hatte ziemlich was getrunken.«

Dröger sah ihm an, dass er sehr nervös war.

»So, Herr Ettinger, jetzt gehen wir aber in Ihre Wohnung, ja?«

»Na gut.« Ettinger öffnete die Tür, sie gingen durch den kleinen Flur in die einfach eingerichtete Küche, setzten sich auf Holzstühle an den Küchentisch. Es roch nach Sauerkraut und Schnaps.

»Wollte gerade essen.« Ettinger stand auf, nahm einen Topf mit Kraut und Rippchen von der heißen Herdplatte, stellte ihn auf die Spüle neben eine Dose. Die Platte schaltete er ab. Ansonsten war ordentlich aufgeräumt, worüber Dröger doch etwas erstaunt war.

»Ich esse dann später.« Ettinger drehte sich um, setzte sich Dröger gegenüber. »Was wollen Sie von mir?«

»Nun, Sie waren, wie Sie sagen, im Jazzkeller. Ist Ihnen dort jemand aufgefallen?«

»Nein. Ich war, wie ich bereits sagte, betrunken. Bin dann auch noch eingeschlafen.«

»Wann haben Sie den Keller verlassen?«

»So genau weiß ich das nicht mehr«, knurrte Ettinger, »es könnte vielleicht zwischen zwei und drei Uhr gewesen sein.«

»Okay, welchen Weg nach Hause haben Sie genommen?«

»Durch die Obergasse.«

Der Hauptkommissar stutzte. Warum nicht die Hintergasse? »Also Obergasse. Gut.« Dröger dachte an den Überfall auf die Kellnerin.

Ettinger sah verlegen an dem Kommissar vorbei, zog an seiner Zigarette.

»Ist Ihnen auf dem Heimweg etwas aufgefallen?«, fragte Dröger.

Ettinger zündete sich an der fast abgerauchten Lucky Strike eine neue Zigarette an. Er begann zu schwitzen, wischte sich den Schweiß von der Stirn.

»Verdammt noch mal, ich habe nichts Unrechtes getan!« Er haute mit der flachen Hand auf den Tisch. »Warum will man mir unbedingt etwas anhängen?« Er stand auf, öffnete ein Fenster, setzte sich wieder.

»Beruhigen Sie sich. Niemand will Ihnen etwas anhängen. Ich möchte nur ein paar Dinge wissen. Das ist alles.«

Mit zitternder Stimme sagte Ettinger: »Ich weiß, das klingt jetzt nicht gerade nach der Wahrheit, aber ich muss Ihnen etwas gestehen.«

»Dann fangen Sie mal an, Herr Ettinger.« Dröger schob seine Brille auf die Haare, beugte sich vor.

»Ja, okay. Wie ich schon sagte, ging ich durch die Obergasse nach Hause. Ich hatte mein Fahrrad dabei, konnte aber nicht mehr fahren, weil ich voll war. Mir fiel auf, dass zwei Straßenlampen nicht funktionierten.« Er holte tief Luft. »Einige Meter vor mir ging eine der beiden Kellnerinnen vom Jazzkeller. Sie wohnt, soviel ich weiß in der Obergasse. Ich dachte: Die ist ganz schön mutig, mitten in der Nacht alleine nach Hause zu gehen. Plötzlich wurde mir speiübel. Der Alkohol.« Er kratzte sich am Oberschenkel. »Ich schaffte es gerade noch bis zur Backhausgasse, da ging's schon los. Ich musste mich mindestens vier Mal übergeben. Es war furchtbar.« Er zog an der Lucky Strike, blies langsam den Rauch seitlich aus. »Als es mir wieder besser ging, drehte ich mich um, sah die Kellnerin auf dem Bürgersteig gegenüber liegen. Ein Mann und eine Frau kümmerten sich um sie. Aber«, er machte eine kleine Pause, drückte seine Zigarette in dem einfachen Glasaschenbecher aus, »aber ich sah, dass ein großer Mann mit einem ganz ungewöhnlichen Gang zur Georg-August-Zinn-Straße rannte und dort rechts abbog. Da schaltete sich wahrscheinlich mein Polizistenhirn ein.«

Dröger grinste. Polizistenhirn? Na gut.

Ettinger zündete sich eine neue Zigarette an. »Ich folgte dem Mann, konnte gerade noch sehen, wie er links zum Mörsweg lief. Dort stieg er in einen blauen Ford Fiesta mit Darmstädter Kennzeichen. Die Nummer konnte ich nicht erkennen. Er fuhr vom Mörsweg auf die Richer Straße. Bis zur Linkskurve konnte ich ihn sehen, dann war er verschwunden.«

»Und Sie? Was haben Sie gemacht?«, hakte Dröger nach.

»Ich? Ich bin dann nach Hause.«

»Warum haben Sie den Vorfall nicht gemeldet?«

»Mal im Ernst, Herr Hauptkommissar. Glauben Sie tatsächlich, irgendjemand hätte mir die Story abgenommen?« Er zog an der Lucky Strike. »Das glauben Sie nicht wirklich. Außerdem hatte ich Angst, der Verdacht würde auf mich fallen.« Er erhob sich, holte eine Flasche Bier aus dem Kühlschrank, setzte sich wieder.

»Sie auch eine?«

»Danke nein, bin im Dienst.«

Dröger meinte: »Trotzdem hätten Sie den Fall anzeigen müssen. Aber gut, nun haben Sie mir alles erzählt, oder gibt es dazu noch etwas?«

»Ja, aber ich glaube, das ist nicht von Bedeutung.« Ettinger setzte die Flasche an, trank sie mit einem Zug halbleer.

Dröger wiegte den Kopf: »Kann man nie wissen. Was ist es denn?«

»Ich habe ...«, Ettinger zögerte.

»Ja?«

»Ich habe noch was gesehen.«

»Was denn?«

»Am Freitagabend war Frau von Auberg im *Kutscherhaus*. Ich sagte Ihnen vorhin, dass ich auch dort war. Als sie wegging, wartete ich ein wenig, dann stand ich auf. Ich wollte zur *Lustigen Reblaus*, wollte mit ihr reden, weil sie mich irgendwann vorher mal aus ihrer Weinstube geworfen hatte. Ich hatte mich damals schlecht benommen, wollte mich entschuldigen.« Ettinger zündete sich eine weitere Lucky Strike an, fuhr fort: »Ein großer Mann, der mit noch zwei Männern an einem Tisch gesessen hatte, stand auch auf und ging raus. Ich konnte sehen, dass er Frau von Auberg folgte. Ich wartete. Dann setzte ich mich auf mein Fahrrad und fuhr in Richtung *Lustige Reblaus*. In der Schulstraße sah ich, wie ein Mann, auch auffallend groß, schnell über den Rodensteiner Weg rannte. Ich dachte: Warum rennt der denn so, stellte mein Fahrrad an einem Haus ab, ging vorsichtig zu Fuß weiter. Dann eilte ein anderer Mann vom Falkenhof herbei und half einer Frau, die auf der Straße lag, aufzustehen. Da ich mittlerweile nah genug war, erkannte ich die Frau. Valerie von Auberg. Offensichtlich war sie von dem anderen Mann niedergeschlagen worden.«

»Wie sahen die Männer aus, mit denen dieser große Mann im *Kutscherhaus* saß? Sind die Ihnen bekannt?«

»Nein, ich kenne sie nicht. Der eine war hager, hatte eine blank rasierte Glatze. Der andere war klein und dürr.« Er schluckte. »Ach ja, noch was: Der Kleine hatte eine Stiftenkopf, wie man so sagt. Hellrote Haare.«

»Was haben Sie dann gemacht, Herr Ettinger?«

»Was hätte ich denn machen sollen? Frau von Auberg wurde ja schon geholfen. Der große Mann war weg.«

»Sie hätten zum Beispiel die Polizei rufen müssen.«

»Da haben wir das gleiche wie bei der überfallenen Kellnerin«, ereiferte sich Ettinger. Er verschränkte die Arme vor der Brust. »Das war's.«

»Warum sind Sie damals durch die Obergasse gegangen, nicht durch die Hintergasse? Wäre doch näher zu Ihrer Wohnung gewesen.«

»Weil die Obergasse normalerweise besser beleuchtet ist. Ich gebe zu, an diesem Abend war das nicht so, weil zwei Straßenlampen ausgefallen waren. Aber das wusste ich vorher nicht.«

»Okay. Wir lassen das mal so stehen.« Dröger sah Ettinger mit hochgezogenen Augenbrauen an. »Übrigens, haben Sie mich heute früh auf dem Präsidium angerufen?«

Ettinger schüttelte den Kopf: »Wieso?«

»Ach, nur so.« Dröger winkte ab. »Nicht so wichtig. Na dann ... vielen Dank.«

Der Hauptkommissar erhob sich, verabschiedete sich: »Auf Wiedersehen.«

Der suspendierte Polizist begleitete ihn zur Haustür: »Wiedersehen.«

Dröger nahm sich vor, diesem Mann zu helfen.

34

Im Herrnwiesenweg saß Gottfried Jobst mit seiner Frau auf dem Balkon ihres Hauses bei einem Glas Spätburgunder.

»Weißt du was, Vera« er drehte das Glas in der

Hand, schnupperte an dem funkelnden roten Wein, »ich bin erleichtert, dass die Polizei hier war. Jetzt weiß ich wenigstens, dass sie informiert sind. Ich hätte es melden müssen. Aber die Kellnerin wollte das ja nicht. Trotzdem.«

Dass er Valerie von Auberg nach dem Überfall geholfen hatte, wieder aufzustehen, verschwieg er. Er verschwieg auch, dass er von einem öffentlichen Fernsprecher aus der Polizei einen Tipp gegeben hatte.

»Ja, das stimmt. Wir hätten es gleich melden müssen.« Seine Frau lächelte ihn an. »Jetzt ist es ja erledigt.« Sie legte eine Hand auf seinen Arm, trank einen Schluck Wein.

35

Johan van der Groot saß zuhause im Wohnzimmer bei einer Tasse Kaffee, blätterte in einer einschlägigen Zeitung. Als er auf der Seite des Escort-Service angelangt war, fiel im ein Inserat auf mit dem Titel:

Ob alt oder jung. Ich bring´ alle in Schwung.
Blondes Girl, 21, verwöhnt Damen sowie Herren.

Darunter stand eine Telefonnummer mit der Vorwahl von Groß-Umstadt.

»Warum nicht? Lust hätte ich schon mal wieder«, sagte sich der kleine Holländer. Er griff zum Telefon, rief die Nummer an, wollte einen Termin vereinbaren.

»Du kannst gleich kommen, wenn du willst«, flötete das Callgirl, nannte ihm die Adresse. »Klingele bei Nina.«

»Okay, ich bin in einer halben Stunde da.«

Van der Groot trank seinen Kaffee aus, zog seine Lederjacke an, nahm den Helm von der Garderobe, ging hinunter in den Hof, wo sein weißer Piaggio-Roller stand.

Zwanzig Minuten später war er in Klein-Umstadt in der Bahnhofstraße. Er klingelte. Es dauerte nur einen kurzen Moment, da erschien im weißen Bademantel eine blonde junge Frau mit einem modischen Kurzhaarschnitt, bat den Holländer, einzutreten.

»Gib mir noch ein Minute. Mein Vater ist gerade hier, aber er ist im Begriff, zu gehen.«

Sie bot van der Groot einen Platz im Wohnzimmer auf der roten Samtcouch an. »Einen Whisky?«

»Gerne.« Van der Groot setzte sich. Verlegen rieb er sich die schweißnassen Hände. Er war sehr erregt.

Nina holte aus dem Barfach des Wohnzimmerschrankes eine Flasche Jack Daniels, nahm zwei Gläser, schenkte ein. »Bin gleich wieder hier.« Sie lächelte ihn kokett an.

Dann waren im Flur Stimmen zu hören. Der Holländer konnte durch die halb offene Tür sehen, wer der Mann war, den das Callgirl als ihren Vater bezeichnet hatte. Er verabschiedete sich gerade und ging aus dem Appartement.

»Bestimmt tatsächlich ihr Vater.« Es war ihm egal. Er hatte ganz andere Gedanken.

Gut eine Stunde später verließ auch er Ninas Appartement. Während er mit seinem Roller unterwegs nach Hause war, dachte er an Ninas Vater. Etwas war nicht normal gewesen. Aber was?

Nach kurzer Zeit war er wieder in Lengfeld, stellte den Roller im Hof ab, lief die Treppe hinauf in seine Wohnung. Er ging ins Bad, legte die Wellnessmatte in die Wanne, ließ Wasser einlaufen, gab ein wenig nach Orange duftendes, ätherisches Öl hinzu. Dann entkleidete er sich, legte sich genussvoll in das warme, sprudelnde Wasser. Er fühlte sich wunderbar entspannt. Dann kam ihm wieder der Mann in den Sinn, von dem Nina gesagt hatte, er sei ihr Vater. Dann fiel es ihm ein: Es war sein Gang! Er war so seltsam gelaufen, mit den Füßen nach außen.

Nach dem Bad zog er sich an, ging zum Telefon, wählte die Nummer seines Freundes Zehner.

Der saß in seinem Büro, überprüfte Rechnungen, als das Telefon klingelte. »Schlosserei Zehner.«

»Hallo Maximilian, hier ist Johan, wie geht´s?«

»Was ist denn mit dir los? Du bist so gut drauf!«, gab Zehner zur Antwort. »Haste ´ne Frau kennen gelernt, oder was?«

»Erraten! Und was für eine! Eine Granate, sag´ ich dir. Deshalb ruf´ ich an. Muss ich dir erzählen. Geh´n wir heute Abend einen trinken?«

»Nee, heute klappt das nicht. Habe was anderes vor. Morgen Abend?«

»Auch recht. Morgen Abend.«

»Wo?«

»Umstadt, *Autmundisklause*?«

»Gute Idee.«

»Okay. Morgen Abend, zwanzig Uhr.«

36

Am nächsten Tag während der Frühbesprechung kam Dröger eine Idee, die er erst mal für sich behielt.

Nachdem er wieder in seinem Büro war, rief er über den Flur: »Urs, komm doch mal.«

Fränkli stand auf, ging hinüber in Drögers Büro, lehnte sich, wie gewohnt an einen der Schränke, hielt sich die linke Wange, murmelte: »Was gibt´s, Chef?«

Dröger sah auf: »Was ist los? Hast du Zahnschmerzen?«

»Zahnschmerzen ist gar kein Ausdruck. Wieder der blöde Weisheitszahn. Jetzt ist es ganz schlimm.« Er verzog das Gesicht. »Ich könnte die Wand hoch gehen.«

»Dann sieh zu, dass du zum Zahnarzt kommst, Mann. Das wird doch von selbst nicht besser. Hau ab! Melde dich wieder, wenn es dir besser geht.«

»Hast recht, Chef. Ich komme nachher wieder.«

Zwei Stunden später war Fränkli wieder zurück. Er ging in Drögers Büro: »Siehste, bin wieder da.«

»Geht´s wieder?« Dröger, der gerade den Bericht des Erkennungsdienstes zum x-ten Mal durchlas, blickte hoch.

»Ja, leidlich. Der hat mir so 'ne Flüssigkeit drauf geträufelt. Die soll erst den Zahn beruhigen, dann kommt er raus. Vielleicht in vier, fünf Tagen oder so. Jedenfalls ist jetzt erst mal der Schmerz weg.«

»Na gut. Dann können wir heute Abend mal was zusammen unternehmen, oder?«

»Eigentlich hatte ich Michelle versprochen, mit ihr ins Kino zu gehen. Die Kinder von Paris mit Jean Reno.« Er überlegte kurz: »Warum kommt ihr nicht einfach mit?«

»Nein, Urs.« Dröger sah seinen Kollegen an. »Was ich mit dir vorhabe, ist eher dienstlich.«

Fränkli spitzte den Mund. »Das passt aber jetzt nicht so gut.«

Der Hauptkommissar wurde ernst: »Es wäre wichtig. Ich möchte da nicht lange warten.«

»Also wo geht die Reise hin?«

»Wir suchen heute Abend mal einige Lokale auf«, meinte Dröger.

»Und welche?« Fränkli setzte sich auf den Stuhl vor Drögers Schreibtisch.

»Am Montagfrüh hat doch einer angerufen und gesagt, ich solle mich mal im Jazzkeller umsehen.«

»Ja, ich erinnere mich.«

»Ich habe an diesem Tag außer mit der Inhaberin vom Jazzkeller und den beiden Kellnerinnen auch mit Pfarrer Armknecht gesprochen. Und mit Gottfried Jobst. Der hat der Kellnerin geholfen. Du verstehst?«

»Ja, klar.«

»Gestern fiel mir der Anruf vom Montag wieder ein.

Der war in der Hektik untergegangen. Also ging ich noch mal zu Armknecht und sprach mit ihm. Er sagte etwas von einem Mann, der hinkte oder watschelte.«

»Peters?« unterbrach Fränkli.

»Vermutlich.« Der Hauptkommissar holte tief Luft, nahm seine Savinelli-Pfeife aus der Jackentasche, hielt sie eine Weile in der Hand, suchte nach dem Tabakbeutel, fand ihn nicht. Er murmelte: »Wahrscheinlich zuhause liegen lassen.« Er steckte die Pfeife wieder in die Tasche, lehnte sich zurück.

»Den will ich haben. Unbedingt. Aber wie kriegen wir ihn?« Er hob den Zeigefinger: »Jetzt erst wurde mir klar, dass der Jazzkeller hier eine Rolle spielen könnte. Ich fuhr zu Ettinger.«

Dröger erzählte Fränkli von seinem Gespräch mit Julius Ettinger.

»Okay, Chef, dann lass uns nach Groß-Umstadt fahren. Mal sehen, was wir herausbekommen.«

Es war 17.48 Uhr.

»Lass deinen Wagen auf dem Parkplatz stehen. Wir nehmen meinen. Ich bring´ dich später nach Hause. Morgen früh komme ich nach Lengfeld und wir fahren zusammen ins Präsidium.«

Eine dreiviertel Stunde später stellten Sie Drögers Dienstwagen in der Unteren Marktstraße ab.

»Komm, wir laufen zum Falkenhof. Ist ja nicht weit.« Dröger verschloss den A6. Sie gingen über den Marktplatz in Richtung Falkenhof. Als sie an der *Lustigen Reblaus* vorbeikamen, sahen Sie, dass die Weinstube geöffnet war.

»Ach, hier ist ja wieder offen. Wir schauen mal hinein.« Dröger ging voran. Sie setzten sich an die Theke.

»Was trinken wir?« Dröger sah Fränkli an.

»Rotwein.«

Sie bestellten bei Valeries Tochter Evelyn Spätburgunder.

Nachdem sie sich zugeprostet hatten, meinte Dröger: »Hier ist nicht viel los. Es ist gerade mal ein Tisch besetzt.« Vier Männer spielten Skat.

»Na ja, es ist ja auch noch früh.«

»Und noch was: Wo ist die Chefin? Ihre Tochter hilft eigentlich immer nur aus, sagte sie mir mal.«

»Die kommt vielleicht noch.« Fränkli trank einen Schluck Wein.

Nach einem weiteren Glas Rotwein und eine Stunde später hatte sich immer noch nichts geändert.

Sie warteten noch eine halbe Stunde, dann meinte Dröger: »Wir gehen mal in die *Autmundisklause*. Vielleicht finden wir dort, was wir suchen.«

»Die von Auberg ganz sicher nicht«, grinste Fränkli, trank sein Glas leer.

Als sie nach draußen gingen, fuhr ein blauer BMW langsam an den rechten Straßenrand. Ein Mann und eine Frau saßen in dem Wagen. Als der Fahrer die beiden Beamten sah, fuhr er anstatt zu parken weiter.

»Das waren sie!« Dröger war sich sicher.

»Das war wer?« Fränkli hatte nicht auf den BMW geachtet.

»Zehner und Valerie von Auberg.«

»Aha! Also doch..« Fränkli nickte. »Aber warum verstecken die sich?«

»Das werden wir herausfinden. Später. Lass uns gehen.«

Kurz darauf betraten sie mit einem höflichen »Guten Abend« die *Autmundisklause*.

Niemand erwiderte ihren Gruß.

An einem Tisch in einer Ecke saßen van der Groot, Welden und Quirin beim Rotwein. Der alte Holzbichler stand wie immer hinter der Theke, schenkte Wein aus. Er sah weg, als die Beamten die gut besetzte Weinstube betraten.

Im Nebenraum waren die Mitglieder der Jagdgenossenschaft zusammengekommen. Hauptthema waren die Wildschweine, die in den vergangenen Jahren in den Wingerten gewütet hatten.

»Wir müssen wohl oder übel versuchen, den Bestand der Sauen in Grenzen zu halten« resümierte zum Abschluss Jagdpächter Richard Lohns. Alle Anwesenden stimmten zu.

Die Sitzung war beendet. Im Gastraum wurden drei Tische zusammengestellt, wo alle Platz nahmen.

Der erste Vorsitzende erzählte gerade einen Witz, die anderen hörten gebannt zu, bis sie in lautes Gelächter ausbrachen. Die Pointe war offensichtlich gelungen. Sie hoben ihre mit Rotwein gefüllten Gläser, prosteten sich zu.

Die beiden Kommissare gingen an den Tisch, an dem die drei Männer saßen. »Haben Sie für uns noch zwei Plätze, meine Herren?«, fragte Dröger lächelnd.

»Ja«, antwortete Quirin unfreundlich. Die Beamten waren nicht willkommen. Aber das störte sie nicht.

Irina eilte herbei, fragte, was sie bringen könne.

»Edler Falke?« Dröger deutete auf Quirins Glas, sah ihn fragend an.

»Ja.« Quirin sah weg.

Der Hauptkommissar wandte sich an Irina: »Wir hätten gerne zwei Gläser davon.«

Irina brachte den gewünschten Wein und Dröger hob sein Glas. »Na dann, Prost, meine Herren.«

Unwillig hoben die drei ihre Gläser.

Fränkli schmunzelte. »Zum Wohl.«

Keiner sagte einen Ton.

»Wo ist denn Herr Zehner?«, fragte Dröger.

»Wieso?« Holzbichler junior sah ihn fragend an.

»Kommt er denn nicht?«, schaltete sich Fränkli ein.

»Keine Ahnung. Wir waren nicht verabredet.«

»Ach so.« Fränkli winkte ab. »Der ist ja mit Valerie von Auberg unterwegs.«

»Aber er wollte doch heute vorbei ...«, verplapperte sich van der Groot.

Da fiel ihm der sonst so schweigsame Welden ins Wort: »Gar nix wollte er. Er ist heute einfach nicht da. Ende. Ich bin auch gleich weg.« Er wandte sich an Irina: »Zahlen bitte.«

Er bezahlte seine Zeche, erhob sich, zog seine Jacke an, wollte gehen.

»Sie bleiben!« Dröger sah Welden scharf an.

»Sie werden mich nicht aufhalten, Herr Kommissar.« Weldens Augen verengten sich zu schmalen Schlitzen.

»Und ob ich das werde. Ich sage es noch einmal ganz deutlich: Sie bleiben hier! Also nehmen Sie wieder Platz.« Dröger blieb ruhig. Als Welden sich wieder setzen wollte, meinte er kalt: »Sie brauchen sich nicht setzen. Wir gehen sowieso in den Nebenraum.« Er wandte sich an Quirin: »Das ist doch möglich, oder nicht?«

»Ja schon. Aber warum sollen wir in den Nebenraum gehen?«, fragte Quirin unwirsch.

Die Hauptkommissare und Fränkli erhoben sich. Dröger meinte trocken: »Kommen Sie einfach. Nebenräume erfüllen doch einen bestimmten Zweck. Nämlich den, dass man sich ungestört und in aller Ruhe unterhalten kann.« Er lächelte den jungen Holzbichler an: »Richtig?«

Er bekam keine Antwort.

Dröger ging an die Theke zu Alois Holzbichler, sagte: »Wenn Herr Zehner kommt, schicken Sie ihn in den Nebenraum, klar?«

»Wenn´s sein muss«, gab der Wirt grob zur Antwort.

»Muss sein.« Dröger ging nach nebenan, wo alle an einem Tisch saßen. Er setzte sich neben van der Groot, schaute ihn von der Seite an, was den Holländer verunsicherte.

»So meine Herren, da wir uns nun ganz ungezwungen unterhalten können, mache ich jetzt einfach den Anfang und stelle Ihnen ein paar Fragen.«

Er sah in die Runde. »Sollte Ihnen das nicht gefallen oder Sie erzählen mir irgendwelche Märchen, müssen wir uns morgen in aller Herrgottsfrüh´ auf dem Präsidium unterhalten. Habe ich mich deutlich genug ausgedrückt?« Der Hauptkommissar lehnte sich zurück, nahm die Brille ab, ließ sie in der Hand an einem Bügel pendeln.

Alle saßen mucksmäuschenstill am Tisch. Dröger wartete ungefähr drei Minuten. Die Zeit schien stehen geblieben zu sein. Lähmende Stille erfüllte den Raum.

Da ging die Tür auf, Zehner trat ein.

»Ach, der Herr Zehner«, begrüßte ihn Fränkli. »Dass Sie sich für uns Zeit genommen haben. Wo sie doch eigentlich gar keine Zeit haben!« Er lächelte ihn an: »Sie waren ja mit Frau von Auberg unterwegs.« Fränkli wies auf den Stuhl gegenüber: »Nehmen Sie Platz!«

Zehner wurde verlegen: »Ich habe Frau von Auberg nur ein bisschen geholfen.« Er setzte sich auf den freien Stuhl gegenüber Fränkli.

»Geholfen? Wobei?«

»Sie hatte einige private Dinge zu erledigen.«

»Ach ja? Was für private Dinge?«

»Einkäufe. Und sie musste zur Bank und zum Notar. Der komplette Nachlass muss ja geregelt werden.«

»So so. Und dafür brauchte Frau von Auberg ausgerechnet Sie?«

»Sie hat mich gebeten, sie zu unterstützen. Das ist alles.«

»Ja ja.« Fränkli grinste.

Zehner wurde ungeduldig: »Aber das ist doch nicht verboten! Was soll die Fragerei?«

»Aber meine Herren, bleiben Sie doch ruhig.« Dröger setzte die Brille wieder auf, beugte sich nach vorne. »Fakt ist, dass in der Freitagnacht am Winzerfest ein Mord begangen wurde.« Der Hauptkommissar hob die Stimme: »Und nicht nur das! Es gab auch noch zwei Überfälle. Auf zwei Frauen. Aber das ist Ihnen ganz sicher nicht bekannt, oder?« Er sah jeden einzelnen an. Niemand antwortete. Alle sahen an dem Hauptkommissar vorbei.

»Das habe ich mir gedacht. Sie haben von diesen Vorfällen natürlich keine Ahnung ... von dem Mord auch nicht.«

Die Frage nach einem Alibi konnten alle beantworten. Holzbichler hatte seine Freundin nach Hause gebracht. Zehner war im Jazzkeller gewesen, Welden und van der Groot im *Kutscherhaus*. Alle waren sich einig: Sie hatten von den Vorfällen gehört, aber sie wussten nicht mehr.

Dröger sah keine Veranlassung, weiterhin seine Zeit zu verschwenden. »So, meine Herren. Sie haben uns jetzt wirklich keine Märchen erzählt.« Er lächelte, sagte ruhig und freundlich: »Sie erscheinen morgen früh um sieben Uhr bei uns in Darmstadt im Präsidium. Ich bitte um Pünktlichkeit. Sollten Sie dieser Aufforderung nicht Folge leisten, werden wir sie schriftlich einladen.« Der Hauptkommissar sah auf, strich sich über den Schnauzer. »Und noch eins: Versuchen Sie nicht abzuhauen. Noch Fragen?« Er wartete wenige Sekunden. »Komm Urs, wir gehen.«

Dröger erhob sich, ging grußlos zur Theke, hinter der Alois ihn erstaunt ansah: »Stimmt was nicht?«

»Sie haben recht, Herr Holzbichler. Es stimmt was nicht. Zahlen.«

»Stopp! Das mach diesmal ich.«

Nachdem Fränkli die Rechnung beglichen hatte, fragte er beim Weggehen: »Was ist los, Chef? Du gibst auf? Das habe ich noch nie erlebt.«

»Ach was, Urs. Ich gebe nicht auf. Die sollen sich mal Gedanken machen. Die sind morgen früh da, glaube mir. Aber ... mir ist noch etwas eingefallen.«
»Was denn?«
»Ettinger.«
»Wie?« Fränkli runzelte die Stirn.
»Ettinger, der suspendierte Polizist.«
»Was ist mit dem?«
»Der könnte der Schlüssel sein.«
Fränkli kratzte sich am Ohr. »Der Ettinger? Wieso denn ausgerechnet der? Der kann uns ganz sicher nicht helfen. Der ist doch immer voll.«
»Abwarten. Lass mich mal machen.« Dröger rief Lehmann vom Erkennungsdienst zuhause an: »Sag mal, Hennes, ihr habt doch eine Zigarettenschachtel in Holzbichlers Weinkeller gefunden.«
»Ja. Warum fragst du, Heiner?«
»Was war das für eine Marke?«
»Lucky Strike.«
»Mit oder ohne Filter?«
»Ohne. Aber ...«
»Fingerabdrücke? DNA?«, unterbrach Dröger.
»Klar.«
»Haben wir die auch von Julius Ettinger?«
»Von wem?«
»Du weißt schon. Ettinger, der suspendiert wurde.«
»Verstehe. Nein, von dem haben wir nichts.«
»Danke, Hennes.« Dröger drückte die Austaste des Smartphones.

Sie gingen über den Marktplatz. »Komm Urs, wir trinken bei mir zuhause noch einen.«

Dröger schloss die Haustür auf, sie betraten den Flur, wo der Löwe Friedel immer noch stolz auf dem Sideboard residierte. Fränkli schüttelte den Kopf, streichelte dem Löwen über die Mähne.

Dröger ging ins Wohnzimmer, wo seine Frau Karin vor dem Fernseher eingeschlafen war.

»Das muss ja ein unglaublich spannender Film sein.« Er schaute auf den Bildschirm, sah, dass es eine Talkshow mit Anne Will war. Die Runde setzte sich aus bekannten Persönlichkeiten zusammen: Heiner Geissler, Alice Schwarzer, Olaf Henkel, Sahra Wagenknecht sowie der Chefredakteur vom Stern.

»Kein Wunder, dass sie eingeschlafen ist.«

Fränkli sah ihn an. Dröger legte den Finger auf die Lippen: »Leise. Wir gehen in die Küche.« Auf dem Küchentisch lag sein Tabakbeutel. »Ach, hier ist er ja«, flüsterte er mehr zu sich selbst.

Bei zwei Gläsern Spätburgunder besprach er mit Fränkli, wie er vorgehen wolle.

Nachdem sie ausgetrunken hatten, meinte Dröger: »So Urs! Für heute ist Schluss. Ich ruf' dir ein Taxi, oder willst du bei uns im Gästezimmer übernachten? Wäre auch kein Problem.«

»Um Gottes Willen, Chef«, wehrte Fränkli ab, »Michelle wartet. Die würde mich umbringen, wenn ich heute nicht nach Hause käme.«

»Das wäre dann der nächste Mord«, grinste Dröger. »Ich bestelle dir lieber ein Taxi.«

37

Am nächsten Morgen, Samstag um 6.35 Uhr, waren Hauptkommissar Fränkli und sein Chef wieder im Präsidium.

»Heute machen wir nicht lange rum, heute werden Nägel mit Köpfen gemacht.« Dröger knurrte: »Ich habe allmählich die Schnauze voll von all den Lügnern. Die vier Kameraden werden einzeln befragt. Mir reicht's jetzt.«

Er griff zum Telefon. »Jetzt werde ich Ettinger anrufen. Der soll auch kommen. Wir brauchen seine Fingerabdrücke und seine DNA.«

Julius Ettinger lag noch im Bett und schlief, als das

Telefon klingelte. Nach einiger Zeit meldete er sich.

»Herr Ettinger, wir brauchen Sie dringend im Präsidium. Ich lasse Sie in einer Stunde abholen«, fasste sich der Hauptkommissar kurz.

»Aber warum? Was soll ich da?« Ettingers Stimme klang verschlafen.

»Das werde Sie dann schon erfahren. Wiederhören.«

»Wiederhören.«

Um zehn Minuten vor sieben waren tatsächlich alle im Präsidium eingetroffen.

Hieronymus Schröder vom Empfang zwirbelte seinen Schnauzbart, rief Dröger an: »Herr Hauptkommissar, hier sind vier Männer, die zu Ihnen möchten.«

»Okay, Herr Schröder, warten Sie einen Moment. Es kommt gleich jemand.«

Dröger rief beim Erkennungsdienst an. Der diensthabende Oberkommissar Norbert Ruppert nahm den Hörer ab, meldete sich. Dröger erklärte ihm kurz den Sachverhalt.

»Vergleichen Sie die Fingerabdrücke und die DNA auf der Lucky Strike-Schachtel mit denen der vier. Später kommt noch einer. Seine Abdrücke und die DNA vergleichen Sie auch mit der Zigarettenschachtel. Sagen Sie mir dann Bescheid.«

»Okay, wird erledigt.«

Die vier Männer wurden von zwei Beamten in den ersten Stock gebracht.

Ruppert nahm Fingerabdrücke von Welden, Zehner und van der Groot. Auch entnahm er ihnen Speichelproben. Von Quirin Holzbichler waren bereits alle Daten vorhanden. Anschließend nahmen die Beamten die vier Männer wieder mit. Sie gingen in den zweiten Stock, wo sie vor dem Vernehmungszimmer unter Aufsicht Platz nahmen.

Die Kommissare bestellten sie nacheinander ins Vernehmungszimmer. Brammers, der mittlerweile eingetroffen war, sah von außen durch den Spiegel zu. Es ergab sich nichts, gar nichts. Die Befragten blieben bei ihren Aussagen.

»Vertane Zeit«, schimpfte Dröger, nachdem er die Männer gehen lassen musste. Er saß mit Brammers und Urs in seinem Büro. »Die Alibis sind mir sehr suspekt. Quirins Alibi hat ihm seine Freundin gegeben. Die war betrunken und auf Drogen. Ob das stimmt, was sie uns erzählt hat? Gut, Zehner wurde von Pfarrer Armknecht im Jazzkeller gesehen. Aber um welche Uhrzeit?« Dröger hob beide Hände. »Weiß keiner. Welden und van der Groot waren angeblich im *Kutscherhaus*. Kann sein, kann nicht sein. Das ist nicht mehr nachprüfbar. Bei dem Betrieb am Winzerfest.«

Er schloss die Augen, schüttelte den Kopf. »Wir stehen immer noch mit leeren Händen da.« Er zupfte sich am Ohrläppchen. »Im Moment ist alles zum Mäuse melken. Aber wirklich!«

»Dröger, nun hören Sie mir mal genau zu. Sie auch, Fränkli.« Direktor Brammers nahm seine Brille ab, klappte sie zusammen, legte sie vor sich auf den Tisch. »Ich kenne Sie beide seit einigen Jahren. Sie wissen, wie sehr ich Sie schätze. Und«, er machte eine kleine Pause, nahm eine Reval ohne Filter aus dem silbernen Zigarettenetui, »und Sie haben noch nie aufgegeben.« Er nahm sein silbernes Feuerzeug aus der Jackentasche, zündete die Reval an. »Zugegeben, es läuft im Moment überhaupt nicht gut. Aber trotzdem. Sie werden das schaffen.«

Nun wurde er wieder dienstlich. Er klopfte drei Mal mit der Faust auf den Tisch. »Es muss dringend etwas geschehen.« Dann polterte er: »Ich bin es endgültig leid, immerzu der Staatsanwältin und der Presse Rede und Antwort zu stehen. Was soll ich denen noch sagen?« Der Kriminaldirektor drehte sich um, verließ Drögers Büro.

Kurz darauf brachten zwei Polizeibeamte einen nervösen Julius Ettinger in Drögers Büro.

»Guten Morgen, Herr Ettinger«, begrüßte ihn Dröger.

»Moin.« Ettinger blieb im Türrahmen stehen.

Fränkli bot ihm auf einem der beiden Stühle vor Drögers Schreibtisch Platz an: »Setzen Sie sich doch.«

Ettinger nahm Platz, Fränkli blieb, die Arme verschränkt, neben ihm stehen.

Dröger fiel auf, dass Ettinger sehr gepflegt aussah. Er trug ein hellgraues Sakko, ein weißes Hemd, eine blaue Mohairhose. Sogar eine weinrote Krawatte hatte er umgebunden. Auch war er frisch rasiert, roch nach Old Spice.

»So Herr Ettinger, wir wollen gleich zur Sache kommen. Ich habe Sie heute aus folgendem Grund herbestellt: Wir benötigen von Ihnen eine Speichelprobe, um Ihre DNA zu bestimmen, und Fingerabdrücke.«

»Aber warum? Ich habe doch …«

»Wenn Sie nichts verbrochen haben, dann haben Sie auch nichts zu befürchten.«

Ettinger wurde ebenfalls zu Ruppert gebracht.

Später, wieder in Drögers Büro, fragte der Hauptkommissar: »Nun, Herr Ettinger, ist Ihnen vielleicht noch etwas eingefallen, das Sie uns erzählen wollen?« Er sah ihn lange an. Da klingelte Drögers Telefon. Ruppert teilte mit, dass DNA-Spuren von Julius Ettinger auf der Zigarettenschachtel auszumachen seien.

»Danke, Herr Ruppert. Das ging aber flott.«

»Keine Ursache, Herr Hauptkommissar.«

Dröger legte auf. »Herr Ettinger«, er wandte sich dem ehemaligen Polizisten zu, »was rauchen Sie eigentlich für Zigaretten?«

Ettinger war überrascht: »Wie? Warum?«

»Beantworten Sie ganz einfach meine Frage. Was rauchen Sie für Zigaretten?«

»Lucky Strike«, antwortete der suspendierte Polizist.

»Ohne Filter?«

»Ja. Aber ich verstehe nicht.«

Dröger zog die Augenbrauen hoch: »Ich frage mich, wie eine Zigarettenpackung von Ihnen in den Weinkeller des Weinguts Falkenhof geraten ist. Das müssten Sie mir schon mal erklären.«

Jetzt wurde Ettinger leichenblass. Er fuhr sich mit dem Handrücken über die Stirn.

»Herr Kommissar, ich schwöre Ihnen, dass ich damit nichts zu tun habe.« Er wurde laut: »Nein, ich habe mit der ganzen Mordgeschichte nichts zu tun! Wirklich nicht!«

»Das habe ich auch nicht behauptet.« Dröger klopfte mit der Faust auf den Schreibtisch. »Ich habe Sie nur gefragt, wie eine Zigarettenpackung der Marke Lucky Strike in den bewussten Weinkeller kam. Auf der Zigarettenschachtel ist Ihre DNA auszumachen. Erklären Sie mir das.«

Ettinger schüttelte den Kopf: »Herr Kommissar, ich kann Ihnen das beim besten Willen nicht erklären.« Er raufte sich mit beiden Hände die frisch gewaschenen Haare. »Ich kann es mir selbst nicht erklären. Da ist irgendwas passiert. Irgendwas! Vielleicht habe ich die Schachtel unterwegs verloren. Keine Ahnung. Aber ich war noch nie im Weinkeller des Falkenhof. Wirklich nicht!« Ihm würde übel. »Kann ich ein Glas Wasser haben?«

Urs holte ein Glas Wasser, gab es ihm in die ausgestreckte Hand. Mit einem langen Zug trank er das Glas aus. Er begann, stark zu schwitzen, wischte sich mit einem Stofftaschentuch den Schweiß von der Stirn.

»Sonst haben Sie uns nichts zu sagen?«
Ettinger schwieg.
»Ich mache Ihnen eine Vorschlag, Herr Ettinger. Sie bleiben über Nacht hier. Vielleicht wissen Sie ja morgen mehr, okay?« Dröger blieb freundlich.
Ettinger wehrte sich nicht. Er war wie apathisch.

Dröger sagte zu seinem Kollegen Fränkli: »Urs, weißt du was? Ich glaube, Ettinger wird unser Verbündeter, oder wenn du es so willst, unser dritter Mann.«
»Der Schluckspecht?«
»Genau. Der Schluckspecht. Denn brauchen wir. Der weiß mehr, als wir ahnen. Der war's auch nicht.« Dröger war überzeugt. »Der hat den Mord nicht begangen. Aber er wird uns weiterhelfen, glaub' mir.«
»Ich weiß nicht«, zweifelte Fränkli.
»Glaub' es mir, der weiß was. Wir müssen ihm nur klar machen, dass er uns vertrauen kann.«
»Wenn du meinst, Chef.« Fränkli war noch nicht so richtig überzeugt.

Sonntag früh ließen sich die Hauptkommissare Dröger und Fränkli Julius Ettinger bringen, der die Nacht in einer Gewahrsamszelle verbracht hatte.
Ettinger, der jetzt viel ruhiger wirkte als am Tag zuvor, sah Dröger fragend an: »Was passiert jetzt?«
»Herr Ettinger, was wissen Sie über den Mord? Die Überfälle auf die Frauen stellen wir jetzt mal hinten an. Darüber haben Sie mir berichtet.«
»Aber Herr Hauptkommissar, was soll ich über den Mord schon wissen?« Er beteuerte: »Ich habe keine Ahnung. Wirklich nicht.«
»Gut, Herr Ettinger. Ich kann Ihnen eines anbieten: Arbeiten Sie mit uns zusammen. So könnten wir die Sache in den Griff kriegen. Außerdem wäre das nicht unbedingt Ihr Schaden. Verstehen Sie?«

»Verstehe.«

»Okay, dann lass ich Sie jetzt nach Hause bringen. Machen Sie keine Dummheiten, halten Sie sich zu unserer Verfügung.«

Nachdem Ettinger weg war, meinte Fränkli: »Chef, du kannst den doch nicht einfach laufen lassen.«

»Urs, beruhige dich. Der hat den Mord nicht begangen.«

»Was macht dich so sicher? Ich sehe das anders.«

»Es gibt eine einzige Spur von ihm im Weinkeller. Sonst nichts. Die Schachtel kann jemand dahin gelegt haben. Ich glaube nicht, dass er jemals im Weinkeller war.«

»Und die Überfälle auf die beiden Frauen?«

»Mit dem Überfall auf die Kellnerin hat er auch nichts zu tun. Auch nicht mit dem auf die Wirtin der *Lustigen Reblaus*.«

»Ich muss dich noch einmal fragen: Was macht dich so sicher?«

»Intuition, Urs, Intuition.« Dröger rieb sich die Nase. »Ich glaube nicht, dass er mich belogen hat. Außerdem hatte der Mann, der die beiden Frauen überfiel, einen außergewöhnlichen Gang. Das hat Gottfried Jobst bestätigt.«

»Er könnte einen seltsamen Gang imitiert haben. Watscheln oder so.«

»In einer solchen Situation? Nein, Urs.« Dröger schüttelte den Kopf.

»Na ja, aber ...«

»Nix aber, Urs. Okay, du siehst das ganz anders. Das ist dein gutes Recht. Aber ich entscheide. Ich muss es auch verantworten. Also, noch mal: Vertrau mir einfach.«

»Du bist der Boss.«

»So sieht's aus.«

38

Am Nachmittag wollte sich Zehner mit Valerie gegen 14.00 Uhr auf dem Parkplatz am Hainrichsberg treffen. Nachdem es von Freitagnacht bis in den Sonntagvormittag durchgeregnet hatte, war es nun wieder trocken.

Seit gut einer Stunde wartete Zehner schon, versuchte, sie auf dem Handy zu erreichen. Die Mailbox war ausgeschaltet.

»Das ist jetzt aber wirklich kein Spaß mehr. Will die mich verarschen?« Er war verärgert, startete den Motor, fuhr langsam auf die Straße. Zehner brummelte vor sich hin: »Ganz bestimmt ist es ein anderer Mann.« Er schüttelte den Kopf: »Ich war immer da, wenn sie mich brauchte! Das soll nun der Lohn sein? Sie treibt sich mit einem anderen rum?« Er hielt am Straßenrand kurz an, stieg aus, atmete tief durch, sagte leise: »Aber ich hätte es ja wissen müssen. Ich bin so ein Idiot.«

Einige Minuten später stieg er wieder in den Wagen, fuhr nach Lengfeld, hielt in der Hindenburgstraße vor dem Haus, in dem van der Groot wohnte. Er stieg aus, klingelte am Hoftor. Niemand rührte sich. Auch nach mehrmaligem Klingeln öffnete niemand. Er sah über das Tor. Der Roller stand nicht im Hof.

Er stieg wieder in den Wagen, fuhr zurück nach Groß-Umstadt, wollte in die *Autmundisklause*. Als er in den Hof des Weinguts einbog, sah er den weißen Piaggio-Roller auf einem der Parkplätze stehen.

Drinnen saß an einem Tisch van der Groot mit Quirin beim Wein. Edler Falke, klar. Drei weitere Tische waren noch besetzt. Die Männer an einem der Tische diskutierten lebhaft über die Fußballbundesliga. Wer wurde in dieser Saison Deutscher Meister? Bayern München oder Borussia Dortmund?

»Die Bayern packen das«, meinte ein vornehm wirkender Herr mit weißem Haarkranz, »die sind saustark!« Er zwinkerte. »Wenn ich das mal so sagen darf, Herr Direktor.«

Der Herr Direktor rückte die auf die Nasenspitze gerutschte Brille zurecht, lehnte sich zurück, konterte: »Sie dürfen, mein Lieber, sie dürfen. Aber ...«, er räusperte sich, »ich glaube nicht daran. Borussia Dortmund ist besser.«

»Bayer Leverkusen ist auch vorne dabei. Vielleicht schaffen die es mal«, meinte ein Dritter.

»Die ewigen Zweiten? Nie!« entgegnete der Direktor, machte eine wegwerfende Handbewegung.

»Oh, ihr mit eurem Fußball! Gibt es sonst nichts auf dieser Welt?« Eine schlanke, elegant gekleidete Dame mit kurzem blondiertem Haar sah ihren Mann, den Herrn Direktor, an.

»Hast ja recht, Elli.« Er nickte ihr zu. »Lasst uns über andere Themen sprechen.«

»Von mir aus«, entgegnete sein Gegenüber, faltete die Hände über dem stattlichen Bauch.

Nun ergriff seine dicke, kleine Frau das Wort. Es ging um ein neues Kuchenrezept. Die Herren schauten sich stumm an.

Ein verführerischer Duft kam aus der Küche. Irinas Rollbraten. Zehner setzte sich an den Tisch zu Quirin und van der Groot , bestellte Edlen Falken.

»Kommt Peter auch?«, fragte er.

»Keine Ahnung«, antwortete Quirin. Van der Groot hob die Schultern.

»Na Maximilian.« Quirin sah Zehner an. »Du bist heute nicht bei Valerie? Was ist los?«

»Ach die!« Er winkte ab. »Die hat mich versetzt. Wir waren verabredet, aber sie ist nicht gekommen.«

»Was ist denn in die gefahren?«, fragte Johan.

Quirin grinste: »Du musst wohl fragen, wer ist in die gefahren?«

»Nun hör aber auf, Quirin. Was soll das denn heißen?« Zehner sah ihn empört an. »Du bist doch nicht ganz dicht!«

»Man hört so allerlei. Ich will ja nichts Falsches sagen aber ... na ja.« Quirins Grinsen wurde unverschämt.

»Kümmere dich lieber um deine Junkie-Tussi.«

Holzbichler junior hob die Hände. »Wenn du meinst, Groschen-Max.« Er stand auf, ging grußlos nach oben in sein Zimmer.

Van der Groot wechselte das Thema: »Maximilian, du wolltest doch von der Frau hören, die ich kennen gelernt habe, oder?«

»Ja, klar. Erzähl.«

»Es gibt eigentlich nicht viel zu erzählen.« Van der Groot senkte die Stimme, sagte leise: »Sie ist nicht wirklich meine Freundin.«

»Nee? Und warum nicht? Ich dachte ...«

»Falsch gedacht«, unterbrach van der Groot, »sie ist ein Callgirl, heißt Nina. Ich kam durch eine Zeitungsannonce zu ihr. Musste ein bisschen warten, weil ihr Vater da war. Sie sagte jedenfalls, dass es ihr Vater gewesen sei. Dauerte aber nicht lange, dann ging er.«

»Verstehe.«

»Aber ich sage dir, sie ist eine Wucht.« Er beschrieb ihm die hübsche, blonde Frau. »Tolle Figur, sage ich dir.« Van der Groot nannte Zehner die Adresse.

»Na ja, ist nicht so mein Ding.« Zehner schüttelte den Kopf: »Ein Callgirl! Mensch Johan, such´ dir ´ne nette Freundin.«

»Damit ich dann auch versetzt werde? Nein. Dann lieber so.«

Am Tisch nebenan saßen Gottfried Jobst, seine Frau Vera und zwei weitere Ehepaare. Sie unterhielten sich über Spanien, wo sie zusammen den nächsten Urlaub verbringen wollten. Jobst hatte Prospekte aus einem Reisebüro mitgebracht. Sie berieten, wohin und wie lange. Costa Blanca oder Costa del Sol? Zwei oder drei Wochen?

Gottfried Jobst hörte das Gespräch der beiden Männer am Nebentisch. Nachdem Zehner die Frau beschrieben hatte, wurde Jobst neugierig. Er meinte, sie zu kennen. Als er dann hörte, wo sie wohnt, beschloss er, hinzufahren. Ein bisschen Abwechslung konnte nicht schaden. Seine Frau langweilte ihn.

Mittlerweile war es 17.15 Uhr. Zehner und van der Groot verabschiedeten sich.

Als Zehner auf dem Weg zum Ausgang war, erkannte Gottfried Jobst in ihm den Mann aus dem Jazzkeller. Hatte er die Wirtin der *Lustigen Reblaus* niedergeschlagen?

Bald gingen auch die drei Ehepaare. Sie hatten sich darauf geeinigt, für zwei Wochen nach Malaga an die Costa del Sol zu fliegen.

Zwei Tische waren noch besetzt. An einem davon saß Julius Ettinger alleine bei einem Glas Edlen Falken. Der Ausdruck Quirins, Groschen-Max, war ihm aufgefallen. Ein ungewöhnlicher Spitzname.

39

Abends bekam Welden einen Anruf. Eine verzerrte Stimme sagte leise, aber deutlich: »Valerie von Auberg ist tot.«

»Was? Erzählen Sie mir doch nicht einen solchen Unsinn! Das kann doch nicht sein!« Welden war entsetzt. »Wer sind Sie überhaupt?«

»Spielt keine Rolle. Wichtig ist, dass die von Auberg tot ist.«

»Sagen Sie mir doch Ihren Namen!«

Stille in der Leitung.

Welden setzte sich fassungslos in einen Sessel, rief

verzweifelt in den Hörer: »Das ist ja furchtbar! Wer hat Valerie umgebracht?«

»Zehner hat sie erwürgt«, gab die verzerrte Stimme zur Antwort. »Die wird keinem mehr den Kopf verdrehen. Sie hat nur für Unruhe in Umstadt gesorgt. Du warst doch auch scharf auf sie. Seid alle froh, dass sie aus dem Verkehr gezogen wurde.«

»Wo ist das passiert? Bitte!«

Der Anrufer hatte aufgelegt.

Welden war schockiert. »Das werde ich Zehner heimzahlen.«

Er ging in die Küche, wo ein kleines Regal mit Wein neben dem Kühlschrank stand, holte ein Flasche Edlen Falken, setzte sie an, trank sie aus, holte die zweite Flasche.

»Den bring´ ich um!«, sagte er laut.

40

Am nächsten Tag wurde in der durch den starken Regen über die Ufer getretenen Gersprenz zwischen Groß-Zimmern und Klein-Zimmern eine nackte, weibliche Leiche von einem entsetzten Rentnerehepaar entdeckt. Sie war ans Ufer geschwemmt worden. Um ihre schlanken Hüften war ein Strick geschlungen, der am Ende abgerissen war.

Der Leichnam wurde wenig später als Valerie von Auberg identifiziert.

»Ertrunken ist sie nicht«, so der Rechtsmediziner Helm. »Kein Schaumpilz vor dem Mund. Die Tote ist etwas angefressen, wahrscheinlich von Wasserratten. Auch der Strick könnte abgefressen worden sein.«

In der Rechtsmedizin in Frankfurt wurden Würgemale am Hals, Hautabschürfungen, und Kratzspuren festgestellt. Das Zungenbein war gebrochen. Laut Helm war Valerie erwürgt worden. Der Tod war am Sonntagvormittag eingetreten.

Die DNA wurde festgestellt und mit allen Verdächtigen verglichen.

Lehmann rief Dröger an: »Heiner, fahr nach Groß-Umstadt. Schnell. Hol dir diesen Quirin Holzbichler. Wir haben DNA-Spuren von ihm an der Wasserleiche gefunden.«

»Hat die Presse schon Wind davon bekommen?«

»Der Spürli vom *Echo*. Aber ich habe mit ihm gesprochen. Er hält erst mal alles zurück, bis wir ihm grünes Licht geben. Nur sehr lange darf es nicht dauern.«

»Klar.«

Dröger und Fränkli fuhren eilig zum Falkenhof.

»Chef, die haben alle ein Motiv. Alle!«

»Du hast recht. Die haben alle ein Motiv. Aber etwas hast du vergessen: Was ist mit van der Groot, Zehner und Welden? Die haben auch Dreck am Stecken.« Dröger machte ein kurze Pause, drehte die Musik im Autoradio etwas leiser. »Wir schnappen uns jetzt zuerst die Holzbichlers und die Sprenger.«

Auf dem Parkplatz des Falkenhof parkten sie den Wagen. Sie gingen in die *Aumundisklause*, wo sie von Alois Holzbichler misstrauisch angeschaut wurden. Es war nicht viel Betrieb. Vier ältere Herren saßen an einem Tisch beim Rotwein und spielten Karten. Sechs Flaschen Edler Falke standen vor ihnen. Wahrscheinlich war das der Preis, um den sie spielten.

»Wo sind Ihr Sohn und seine Freundin, Herr Holzbichler?«, fragte Dröger.

»Oben«, antwortete der Wirt einsilbig.

»Hätten Sie die Güte, sie zu rufen?«

»Wenn's sein muss.«

»Wir warten im Nebenraum.«

Zehn Minuten später kam Quirin mit Natalia. Beide sahen sehr verschlafen aus.

»Haben Sie eine Ahnung, Herr Holzbichler, wo sich Valerie von Auberg aufhält?«

Dröger sah Holzbichler in die Augen. Fränkli beobachtete die Reaktion der beiden. Natalia zeigte keine Regung, Quirin aber wurde puterrot im Gesicht, fing an zu schwitzen. »Weiß ich doch nicht! Ich habe mit der nichts zu tun«, antwortete er aggressiv.
»Vielleicht fragen Sie mal die anderen.«

»Wen meinen Sie damit?«

»Zehner oder Welden oder den Holländer!«

»Sie kommen beide mit ins Präsidium. Jetzt sofort!«

Dröger wandte sich an Alois Holzbichler: »Sie auch.«

»Aber das Lokal! Ich kann doch nicht …«

»Sperren Sie ab. Kommen Sie jetzt alle mit.«

Fränkli ging zu Drögers Audi, rief über Funk einen Streifenwagen, der zehn Minuten später eintraf.

Der alte Holzbichler schnaubte vor Wut. Die vier Männer bezahlten kopfschüttelnd, verließen die *Autmundisklause*.

Eineinhalb Stunden später mussten die Beamten Alois Holzbichler wieder auf freien Fuß lassen. Ihm war nichts nachzuweisen. Sie ließen ihn nach Hause bringen.

Quirin und Natalia wurden getrennt vernommen. Dröger sprach vorher mit Fränkli: »Lars und ich nehmen uns Quirin Holzbichler vor. Fühl du der Sprenger auf den Zahn. Susanne kommt dazu.«

Der Hauptkommissar rief Södermann und Susanne Hartmann an: »Kommt bitte in mein Büro.«

Als wenige Minuten später die beiden bei ihm eintrafen, erklärte er ihnen, was zu tun sei. »Lars, du bleibst bei mir. Wir verhören Holzbichler.« An Susanne gewandt, sagte er: »Geh du zu Urs. Ihr verhört die Sprenger.« Lars lehnte sich an einen der Büroschränke, verschränkte die Arme. Dann ließ er Quirin bringen.

Dröger deutete auf einen Stuhl vor dem Schreibtisch. »Setzen Sie sich.«

***

Zur gleichen Zeit setzte sich Natalia Fränkli und Susanne Hamann gegenüber.

»So, Frau Sprenger. Wieder mal hier?« Fränkli lehnte sich zurück.

Natalia zuckte die Schultern, sah mit sturem Blick an ihm vorbei gegen die Wand.

»Sagen Sie mir endlich, was Freitagnacht am Winzerfest passiert ist. Versuchen Sie nicht, wieder alles zu leugnen.«

Natalia nickte. Tränen standen ihr in den Augen. Sie putzte sich mit einem Papiertaschentuch die Nase. Dann wischte sie sich mit einer Hand über das Gesicht, versuchte mit der anderen, ihre wirren Haare zu ordnen.

»Ich werde Ihnen alles sagen, Herr Kommissar.« Nervös kratzte sie sich an beiden Knien, starrte ihn mit glasigen Augen an.

41

Inzwischen hatte Dröger mit der Vernehmung begonnen.

»So, Herr Holzbichler. Nun aber raus mit der Sprache. Erzählen Sie mir alles. Was geschah in der Freitagnacht am Winzerfest?«

Quirin hatte ein schweißnasses Gesicht. Der Schweiß lief ihm in die Augen, die er immer wieder rieb. Er hatte keine Kraft mehr. Trotzdem schwieg er noch.

Dröger ließ ihm Zeit, sah ihn eine Weile an, sagte dann: »Herr Holzbichler, ich kann die Angst hören! Sogar wenn jemand nichts sagt, kann ich die Angst hören, glauben Sie mir.«

Jetzt brach Quirin sein Schweigen. Er legte die Stirn in Falten. »Herr Kommissar, ich möchte ein Geständnis ablegen.« Er senkte den Kopf. »Ich kann nicht mehr.«

»Was ist geschehen?« Dröger blieb hart.

»Herr Kommissar, es sind viele Dinge passiert.« Quirin schloss die Augen, holte tief Luft. Sein Atem rasselte. Er hustete laut.

»Erzählen Sie«, forderte der Dröger ihn auf.

Quirin erzählte, dass er Joschi von Auberg auf dem Parkplatz hinter dem Torbogen erwartet hatte. Er habe ihm eine Lektion erteilen wollen.

»Wie kam von Auberg auf diesen Parkplatz? Das war doch kein Zufall«, warf Dröger ein.

»Nein, war es nicht. Zehner und Welden hatten ihn abgefangen und hingebracht. Wir haben ihn dann zusammengeschlagen.«

»Wer?«

»Zehner, Welden und ich.«

»Und van der Groot? Wo war der?«, warf Lars ein.

»Ach der! Der war längst abgehauen. Der hatte die Hosen voll.«

»Wer hat Joschi von Auberg die Kehle durchschnitten?«, fragte Dröger weiter.

Quirin schüttelte den Kopf. »Das waren wir nicht.« Er sah den Kommissar an. »Wir haben ihn nur verprügelt.«

Lars reichte ihm ein neues Papiertaschentuch, mit dem Quirin sich das Gesicht abwischte.

»Ihr Motiv ist eigentlich sonnenklar, Herr Holzbichler. Zum einen die unschönen Bemerkungen von Joschi von Auberg gegen die *Autmundisklause*. Zum anderen dreht es sich auch um von Aubergs Frau Valerie, oder?« Er sah ihm in die Augen. »Hatten Sie was mit ihr?«

Jetzt war Quirin ganz sicher, dass Valeries Leiche gefunden worden war.

***

In Fränklis Büro kämpfte Natalia mit den Tränen. Sie zitterte vor Angst. Dann nahm sie sich zusammen, begann zu erzählen: »Nachdem mich Quirin in dieser Nacht nach Hause gebracht hatte, merkte ich, dass er noch mal weg ging.«

»Bitte sprechen Sie deutlicher. Man kann Sie kaum verstehen.«, sagte Hauptkommissarin Hartmann, rückte das Mikrofon näher zu ihr hin.

Natalia nickte, beugte sich etwas vor. »Ich war zwar ziemlich stoned, rappelte mich aber auf, ging ihm nach. Ich dachte, er würde sich mit Valerie von Auberg treffen.« Sie trocknete sich die Tränen ab. »Aber er traf sich mit Welden, van der Groot und Zehner. Kurz darauf ging er mit dem Holländer weiter zu einem Parkplatz. Van der Groot lief wieder zurück. Quirin blieb. Ich versteckte mich hinter einem Auto, konnte beobachten wie Welden und Zehner von Auberg in die Mitte nahmen und ihn zu dem Gehweg schleppten. Sie schlugen ihn zusammen, liefen schnell weg.«

»Hat Quirin auch auf von Auberg eingeschlagen?«

Sie nickte kaum merklich, sagte leise: »Ja.«

»Was haben Sie gemacht?«, hakte Susanne nach.

»Ich bin durch den Torbogen weggelaufen.«

»Waren Sie bei dem Opfer?«

»Ja, als alle weg waren. Ich habe noch eine zeitlang gewartet, dann bin ich wieder zurück. Von Auberg lag wie bewusstlos unter den Sträuchern. Blut lief ihm übers Gesicht.« Die Stimme Natalias vibrierte. Tränen traten ihr wieder in die Augen.

»Warum haben Sie keine Hilfe geholt?«

»Ich hatte Angst. Echt. Ich hatte unglaubliche Angst. Dazu kommt, dass mein Freund ja auch beteiligt war. Ich konnte ihn einfach nicht verraten. Ich liebe ihn doch.« Sie schniefte, putzte sich die Nase.

»Haben Sie den Mann angefasst?«, übernahm nun wieder Fränkli das Wort.

»Nein. Warum hätte ich ihn anfassen sollen?«

»Sie haben ihm nicht sein Geld abgenommen?«

Natalia senkte den Kopf. »Doch.« Sie blinzelte.

»Was ist mit Valerie von Auberg?«, wechselte Urs das Thema.

»Was soll mit der sein? Keine Ahnung.«

Fränkli sah sie ernst an. »Wirklich nicht?«

»Ich muss zugeben, dass ich ihr mal eins auswischen wollte, weil sie an diesem Winzerfestabend mit Quirin geflirtet hat. Aber das kam nicht zustande.«

»Nein? Wirklich nicht?«

»Nein. Die Gelegenheit hat sich nicht ergeben.«

»Okay.« Fränkli nickte Susanne zu, rief einen Beamten, ließ Natalia in eine Gewahrsamszelle bringen.

***

Vor Dröger saß ein verzweifelter Quirin Holzbichler. Immer wieder beteuerte er seine Unschuld.

»Sie erzählen mir immer dasselbe, Herr Holzbichler. Sie behaupten ständig, Sie seien es nicht gewesen. Wer war es denn dann, der Joschi von Auberg die Kehle durchschnitten hat? Einer muss es doch gewesen sein.« Dröger schüttelte den Kopf. »Mann, es entlastet Sie doch, wenn Sie uns sagen, wer es war. Verstehen Sie das denn nicht?«

»Ich habe wirklich keine Ahnung. Wir haben ihn nur verprügelt. Ich habe nicht gesehen, dass einer ein Messer gehabt hätte, aber«, er zögerte, sah den Hauptkommissar an, »aber es war dunkel und ich weiß, dass Zehner ein scharfes Klappmesser hat.«

»Bei Ihrer ersten Vernehmung haben Sie zugegeben, dass Sie ein Schweizer Messer haben und es immer bei sich tragen. So ein Messer hat eine außerordentlich scharfe Klinge.«

Der Hauptkommissar sah Quirin ernst an.

»Ja, schon. Aber ich war das nicht. Das müssen Sie mir glauben, Herr Kommissar.«

»Wie kam der Tote in den Rotweintank im Weinkeller Ihres Vaters?«

»Zehner und Valerie haben ihn dorthin gebracht und in den Tank geworfen. So hat es mir Zehner erzählt.«

Dröger eilte hinaus auf den Flur, rief nach Fränkli. Der kam unverzüglich.

»Urs, mach dich sofort auf die Socken, suche nach Zehner. Lass nach ihm fahnden. Wir brauchen ihn sofort. Er hat vermutlich mit dem Mord an Joschi von Auberg zu tun.«

»Okay. Bin schon unterwegs.«

Der Hauptkommissar ging in sein Büro zurück, setzte sich wieder in seinen Chefsessel. »Wir haben noch ein Problem, Herr Holzbichler.«

Quirin war nicht überrascht. Mit dem, was jetzt kommen würde, hatte er gerechnet.

»Valerie von Auberg ist tot. Erwürgt.« Dröger sah ihn an.

»Ich weiß«, sagte Quirin eintönig.

»Ach ja? Und woher wissen Sie das?«

»Weil ich es war, der sie erwürgt hat.« Quirin konnte die Tränen nicht mehr zurückhalten.

»Wann haben Sie Valerie von Auberg erwürgt?«, bohrte Dröger weiter.

»Gestern Vormittag.«

»Warum?«

»Eifersucht.« Er schluchzte: »Ich wollte sie. Sie hat mich verrückt gemacht. Genau wie Welden und Zehner. Ich wusste, dass sie sich mit Zehner getroffen hat.« Er wischte sich die Tränen vom Gesicht. »Trotzdem wollte ich mich mit ihr treffen. Ich rief sie an. Sie war bereit, mit mir am Sonntagvormittag nach Groß-Zimmern in einen Biergarten zu gehen.«

»Warum ausgerechnet nach Groß-Zimmern?«, wollte Dröger wissen.

»Ich wollte etwas weiter weg. Wollte nicht gesehen werden.« Quirin holte tief Luft. »Wir trafen uns auf dem Parkplatz an der Stadthalle, fuhren mit meinem Wagen nach Groß-Zimmern in ein Gartenlokal, wo sie mir sagte, dass ich keine Chancen bei ihr hätte. Ich sei nur ein Student und hätte nichts auf der Weste. Ich war ziemlich wütend.« Er schüttelte den Kopf. »Wir haben dann unser Bier ausgetrunken und fuhren in Richtung Klein-Zimmern. Vor Klein-Zimmern bog ich rechts in einen Feldweg ein und hielt an. Bevor Valerie etwas sagen konnte, fasste ich sie an der Kehle, drückte zu. Sie schlug um sich. Ich drückte mehrmals zu. Solange, bis sie nur noch röchelte, dann überhaupt nicht mehr atmete. Ich zerrte sie aus dem Auto, wuchtete sie auf den Rücksitz, deckte sie mit einer Decke zu. Dann fuhr ich zurück durch Groß-Zimmern über den Radweg auf der anderen Seite der Gersprenz. Dort beschwerte ich sie mit einem großen Stein und warf sie in den Fluss.« Quirin senkte den Kopf.

»Wo war das genau?«, wollte Dröger wissen.

»Am Wehr zwischen Klein-Zimmern und Groß-Zimmern.« Quirin fasste sich schluchzend an die Stirn. Sein Gesicht war tränennass.

»Warum ausgerechnet am Wehr?«, wollte Lars wissen.

»Da ist die Gersprenz relativ breit, durch das Hochwasser nach dem Regen auch tief genug.«

»Woher hatten Sie den Strick?«

»Den hatte ich im Kofferraum.«

»Und den Stein?«

»Habe ich an der Böschung gefunden.«

»Mhm.« Dröger übernahm wieder das Wort: »Dann sind Sie seelenruhig nach Hause gefahren?«.

»Seelenruhig gerade nicht, Herr Kommissar. Aber

ich muss gestehen, dass ich irgendwie erleichtert war. Seltsam erleichtert.«

»Was haben Sie mit den Kleidern gemacht?«

»Verbrannt.«

»Wo?«

»Zuhause. Wir haben im Hof eine Tonne, wo Abfall verbrannt wird. Wir nennen es Krematorium.« Er schluckte.

Dröger hielt die Hand vor den Mund, hustete. »Ist das niemandem aufgefallen? Sonntags? Da entsteht doch Rauch.«

»Ich habe noch mehr verbrannt, alte Kartons und so. Das kommt öfters vor. Auch sonntags.«

»Aha. Warum haben Sie dem Opfer die Kleider überhaupt ausgezogen?«

»Ich wollte keine Spuren hinterlassen. Ist mir nicht gelungen.«

»Nein. Das ist Ihnen nicht gelungen, denn wir haben Ihre DNA bei der Toten festgestellt. Simple Kratzspuren am Hals.«

Quirin wurde dem Haftrichter vorgeführt, anschließend in Untersuchungshaft genommen. Dröger rief Fränkli auf dem Handy an, wollte wissen, ob er mittlerweile Zehner erreicht hatte.

»Nein, Chef. Ich habe eine Fahndung eingeleitet. Bisher gibt es noch keine Spur von ihm. Aber wir bleiben dran.«

42

Gottfried Jobst provozierte zuhause einen Streit mit seiner Frau Vera, weil sie am vergangenen Sonntag wieder mal zu viel getrunken hatte und im Bett mal wieder nichts passiert war.

»Dass mit dir überhaupt jemand in den Urlaub fahren will, wundert mich schon sehr. Du betrinkst dich doch jedes Mal, wenn wir ausgehen. Hast du dir darüber schon mal Gedanken gemacht?« Er sah sie grimmig an. »So langsam habe ich genug davon.«

»Du bist doch auch nicht besser«, konterte sie mit lauter Stimme. »Und überhaupt ... glaubst du, ich würde nicht merken, wie du jedem Rock nachgaffst. Ich merke das sehr wohl, mein Lieber.«

»Du wunderst dich auch noch?« Er schnappte sich seine Autoschlüssel, winkte ab. »Ach, lass mir doch einfach meine Ruhe.«

»Wo willst du hin?«, keifte sie.

»Ist dir doch sowieso egal«, schrie er zurück.

Jobst knallte die Wohnzimmertür zu, ging aus dem Haus in die Garage, setzte sich in seinen hellblauen Opel Astra, fuhr los. Direkt nach Klein-Umstadt in die Bahnhofstraße. Er ging zu dem von van der Groot beschriebenen Haus, drückte die Klingel mit dem Namensschild Nina.

Eine rauchige Stimme kam aus dem Lautsprecher: »Ja, bitte?«

»Kann ich hochkommen?«

»Zweiter Stock. Die Tür ist offen.«

Jobst ging die Treppe hoch. Auf halbem Weg begegnete ihm ein großer, schlanker Mann. Es durchfuhr ihn wie ein Blitz. Der Andere, den er damals im Jazzkeller gesehen hatte! Ihm fiel auf, dass der Mann seltsam ging. Der hatte die Kellnerin angegriffen! Das musste er nun wirklich der Polizei melden. Aber erstmal hatte er was ganz anderes vor.

Oben angekommen, ging er zögernd auf die offene Tür zu, die von einer kleinen LED-Lampe mit rotem Licht angeleuchtet wurde. Jobst trat ein. Auf einer roten Samtcouch saß die blonde Nina in hellroten Spitzendessous mit übereinander geschlagenen Beinen und erwartete ihn.

»Hallo«, grüßte er.

»Hallo. Hast du es gleich gefunden?«

»Klar, war ja nicht schwer.«

»Nimm Platz. Magst du einen Whisky?« Sie sah ihn an. »Zur Einstimmung?«

»Ja, gerne.«

Nina goss zwei Jacky ein. »Cheers«. Sie hob das Glas, stieß mit Jobst an. Nachdem sie getrunken hatten, stellten sie die Gläser auf den Tisch. Nina begann, sich langsam auszuziehen. Ihr schöner Körper bot ihm einen faszinierenden Anblick. Dann entkleidete sie ihn. Sie machte ihn verrückt. Er hatte sich nicht mehr unter Kontrolle, empfand alles als einen unglaublichen Rausch, den er sehr genoss.

Später auf dem Heimweg dachte er, dass sie die Frau war, die er am Winzerfest im Jazzkeller gesehen habe. Der Mann, der ihm auf der Treppe begegnet war, konnte tatsächlich ihr Vater sein.

»Du lieber Gott!«, sagte er laut. »Das muss ich jetzt aber wirklich der Polizei melden. Am besten direkt in Darmstadt.«

An einer Telefonzelle in Groß-Umstadt hielt er an, ging hinein, suchte die Nummer des Polizeipräsidiums heraus, rief an. Jobst meldete sich nicht mit Namen. Er wies Lore Michelmann von der Leitstelle darauf hin, dass er bei einer jungen Frau namens Nina in Klein-Umstadt einen Mann mit einem seltsamen Gang gesehen habe. Der habe wahrscheinlich am Winzerfest eine Kellnerin angefallen. Er gab Ninas Adresse durch, legte auf.

Kommissaranwärterin Michelmann meldete den Anruf sofort an Dröger, der mit Fränkli angespannt die letzten Berichte vom *Darmstädter Echo* durchging.

»Schon wieder anonym«, knurrte Dröger. »Aber Nina? Die hieß doch Nina! Damals auf der Party in Nieder-Klingen bei der Schauspielerin Helen Siemer. Nina Peters?«

»Nina! Die Tochter von Helmut Peters.«

»Der anonyme Anrufer war bei Nina Peters! In Klein-Umstadt in der Bahnhofstraße und hat den Watschelnden gesehen.«

»Die wohnt in Klein-Umstadt? Direkt vor unserer Nase? Die war doch auch verschwunden!« Fränkli sprang von seinem Stuhl auf. »Ihr Vater war bei ihr? Dann kann er nicht weit sein.«

»Wir fahren sofort nach Klein-Umstadt, Urs. Schnell!«

Sie zogen ihre Jacken an, eilten hinunter auf den Parkplatz, setzten sich in Drögers Audi.

Vierzig Minuten später standen sie in der Bahnhofstraße vor dem Haus, in dem Nina Peters wohnte.

Dröger und Fränkli stiegen aus dem Wagen, gingen über die Straße, klingelten. »Können wir zu Ihnen kommen?«

Ninas Stimme klang durch den Lautsprecher: »Kommen Sie hoch in den zweiten Stock. Ich erwarte Sie.«

Im zweiten Stock stand Nina Peters in einem kurzen Rock, einer durchsichtigen Bluse vor der offenen Tür: »Kommen Sie herein, meine Herren.«

Sie bot ihnen Platz auf der roten Samtcouch an, holte drei Gläser. »Whisky?« Sie öffnete den oberen Knopf ihrer Bluse.

»Nein, vielen Dank, Frau Peters.« Dröger lehnte ab. Fränkli schüttelte den Kopf. »Danke, nein.«

Das Callgirl sah die Männer irritiert an.

»Wir kommen von der Kriminalpolizei Darmstadt.« Sie zeigten ihre Ausweise.

»Von der Kripo? Was wollen Sie?« Nina erschrak, stellte sich mit dem Rücken zur Wand.

»Frau Peters, wir haben Fragen.« Dröger räusperte sich. »Setzen Sie sich.«

Nina hatte sich wieder gefangen, setzte sich auf einen Sessel, legte die Beine übereinander, nahm eine Zigarette aus der auf dem Tisch liegenden Packung, sah die Kommissare fragend an. »Was habe ich denn verbrochen?« Sie hob die Schultern, zündete sich eine Roth Händle an, blies langsam den Rauch aus. »Was ich tue, ist nicht ungesetzlich, oder?«

»Nein. Deshalb sind wir auch nicht hier.« Der Hauptkommissar schaute ihr ruhig ins Gesicht. »Es geht um Ihren Vater.«

Nina wurde bleich. Sie fuhr sich mit der Hand durch die kurzen blonden Haare. »Um meinen Vater? Der ist doch weg! Was weiß ich, wo er sich rumtreibt.« Sie schüttelte den Kopf: »Nein, da kann ich Ihnen nicht weiterhelfen.«

Sie stand auf, holte die Flasche Jack Daniels aus dem Barfach, goss sich einen Doppelten ein, trank das Glas aus. Sie füllte es erneut, setzte sich wieder hin, stellte das Glas auf den Tisch.

»Frau Peters. Vor über zwei Jahren wurden die Morde an der Schauspielerin Helen Siemer und dem Reporter Günther Staab verübt. Sie waren doch auf der Party in dem Bauernhaus der Schauspielerin. Auf einmal waren sie verschwunden. Warum? Warum haben Sie uns damals nicht geholfen, sondern sind abgehauen?«

Nina gab keine Antwort, sah auf die Spitzen ihrer roten High Heels.

Der Hauptkommissar wartete einen Augenblick, fuhr fort: »Ich sage Ihnen, warum. Sie haben Ihren Vater gedeckt. Der wird verdächtigt, die Schauspielerin ermordet zu haben.«

»Das stimmt nicht. Ich habe meinen Vater nicht gedeckt. Ich hatte einfach nur Angst. Deshalb bin ich abgehauen. Ich hatte wirklich Angst.« Sie drückte ihre Kippe in einem weißen Marmoraschenbecher aus.

»Okay, wir können Ihnen nichts nachweisen. Aber deshalb sind wir, wie gesagt, nicht hier.« Dröger deutete mit dem Zeigefinger auf sie. »Sie werden uns jetzt sagen, wo ihr Vater sich aufhält.« Er wurde lauter. »Wir wissen, dass er in der Nähe ist. Er wurde mehrfach gesehen. Also?«

Nina schwieg, trank einen weiteren Schluck Whisky, zündete sich erneut eine Zigarette an.

»Wenn Sie hier nichts sagen wollen, nehmen wir Sie mit ins Präsidium, wo Sie heute übernachten werden. Vielleicht fällt Ihnen morgen mehr ein«, schaltete sich Fränkli ein.

Nina legte die Hände auf die fest zusammengepressten Knie. Langsam wuchs in ihr Zorn gegenüber ihrem Vater. »Okay«, sagte sie entschlossen, zog an der Zigarette, presste den Rauch durch die Lippen. »Ich sage Ihnen, wo er wohnt.«

»Da wären wir ein gutes Stück weiter. Nennen Sie uns die Adresse.« Dröger war aufgestanden.

»Er wohnt in der Ludwigstraße 34 im ersten Stock. Hier in Klein-Umstadt.«

»Danke. Wir finden alleine hinaus. Komm, Urs!« Die Kommissare verließen die Wohnung, eilten die Treppe hinunter.

»Wir müssen jetzt schnell sein. Wenn die ihren Vater anruft, kann er wieder abhauen.«

Wenige Minuten später waren sie in der Ludwigstraße, parkten vor dem Haus mit der Nummer 34. Fränkli sprang aus dem Auto, lief über die Straße zum Eingang des dreistöckigen Hauses. Dröger folgte ihm. Auf einigen Plastikschildern neben den Klingelknöpfen fehlten die Namen. Auch der Name Peters fehlte.

Urs drückte einen Klingelknopf im ersten Stock. Niemand öffnete. In diesem Moment kam ein Mann mit zwei Plastiktüten in der Hand, öffnete die Tür, ging die Treppe hoch.

Urs stellte schnell den Fuß zwischen die langsam zufallende Tür und den Türrahmen. Die Beamten betraten das Treppenhaus, gingen hoch in den ersten Stock. Da gab es drei Türen. Auf zweien waren Namensschilder angebracht. Auf dem einen stand Hoffmeyer, auf dem anderen Melser.

»Also los. Probieren wir es.« Dröger klopfte an die Tür ohne Namensschild. Nichts. Er ging näher heran, hörte Wasser rauschen. »Da ist jemand im Bad«, flüsterte er, »wir müssen warten.« Kurze Zeit später erklang Musik aus der Wohnung. Dröger klopfte. Jetzt bewegte sich drinnen etwas. Jemand kam an die Tür, schaute durch den Spion.

43

An diesem Tag wurde von spielenden Kindern bei dem Parkplatz an der Schulstraße in Groß-Umstadt etwas gefunden, das man nicht alle Tage findet.

Einem Jungen fiel ein in der Sonne blitzender Gegenstand auf. Er ging hin, entdeckte die Spitze einer Klinge, die unter einem der Sträucher herausschaute. Er bog den Strauch etwas beiseite. Ein silbernes Etwas mit einem seltsamen Griff und einer scharfen Klinge kam zum Vorschein.

»Seht mal, was ich gefunden habe«, rief der Zwölfjährige seinen Freunden zu.

Alle drei kamen herbeigeeilt, darunter ein dreizehnjähriges Mädchen.

»So etwas hat nicht jeder«, meinte Jörg.

»Gib mal her«, forderte ihn Klaus auf.

»Nix da, das gehört mir. Ich habe es gefunden«, beharrte Jörg.

»Stell dich nicht so an. Kriegst es ja wieder.«

»Nein.« Jörg blieb hartnäckig.

Klaus sah ihn böse an. »Dann behalt es halt, das blöde Ding. Kannst es dir an den Hut stecken.«

»Hört auf zu streiten«, mischte sich Meike ein. Meike war der Chef der Viererbande. Wenn sie etwas sagte, war das für die anderen Gesetz.

»Gib es mir, Jörg.«

Anstandslos gab Jörg Meike das seltsame Ding. »Aber ich krieg´ es wieder, Meike, oder?«

»Weiß ich noch nicht.« Sie prüfte die Klinge, indem sie kurz mit dem Daumen darüber streifte. »Die Klinge ist verdammt scharf. Ich bring es erst mal nach Hause, bevor was passiert. Einverstanden?«

Jörg sah Klaus an. Der nickte. »Ja, gut. Einverstanden.«

»Gut. Ich bringe es nach Hause. Meine Mutter soll entscheiden, was damit passiert. Wartet hier. Ich komme gleich wieder.«

Sie lief nach Hause. Meike Keller wohnte in der Pestalozzistraße in der Nähe des Feuerwehrhauses, nicht allzu weit weg.

Als sie ihrer Mutter das ungewöhnliche Ding gab, ihr erklärte, wo Jörg es gefunden hatte, meinte die Mutter: »Wir warten, bis Papa heute Abend von der Arbeit kommt.« Sie legte es in eine Schublade im Küchenschrank.

Meikes Vater Hans kam gegen 17 Uhr nach Hause. Seine Frau gab ihm den Fund, sagte ihm, wo die Kinder ihn entdeckt hatten.

»Menschenskind, Maria, das ist ein Skalpell! Kannst du dich erinnern? Der Mord am Winzerfest? An dem Inhaber der *Lustigen Reblaus*?«

»Du hast recht, Hans. Meinst du, er wurde mit dem Ding, das die Kinder gefunden haben, umgebracht?«

»Schon möglich. Ich ruf´ die Polizei an.«

Dreißig Minuten später war ein Polizeibeamter da, holte das Skalpell ab, brachte es nach Darmstadt ins Polizeipräsidium. Lehmann vom Erkennungsdienst ließ es sofort auf Fingerabdrücke und DNA-Spuren überprüfen.

44

Dröger und Fränkli standen im Flur, als langsam die Tür aufging. Eine mollige Frau mittleren Alters mit einem hübschen Gesicht und Lockenwicklern in den schwarzen Haaren erschien, fragte die Beamten: »Wer sind Sie?«

»Guten Tag, wir sind von der Kripo Darmstadt.«

»Polizei? Was kann ich für Sie tun?«

»Wir möchten zu Herrn Peters.«

»Peters?«, fragte die Frau. »Peters gibt es hier nicht. Bei mir wohnt Herr Wiegand. Rolf Wiegand.«

In diesem Moment war drinnen ein Geräusch zu hören. Ein Fenster oder eine Tür wurde geöffnet. Fränkli rannte an der erstaunten Frau vorbei ins Wohnzimmer. Die Balkontür stand offen. Fränkli eilte auf den Balkon, sah einen Mann, der über das Geländer klettern wollte. Er konnte ihn gerade noch am Jackenärmel festhalten, zog den um sich schlagenden Mann zurück auf den Balkon, legte ihn mit einem Griff auf den hellbraun gefliesten Boden. Der Hauptkommissar setzte ihm ein Knie auf die Brust, drückte ihm die Arme auseinander. Der Mann konnte sich nun nicht mehr wehren, sah ihn hasserfüllt an.

Fränkli atmete tief durch. »Jetzt haben wir dich, Peters.«

»Leck mich doch, blöder Bulle!«

Inzwischen war Dröger hinzugekommen. Er legte dem schielenden Mann Handschellen an, ließ ihn aufstehen.

Die Frau, die die Tür geöffnet hatte, stand jetzt vor der Balkontür im Wohnzimmer. Sie stammelte nur: »Was machen Sie denn da? Rolf, sag doch was! Was ist denn hier los?«

»Nix Rolf, gute Frau. Das ist Helmut Peters. Urs, erklär's ihr.« Dröger ging mit Helmut Peters an der Frau vorbei ins Wohnzimmer.

Fränkli fragte die ahnungslose Frau nach ihrem Namen, klärte sie auf.

»So ein Schuft! Was für ein schäbiger Lügner.«

»Da muss ich Ihnen wohl recht geben. Wie lange wohnt denn Herr Peters schon bei Ihnen?«

»Seit August.« Sie schluchzte. »Ich habe ihn im März im *Central* in Groß-Umstadt kennen gelernt. Wir haben uns gut verstanden.«

»Von seiner Vergangenheit hat er Ihnen nichts erzählt?« Fränkli schloss die Balkontür.

»Kein Sterbenswörtchen. Wir hatten vereinbart, dass wir die Vergangenheit ruhen lassen.« Tränen liefen ihr über die Wangen. »Wir wollten von vorne anfangen. Es klappte ja ganz gut.«

»Was macht er beruflich?«

»Da war er ehrlich zu mir. Er ist Hilfsarbeiter, füllt in Supermärkten Regale auf. In Getränkemärkten kümmert er sich um das Leergut. Wenn er gebraucht wird, wird er angerufen.«

»Er hat also keine regelmäßige Arbeit?«

»Nein.«

»Und Sie? Was machen Sie beruflich?«

»Ich arbeite als Pflegerin in einem Seniorenheim. Ich hatte Nachtschicht. Deshalb bin ich heute daheim.« Sie nannte den Namen des Seniorenheims, schlug die Hände vors Gesicht.

»Vielen Dank, Frau Roleder.« Fränkli sah sie an, sie tat ihm leid.

Die Beamten verabschiedeten sich, nahmen Peters mit nach Darmstadt ins Präsidium, informierten den Direktor.

Brammers kam in Drögers Büro, sah Dröger und Fränkli an, nickte, hob den Daumen: »Gute Arbeit.« Er rief die Staatsanwältin Augustin an.

»Na, das ist doch schon mal was«, war ihr Kommentar. »Wie weit seid ihr in Groß-Umstadt?«

»Wir sind dran, Frau Staatsanwältin.«

»Na, dann macht mal. Gebt Gas!« Augustin legte auf.

Peters wurde von zwei Beamten ins Vernehmungszimmer gebracht, wo Dröger und Fränkli auf ihn warteten.

Dröger sah Peters an. »Vor über zwei Jahren geschah der Mord an Helen Siemer in Nieder-Klingen. Kurz darauf waren Sie verschwunden. Sie wurden in Rumänien, auch in Bulgarien gesehen, konnten aber nie verhaftet werden. Sie haben die Schauspielerin damals erstochen.« Er wurde laut: »Geben Sie es zu! Wir haben Ihre DNA mit der von Helen Siemer verglichen. Es passt alles zusammen.«

Peters gab entnervt auf, gestand.

»Was ist in Groß-Umstadt auf dem Winzerfest passiert?«, fragte Fränkli. »Es gab Freitagnacht zwei Überfälle.«

»Damit habe ich nichts zu tun. Davon weiß ich nichts.«

»Herr Peters!« Fränkli schüttelte den Kopf. »Wir haben Zeugen. Ich würde Ihnen empfehlen, zu kooperieren.« Er wartete einen Moment. Peters schwieg. »Sie sind in dieser Nacht in der Nähe der *Lustigen Reblaus* gesehen worden. Sie wurden beobachtet, wie Sie Valerie von Auberg überfallen haben.« Fränkli klopfte mit den Knöcheln auf den Tisch.

Dröger sah seinen Kollegen an, schüttelte kaum merklich den Kopf.

Peters schluckte schwer.

»Also, Herr Peters«, setzte Dröger die Vernehmung fort, »Sie sehen, es hat keinen Zweck, uns etwas vorzumachen. Sagen Sie endlich die Wahrheit. Wir haben klare Beweise. Und wir haben Zeit.« Der Hauptkommissar setzte sich hinter seinen Schreibtisch, lehnte sich zurück, kreuzte die Arme vor der Brust.

Peters holte tief Luft, sagte leise mit belegter

Stimme: »Es ist richtig. Ich habe die Frau überfallen.«
Peters hustete, holte tief Luft. »Ich beobachtete, wie sie das *Kutscherhaus* verließ. Ich ging ihr nach. Dann packte ich sie von hinten, schlug ihr auf die Schulter, sie stürzte. Mehr ist nicht passiert.«

»Warum haben Sie die Frau überfallen?«

»Sie törnte mich an. Ich wollte sie.« Peters kratzte sich am Kinn. »Ich musste von ihr ablassen, weil ich gestört wurde. Jemand hatte im gegenüberliegenden Haus das Licht eingeschaltet. Ich rannte um die nächste Ecke.«

»Aha!« Fränkli nickte Dröger zu.

Dröger erhob sich, lehnte sich an einen Aktenschrank. »Sie werden es nicht glauben, aber ich möchte noch etwas von Ihnen wissen.«

Peters sah die Kommissare an. »Was denn noch?«

»Es gab später in der gleichen Nacht noch einen Überfall. In der Obergasse.« Dröger stemmte die Arme in die Hüften. »Gegen halb drei.«

»Und? Was habe ich damit zu tun?«

»Was Sie damit zu tun haben?« Der Hauptkommissar sah Peters mit zusammengekniffenen Augen an. »Sie waren das!«

»Nie und nimmer. Ich war zu dieser Zeit längst zuhause.«

»Sie lügen, Herr Peters. Sie wurden gesehen. Auch wurden sie von dem Opfer erkannt.« Er setzte noch einen drauf: »Sie wurden von dem Mann vertrieben.«

Jetzt brach Peters zusammen, begann zu weinen, gab auch diese Tat zu.

Er wurde sofort dem Haftrichter vorgeführt, anschließend in die Justizvollzugsanstalt nach Weiterstadt überstellt.

45

Am gleichen Abend informierte der Erste Hauptkommissar Hennes Lehmann Dröger über den Fund des Skalpells.

»Kinder haben es beim Spielen gefunden. Ein Mädchen hat es nach Hause gebracht. Das Skalpell hat eine außergewöhnlich große Klinge.

»Name und Adresse des Mädchens?«

»Keller, Pestalozzistraße 42 in Groß-Umstadt. Wir sind morgen früh am Fundort. Vermute, dass dort Joschi von Auberg ermordet wurde.«

Dröger rief Södermann an. »Lars, komm doch mal.«

»Sofort.« Der Oberkommissar saß trotz später Stunde noch in seinem Büro, arbeitete verschiedene Akten durch. Hauptkommissarin Hamann saß ihm gegenüber, war ebenfalls mit Schreibarbeit beschäftigt. Vier Beamte der Sonderkommission bearbeiteten in einem notdürftig eingerichteten Büro nebenan die Aussagen, die sie von befragten Leuten erhalten hatten.

Zwei Minuten später stand Lars vor Dröger und Fränkli.

»Hör mal zu«, Dröger schilderte ihm die Situation. »Du fährst gleich morgen früh mit Susanne nach Groß-Umstadt zur Familie Keller. Wir wissen zwar, wo die Kinder heute Mittag gespielt haben. Aber sprecht mal mit der Mutter des Mädchens. Lasst euch den Fundort des Skalpells genau erklären. Unterstützt Lehmann und seine Leute.«

»Okay, Chef.«

»So.« Dröger sah auf seine Taschenuhr. »Und jetzt mach dich nach Hause, Lars. Es ist spät genug.« Er sah Fränkli an. »Was ist mit dir, Urs? Verschwinde, Michelle wartet.«

»Chef, ich glaube, Karin wartet auch.«

46

Södermann und Susanne Hamann waren am nächsten Morgen um neun Uhr in der Pestalozzistraße. Im Vorgarten schnitt eine Frau Rosen. Frösche quakten im kleinen Teich.

»Guten Morgen«, rief Lars über den niedrigen Jägerzaun.

»Sind Sie Frau Keller?«

»Ja. Warum?« Sie schaute auf, steckte die Gartenschere in die Tasche der ärmellosen Arbeitsweste, ging auf Lars und Susanne zu.

»Wir sind von der Kriminalpolizei Darmstadt.«

Ursula Keller nickte. »Ich habe schon mit Ihnen gerechnet. Das komische Messer, oder?«

»Ja. Ihre Tochter hat doch gestern das Skalpell gefunden. Wir ...«

»Moment«, unterbrach Ursula Keller, »Meike hat es nicht gefunden. Es war Jörg, einer ihrer Freunde. Er hat es gefunden. Sie hat es dann nach Hause gebracht. Fand ich sehr vernünftig von ihr.«

»Auf jeden Fall. Meike ist ganz sicher zur Schule.«

»Ja, natürlich.«

»Wir müssten sie sprechen, Frau Keller. Wäre das möglich?«

»Ich rufe in der Schule an. Kommen Sie doch mit.«

Ursula Keller ging ins Haus. Die Beamten folgten ihr. Sie telefonierte mit dem Schulleiter, erklärte ihm, worum es ging.

»Sie wissen, wo die Geiersbergschule ist?«

»Richtung Richen, rechts vor der Kurve nach Raibach den Berg hoch. Richtig?«

»Genau.«

»Wir würden Meike dann mit zu dem Parkplatz nehmen. Sie könnte uns den genauen Fundort zeigen. Wären Sie damit einverstanden?«

»Ja. Wenn Sie sie wieder zur Schule zurückbringen.«

»Selbstverständlich, Frau Keller.«

Fünfzehn Minuten später trafen Lars und Susanne mit Meike auf dem Parkplatz ein. Die Männer vom Erkennungsdienst waren bereits da. Der gesamte Platz und der Gang zum Rosa-Heinz-Weg waren mit einem rot-weißen Band abgesperrt worden.

Meike zeigte den Polizisten die Stelle, wo Jörg das Skalpell gefunden hatte. Anschließend brachte Lars das Mädchen wieder zurück zur Geiersbergschule.

Nach zahlreichen Untersuchungen, Fotos, Skizzen, Berichten stellte der Erkennungsdienst fest, dass es sich um den Tatort handelte. Einem Beamten fiel auf, dass am Anfang des Ganges neben dem Verbundpflaster die Erde festgetreten war. Lehmann goss die Schuhspuren mit Gips aus. Als der Gips hart war, nahm er den Abdruck heraus, grub die Erde darunter etwas auf. Wenige undeutliche Blutspuren kamen zum Vorschein. Er sah eine braune Ledermütze unter einem Strauch liegen, hob sie auf, verpackte sie in einen Plastikbeutel. Die dahinter liegende schwarze zerbrochene Hornbrille verpackte er ebenfalls in einen Plastikbeutel.

Ungefähr einen Meter neben dem Fundort des Skalpells nahm Lehmann abermals Gipsabdrücke von Schuhspuren ab. Er legte seinem Kollegen, Oberkommissar Schorsch Hartmann, die Hand auf die Schulter: »Du Schorschi, ich denke, wir kommen der Sache näher.« Er zwinkerte ihm zu. »Dröger wird sich freuen.« Lehmann schaute auf seine Armbanduhr. »Überhaupt ... wo bleibt der denn?«

»Der wird seine Probleme mit diesem Peters haben.« Hartmann runzelte die Stirn.

47

Julius Ettinger war mal wieder mit seinem alten Fahrrad in Umstadt unterwegs. Er hatte leere Flaschen in einen Container gebracht. Da er im *Central* am Marktplatz einkehren wollte, fuhr er in Richtung Parkplatz an der Stadthalle.

Als er am Rosa-Heinz-Weg an dem schmalen Gehweg zum Parkplatz hinter dem Torbogen vorbeikam, sah er, dass dort die Polizei zugange war. Er konnte nicht näher heran, weil alles großräumig abgesperrt war. Aber er sah zufällig genau in dem Moment hin, als Lehmann die lederne Mütze aufhob.

Während er weiterfuhr, ließ ihn die Ledermütze nicht los. Er verwarf die Idee mit dem Café, fuhr zum *Brücke-Ohl* in die Georg-August-Zinn-Straße. Es war ruhig im Lokal. Zwei Männer saßen an einem Tisch gegenüber der Theke, tranken Weißwein, unterhielten sich mit gedämpften Stimmen.

Ettinger setzte sich einen Tisch in der Ecke, bestellte Rotwein. Er überlegte angestrengt. Was war mit dieser braunen Bollermütze? Beim zweiten Spätburgunder fiel es ihm schlagartig ein: Kleestadt! Kurz vor dem Winzerfest. Die blonde Kellnerin! Der Mann, der mit ihr gestritten hatte, hatte genau eine solche Mütze getragen.

Der suspendierte Polizist bezahlte, fuhr mit seinem Rad nach Hause, rief Heiner Dröger auf dem Handy an, erzählte ihm, was er damals in Kleestadt beobachtet hatte. »Ich möchte ja niemanden denunzieren, aber vielleicht hilft Ihnen das weiter, Herr Hauptkommissar.«

»Vielen Dank, Herr Ettinger, jeder noch so kleine Hinweis ist für uns wichtig.« Dröger war mit Fränkli unterwegs nach Groß-Umstadt.

»Siehst du, Urs. Ich habe es dir gesagt. Der Ettinger hilft uns. Diese Information könnte entscheidend sein.«

48

Tags darauf hatte Lehmann bereits die Ergebnisse vom mutmaßlichen Tatort, als Dröger und Fränkli sein Büro betraten.

»Gibt´s hier auch Kaffee?«, knurrte Dröger.

»Klar gibt's hier Kaffee. Urs, kannst du mal?« Lehmann deutete zu dem kleinen Tisch, auf dem die Kaffeemaschine stand.

»Um Gottes Willen, Hennes! Lass den bloß keinen Kaffee kochen.« Dröger wehrte mit beiden Händen ab. »Das ist eines der Dinge, die er nicht kann.«

Lehmann grinste, rief: »Jana, koch bitte mal Kaffee. Die Herren von der Mordkommission sind dazu nicht in der Lage.«

Wenige Minuten später brachte Jana Graf, Lehmanns Assistentin, den Kaffee.

Dröger trank einen kleinen Schluck, nickte. »Gut, sehr gut. Danke, Jana.« Dann wandte er sich Lehmann zu: »So, Hennes, was ham´mer Neues?«

»Wir haben dunkelrote Faserspuren gefunden. Möglicherweise von einem Hemd oder ähnlichem. Die Schuhspuren ergaben die Schuhgrößen vierundvierzig, neununddreißig und sechsunddreißig. Also vermutlich ein Mann, eine Frau, ein Kind, wahrscheinlich der Junge, der das Skalpell gefunden hat.«

»Kann sein. Wir müssen das überprüfen.« Dröger fuhr sich über die Haare. »Das Skalpell?«

»Fingerabdrücke sind schwer nachzuweisen. Wegen des Schmutzes an Griff und Klinge. Aber die DNA. Die konnten wir feststellen. Nur ...«

»Was nur?«, unterbrach Dröger.

»Lass mich doch mal ausreden, Heiner.« Lehmann zog die Stirn kraus. »Leider ist die DNA mit keinem der Verdächtigen vereinbar.«

»Das gibt es doch nicht?« Dröger sah Lehmann verdutzt an.

Der zuckte mit den Schultern. »Ja leider. Ist so.«
»Was ist mit der Ledermütze?«
»Die gehört, oder besser gesagt, gehörte ganz eindeutig Joschi von Auberg. Auch die schwarze Hornbrille, die wir gefunden haben. Hundertpro.«
Dröger trank seinen Kaffee aus, packte seinen Kollegen am Arm: »Komm Urs. Wir müssen nach Groß-Umstadt. Es eilt.«
Er hatte seine eigene Theorie.

49

Eine halbe Stunde später waren sie in Groß-Umstadt im Rathaus, wo Andrea Liebrecht beim Einwohnermeldeamt arbeitete.

An der Anmeldung fragten sie nach ihr. Die ältere Dame griff zum Telefon: »Hallo Andrea, zwei Herren möchten dich sprechen.«

Kurz darauf kam Andrea Liebrecht: »Ach, Herr ...« Sie überlegte.

»Dröger.«

»Hauptkommissar Dröger. Richtig?«

Dröger nickte, wies auf Fränkli: »Das ist mein Kollege, Hauptkommissar Fränkli.«

»Schweizer?« Sie lächelte.

»Zürich.« Er lächelte zurück.

»Ah ja. Wunderschöne Stadt. Kommen Sie, meine Herren.« Sie gingen in ihr Büro. »Nehmen Sie Platz.«

Die Beamten setzten sich ihr gegenüber an einen ovalen Tisch.

»Was führt Sie zu mir?«, fragte Andrea.

»Zunächst einmal, Frau Liebrecht, möchte ich von Ihnen wissen, wann Sie Freitagnacht am Winzerfest Ihren Dienst beendet haben.« Dröger presste die Lippen zusammen. Dann sagte er leise: »Überlegen Sie gut. Es ist äußerst wichtig.«

»Aber das habe ich Ihnen doch schon gesagt. Als

Sie bei mir zuhause waren«, gab sie zur Antwort, sah den Hauptkommissar verständnislos an.

»Wir möchten es aber gerne noch einmal von Ihnen hören.«

»Also wann?«, warf Fränkli ein.

»Vielleicht um eins.« Andrea wurde unsicher.

»Ein Uhr! Mhm. Sie sagten damals aber: ungefähr um zwei Uhr. Wann jetzt genau?« Dröger übernahm wieder.

»Das weiß ich jetzt auch nicht mehr.« Andrea Liebrecht war nun gar nicht mehr freundlich.

»Was haben Sie dann gemacht?«

»Was soll ich dann schon gemacht haben? Ich bin nach Hause gefahren, habe mich schlafen gelegt.« Sie schüttelte verärgert den Kopf.

»Zeugen?«

»Braucht man zum Schlafen Zeugen?«, zischte sie, »ich war alleine.«

»Und ihr Freund?«

»Steffen ist Schlagzeuger. Seine Band spielte an diesem Abend in der Pfälzer Gasse.«

»Kam er später zu Ihnen?«

»Nein, er schlief zuhause.«

»Wie heißt er mit Nachnamen und wo wohnt er?«, wollte Fränkli wissen.

»Er wohnt in Raibach im Sandweg 24. Sein Nachname ist Schönfelder.« Andrea strich sich über das gewellte Haar. »Aber falls es für Sie von Bedeutung ist: Ich werde mich von ihm trennen. Er interessiert mich nicht mehr.«

»Warum?«

»Privatsache.«

Die Kommissare blieben gelassen.

»Frau Liebrecht. Wir brauchen ihre Fingerabdrücke und eine Speichelprobe. Des Weiteren möchte ich noch einige Dinge von Ihnen wissen.« Dröger sah sie scharf an. »Das tun wir am besten im Präsidium.«

»Was soll ich im Polizeipräsidium? Ich habe nichts getan.« Andrea Liebrecht wurde aggressiv.

»Kommen Sie einfach mit.«

»Ich muss noch versch ...«

»Sie müssen gar nichts. Sie kommen mit. Und zwar sofort.«

Andrea Liebrecht musste sich fügen. Vierzig Minuten später waren sie im Präsidium.

»Ich möchte sofort meinen Anwalt sprechen«, blaffte Andrea.

Dröger reichte ihr das Telefon. »Bitte.«

Er sagte zu Fränkli: »Ich geh mal eben runter zu Lehmann. Die sagt jetzt sowieso nichts mehr.«

Der Hauptkommissar ging eine Etage tiefer zu Lehmann. »Was ist los, Hennes. Was habt ihr bisher?«

»Ich habe gerade das Ergebnis bekommen und wollte dich anrufen. Die DNA auf dem Skalpell und die DNA von der Liebrecht stimmen überein.«

»Ich hab´s gewusst!« Dröger schlug sich mit der flachen Hand an die Stirn. »Die kam mir schon beim ersten Gespräch so komisch vor. Konnte sich an nichts erinnern. Aber sie machte einen ehrlichen Eindruck.«

»Wir werden ihre Schuhgröße feststellen. Du wirst sehen, das passt auch.« Lehmann sah seinen Kollegen von der Seite an. »Wir haben sie!«

Dröger nickte. »Ja, das denke ich auch. Wir brauchen nur noch ein Geständnis. Und das wird schwierig. Sie ruft gerade ihren Anwalt an.«

Die Schuhgröße Andrea Liebrechts stimmte mit den Sohlenabdrücken, die Lehmann mit Gips ausgegossen hatte, überein.

»Jetzt fehlen nur noch die passenden Schuhe«, meinte Dröger. »Die finden wir wahrscheinlich bei der Hausdurchsuchung.«

»Genau.« Lehmann nickte.

»Aber was hatte sie für ein Motiv? Wegen eines

Streites, von dem Ettinger berichtet hat, bringt man doch niemanden um!« Dröger sah Lehmann an, atmete tief durch.

Der Erste Kriminalhauptkommissar der SpuSi hob die Schultern.

50

Eine Stunde später erschien ein kleiner, dicker, vollkommen haarloser Mann im Präsidium, stellte sich als Dr. Albert Raimann vor. Raimann war der Anwalt der Familie Liebrecht. Er trug einen schlecht sitzenden grauen Anzug, am Kragen baumelte eine zerknitterte Krawatte.

Der Anwalt erklärte den Polizisten, dass er alle Gespräche führen würde. Natürlich müsse er sich mit seiner Mandantin eingehend unterhalten.

»Das können Sie gerne tun, Herr Dr. Raimann.« Dröger sah ihn freundlich an. »Aber nicht hier.«

»Und warum nicht?«

»Weil Frau Liebrecht jetzt in Untersuchungshaft wandern wird. Sie ist nämlich mordverdächtig. Wir werden uns später um sie kümmern.«

Der Anwalt verließ angesäuert das Präsidium.

Andrea Liebrecht wurde vorläufig festgenommen und noch am selben Tag dem Haftrichter vorgeführt. Inzwischen hatte Staatsanwältin Augustin einen Haftbefehl wegen dringenden Tatverdachtes beantragt. Nach der Anhörung erließ Richter Dr. Hermann Mentzel den Haftbefehl. Andrea Liebrecht wurde in Untersuchungshaft nach Weiterstadt in die Justizvollzugsanstalt überstellt.

Nachdem die Beamten einen Durchsuchungsbeschluß erhalten hatten, fuhren Södermann und Susanne Hamann nach Kleestadt. Södermann drückte den Klingelknopf. Anna Liebrecht öffnete. Sie war entsetzt, dass die Polizei alles auf den Kopf stellen wolle.

Södermann und Susanne ließen sich nicht beirren, begannen in Andreas Zimmer mit der Durchsuchung.

51

In dieser Nacht wurde um kurz vor halb eins in der Brunnengasse in Groß-Umstadt ein großer Mann mit schwarzen, langen Haaren erschossen. Er lag rücklings vor einem Hauseingang, hatte ein blutendes Loch in der linken Schläfe. Die weit geöffneten Augen starrten ins Leere.

Julius Ettinger war mit seinem klapprigen Fahrrad unterwegs. Er sah zwei leise streitende Männer, die schnell über den Marktplatz liefen. Der eine hatte schwarze Haare, der andere trug eine Baseball-Cap. Ettinger erkannte sie in der Dunkelheit nicht, aber er hatte so seine Vermutungen.

Es interessierte ihn, wohin die beiden Männer gingen. Er stieg vom Fahrrad, schob es neben sich her, ging ihnen ganz langsam nach, über den Markplatz bis zur Ecke Markt/Entengasse. Dort wartete er einen Augenblick. Er hatte sie aus den Augen verloren.

Plötzlich hörte er wieder, wie sich die Männer stritten. Vorsichtig schob er das Fahrrad bis zur Brunnengasse. Ettinger beobachtete, wie der eine sich auf den anderen stürzte und versuchte, ihn mit beiden Händen zu würgen. Der andere wehrte sich heftig, riss sich los, kam ins Straucheln. Wutentbrannt zog der mit der Kappe eine Waffe, richtete sie auf den Schwarzhaarigen, feuerte ab. Der Mann steckte die Waffe ein, rannte davon.

Ettinger ließ sein Rad fallen, eilte zu dem Toten. Er erinnerte sich, wie Quirin Holzbichler den Mann damals genannt hatte. »Groschen-Max!«

Ettinger wurde übel. Er nahm sich zusammen, rief mit dem Handy Hauptkommissar Dröger an.

Dröger schlief fest, als um halb eins in der Nacht sein Lieblingshit Satisfaction erklang. Es dauerte einen Moment, bis er registrierte, dass es der Klingelton seines Smartphones war. Ettinger teilte ihm völlig aufgelöst mit, was er soeben beobachtet hatte.

»Was?« Der Hauptkommissar versuchte, seine Stimme zu dämpfen. »Was sagen Sie da? Groschen-Max erschossen? Von wem?«

»Es war ein großer Mann mit einer Kappe. Mehr konnte ich nicht erkennen.« Ettingers Stimme zitterte.

»Bin in ein paar Minuten da.«

Seine Frau hob den Kopf. »Was ist passiert?«, murmelte sie.

»Erzähl ich dir morgen.«

Sie fragte nicht mehr, ihr war klar, dass ihr Mann es sehr eilig hatte.

Dröger zog sich hastig an, lief so schnell er konnte zum Tatort. Die Brunnengasse war nur wenige Meter von seinem Haus entfernt.

Er informierte Brammers, Lehmann und Fränkli. »Urs, veranlasse alles Weitere.«

»Der Zehner? Ich glaub's nicht!«

Dröger rief bei Helm an. Dieser war kurz darauf da. Er hatte einen Jogging-Anzug über seinen Pyjama gezogen. »Was ist los, Kommissar? Ich hoffe, Sie haben einen guten Grund, mich mitten in der Nacht aus dem Bett zu holen«, grantelte er.

»Beruhigen Sie sich, Rechtsmediziner. Den habe ich.« Dröger deutete auf den Toten.

Es dauerte nicht lange, da waren alle am Tatort. Ein Rettungswagen stand in der Brunnengasse. Zwei Streifenwagen kamen mit Blaulicht und Martinshorn angerast. Die Beamten der Schutzpolizei sperrten den Tatort weiträumig mit einem rot-weißen Band ab.

Ettinger stand zitternd an eine Hauswand gelehnt. Er war momentan nicht in der Lage, sein umgefallenes Rad aufzuheben. Der Hauptkommissar ging zu ihm. »Sie haben alles richtig gemacht, Herr Ettinger. Gehen Sie nach Hause, versuchen Sie, zu schlafen. Danke für ihre gute, schnelle Reaktion.«

Sofort wurde eine Fahndung eingeleitet. Die Beamten der Sonderkommission Spätburgunder wurden alarmiert. Das Stadtgebiet sowie das gesamte Umfeld Groß-Umstadts wurden systematisch durchgekämmt. Ein nachtflugtauglicher Eurocopter der Bereitschaftspolizei kam zum Einsatz. Er überflog Groß-Umstadt sehr tief, was einen Riesenlärm verursachte. Jeder einsehbare Winkel wurde ausgeleuchtet. Mit einer Wärmebildkamera wurden Fotos gemacht. Viele Menschen, die der Lärm aus den Betten geholt hatte, schauten dem Spektakel neugierig zu.

Der Mörder konnte entkommen. Er tauchte ab in der Dunkelheit der engen Gässchen.

Die Presse wurde informiert. Werner von Rheinfels als erster. Spürli hatte Wort gehalten und bis dahin nichts veröffentlicht. Jetzt hatte er freie Bahn. Und genau, wie man es von ihm gewohnt war, standen am nächsten Tag auf der ersten Seite des *Darmstädter Echo* die riesigen Schlagzeilen:

Mord an dem Wirt der Lustigen Reblaus, Joschi von Auberg aus Gross-Umstadt so gut wie aufgeklärt.

Seine Frau tot in der Gersprenz bei Groß-Zimmern aufgefunden.

Mann in der Brunnengasse in Gross Umstadt ermordet.

Es folgte ein detailgetreuer Bericht.

Auch andere Journalisten begannen zu recherchieren, Mitteilungen gingen durch Funk und Fernsehen. Die Ereignisse überschlugen sich.

Interpol wurde eingeschaltet. Man hatte den Verdacht, Zehners Mörder könne sich ins Ausland absetzen. Alle Fahndungen blieben ohne Erfolg.

52

Pünktlich um sieben Uhr des nächsten Tages trafen sich die Ermittler zur Frühbesprechung im Polizeipräsidium.

Alles, was bisher geschehen war, wurde besprochen. Södermann und Susanne Hamann hatten bei der Hausdurchsuchung in Kleestadt rote Sneakers, Größe 39, mit leicht geriffelten Sohlen und eine dunkelrote Bluse gefunden. Die Gipsabdrücke vom Tatort und die Sohlen der Sneakers stimmten überein. Von der Bluse stammten die Faserspuren, die bei dem Ermordeten gefunden wurden. Auch fanden sie eine angebrochene Packung mit Skalpellen. Die Skalpelle hatten außergewöhnlich große, stabile Klingen.

»Also, klare Sache«, sagte Dröger. »Andrea Liebrecht hat mit dem Skalpell, das der Junge beim Spielen gefunden hatte, Joschi von Auberg die Kehle durchschnitten. Nur«, er nickte nachdenklich, »nur muss sie noch gestehen. Das wird schwer.« Er sah in die Runde. »Was mich noch brennend interessieren würde, wäre ihr Motiv. Warum hat sie das gemacht?«

»Okay, meine Damen, meine Herren.« Brammers erhob sich. »Gehen Sie wieder an die Arbeit. Sie wissen schon ... die Augustin.«

»Ja ja, die Augustin.« Dröger sah Lars und Susanne an. »Ihr beide fahrt zu diesem Johan van der Groot nach Lengfeld.« Er nannte ihnen die Adresse. »Bringt ihn her. Der weiß auch was.« Dröger stand auf. »Da fällt mir ein: Dieser Welden. Den haben wir gar nicht beachtet. Warum eigentlich nicht?« Er schüttelte den Kopf. »Den bringt ihr auch mit. Er wohnt in Dieburg. Erkundigt euch beim Einwohnermeldeamt wegen der Adresse. So, und nun haut ab!«

»Sind schon weg.« Susanne zog ihre Lederjacke über. »Komm, Lars.«

»Urs, wir beide fahren nach Weiterstadt. Will doch mal sehen, ob die Liebrecht nicht gesteht. Sie muss doch wissen, dass sie nicht durchkommt. Bei diesen Beweisen!«

»Vergiß nicht, Chef, ihr Anwalt ist ein harter Brocken. Es gibt bisher nur Indizien, keine Aussage der Verdächtigen. Die macht auch so schnell keine.«

Sie fuhren nach Weiterstadt in die Justizvollzugsanstalt. Nachdem sie sich angemeldet hatten, betraten sie das Besuchszimmer. Andrea Liebrecht wurde kurz darauf von einem Beamten hereingebracht. Der Beamte schloss die Tür. Sie setzten sich an den einfachen Tisch.

»Ich sagte Ihnen schon einmal: Es geht kein Wort über meine Lippen.« Andrea Liebrecht sah die Polizisten kalt an.

Dröger erwiderte ihren Blick. »Lassen Sie ihren Anwalt rufen.«

Zwanzig Minuten später war Dr. Raimann da. Gleiches Outfit wie am Tag zuvor. Er setzte sich neben seine Mandantin, öffnete seine zerkratzte Aktentasche, nahm einen Kugelschreiber und einen Block heraus, sah die Polizisten auffordernd an.

»Frau Liebrecht.« Dröger ignorierte den Anwalt. »Sagen Sie uns, was in dieser Freitagnacht passiert ist. Wenn sie sich keiner Schuld bewusst sind, tun Sie sich einen Gefallen, indem Sie uns sagen, was sie wissen. Kooperieren Sie.«

»Meine Herren«, schaltete sich Raimann ein, »ich glaube, Sie haben etwas missverstanden. Nicht Frau Liebrecht führt hier die Gespräche, sondern ich. Das habe ich Ihnen bereits gestern gesagt.« Er grinste. »Also um was geht´s?«

»Mein lieber Herr Dr. Raimann, um was es geht, wissen Sie doch. Sie wissen wahrscheinlich mehr als wir. Wir wollen wissen, was in dieser Mordnacht passiert ist. Wir haben den dringenden Verdacht, dass Frau Liebrecht Joschi von Auberg umgebracht hat. Sie hat ihm die Kehle durchschnitten, und zwar mit einem Skalpell, was ganz klar bewiesen ist. Das Skalpell wurde gefunden.«

»Skalpell, Skalpell!« Das Anwalt lächelte milde, faltete die Hände über dem dicken Bauch. »Ein Skalpell ist doch nichts Besonderes. Das können Sie an jeder Ecke kaufen.«

»Schon klar. Aber mit den DNA-Spuren von Frau Liebrecht?«

»Ohne ein Geständnis von Frau Liebrecht kommen Sie nicht wesentlich weiter, oder bin ich da falsch informiert?« Der Anwalt zuckte mit den Schultern.

»Schuhspuren. Faserspuren. Haben wir auch.« Dröger sah Andrea Liebrecht an. »Gestehen Sie, Frau Liebrecht! Es bringt Sie nicht weiter, wenn Sie leugnen.«

Andrea Liebrecht drehte den Kopf ihrem Anwalt zu. »Machen Sie ein Ende.« Dann wandte sie sich an Dröger: »Ich werde nichts gestehen. Warum sollte ich? Herr Dr. Raimann wird alles regeln.« Sie sah ihren Anwalt an. »Lassen Sie mich zurückbringen.«

Fränkli versuchte es noch einmal: »Frau Liebrecht, sie schaffen sich wirklich nur noch mehr Probleme, wenn Sie ...«

Der Anwalt ging zur Tür, öffnete sie, sagte leise zu dem Beamten: »Bringen Sie Frau Liebrecht zurück.« Andrea Liebrecht wurde in ihre Zelle gebracht.

»Das war jetzt ein richtiger Flop. Mensch Urs, mit der kriegen wir Probleme.« Dröger sah seinen Kollegen an.

»Ich habe es dir gesagt, Chef. Die lassen es auf einen Indizienprozess ankommen. Würde mich nicht wundern, wenn die Liebrecht vorläufig auf Kaution freikäme. Ihr Anwalt setzt das durch. Du wirst es erleben.«

***

Södermann und Susanne Hamann waren bereits mit van der Groot aus Lengfeld zurück. Sie brachten ihn in Drögers Büro, wo er auf einem Stuhl Platz nahm. Lars setzte sich neben ihn.

Susanne Hamann sah Dröger an: »Kann ich dich kurz sprechen, Heiner?«

Der Hauptkommissar erhob sich, sie gingen hinaus auf den Flur.

»Dieser Welden ist wahrscheinlich in den Urlaub gefahren«, informierte ihn Susanne.

»Aha.«

»Wir sind als erstes nach Dieburg gefahren. Nachdem wir einige Male bei Welden geklingelt hatten, ging ich ums Haus herum. Der Hausmeister mähte im Garten den Rasen. Ich fragte ihn nach Peter Welden. Er sagte, dass er ihn schon länger nicht gesehen hat. Vielleicht sei er in Urlaub gefahren. Wo Welden arbeitet, wusste er nicht. Ich ließ mir von ihm die Telefonnummer des Vermieters, einem Unternehmer aus Dieburg, geben. Der bestätigte, dass Welden noch dort wohnt. Er hatte auch nichts dagegen, dass wir uns die Wohnung ansehen. Die war normal eingerichtet, also ist er vielleicht wirklich in den Urlaub gefahren. Der Hausmeister hat auch noch die Garage aufgeschlossen. Sein Motorrad war weg. Lars und ich befragten noch die Mieter, die wir erreichen konnten. Niemand kennt Peter Welden.«

»Ja, bei Mehrfamilienhäusern kennt man oft seinen Nachbarn nicht. Das ist nichts Neues.« Dröger zupfte sich am Ohrläppchen. »Aber wir brauchen Welden.« Er zog die Stirn kraus. »Ob der wirklich in Urlaub gefahren ist? Vielleicht ist er auch abgehauen.«

Dröger ließ sofort eine Fahndung nach Peter Welden einleiten. »Informiert gleichzeitg auch Interpol. Wir brauchen den unbedingt.«

Nach eindringlicher Befragung stellte sich heraus, dass van der Groot mit der ganzen Geschichte tatsächlich nichts zu tun hatte. Auch gab es keine einzige Spur, die ihn verdächtig hätte machen können. Er habe zwar gewusst, dass dem Wirt der *Lustigen Reblaus* ein Denkzettel verpasst werden sollte, mehr aber auch nicht.

»Aber dass Joschi von Auberg ermordet wurde, haben Sie mitgekriegt!«

»Ja. Wie jeder andere auch. Am nächsten Tag.«

»Keiner Ihrer Freunde hat Ihnen gesagt, was passiert ist?«

»Ich habe Zehner gefragt, ob einer von ihnen etwas mit dem Mord zu tun hat. Er sagte, sie hätten ihm nur eine Abreibung gegeben. Sonst nichts. Dann habe ich Welden und Quirin Holzbichler gefragt. Die sagten das gleiche. Ich glaubte ihnen. Wir kamen ja an sich gut miteinander aus.«

»Können Sie uns etwas über Zehners Ermordung sagen? Was für Gründe könnte jemand gehabt haben, Zehner zu erschießen?«

»Ich habe keine Ahnung.« Er wirkte traurig.

»Wo ist ihr anderer Freund, Peter Welden?«

»Ich habe Peter schon eine Weile nicht gesehen.

»Wie lange kennen Sie ihn schon?«

»Seit vielleicht sieben, acht Jahren. Aus meiner Zeit in Berlin. Wir haben uns nach langer Zeit in Groß-Umstadt zufällig wieder gesehen.«

Van der Groot erzählte, was er von Peter Welden alias Siegfried Bacher, wusste. Es war nicht viel.

53

Raimann konnte nicht erreichen, dass seine Mandantin gegen Kaution frei kam. Die Beweise schienen dem Richter zu eindeutig. Auch vermutete er, der Anwalt könne auf Zeugen in unlauterer Weise einwirken. Seiner Meinung nach bestand Verdunkelungsgefahr. Andrea Liebrecht blieb in Untersuchungshaft.

***

Der bevorstehende Winter kündigte sich an. Es wurde zunehmend kälter. Mitte November fiel der erste Schnee. Er deckte Groß-Umstadt mit seinem weißen Kleid zu.

Trotz intensiver Fahndungen gab es von von Peter Welden und Zehners Mörder immer noch keine Spur.

54

Ein Jahr später, am 16. November, begann der Prozess gegen Andrea Liebrecht. Vor dem Verhandlungssaal warteten gespannt mehrere Journalisten und Reporter. Als sie eintraf gab es ein großes Blitzlichtgewitter, die Journalisten stellten jede Menge Fragen. Die Beamten brachten Andrea Liebrecht in den Saal, wo alle Plätze besetzt waren.

Richter Alexander Rauh ließ die Kameras ausschalten, eröffnete die Sitzung. Die Beweise wurden vorgelegt und erörtert. Staatsanwältin Augustin plädierte auf Mord und lebenslängliche Freiheitsstrafe.

Quirin und Natalia wurden als Zeugen befragt. Sie konnten jedoch nichts gegen Andrea Liebrecht aussagen. Sie wussten beide nichts. Auch konnten sie sich nicht vorstellen, dass diese junge Frau eine Mörderin sein sollte.

Natalia erklärte lediglich, dass sie Blut in Joschi von Aubergs Gesicht gesehen habe. Sie habe Nasenbluten vermutet. Eine Schnittwunde am Hals habe sie nicht erkennen können.

»Aber«, räumte sie ein, »es war auch sehr dunkel. Ich kann es nicht ganz genau sagen.«

Francesco Sorrentini, seine Frau Gabriella, Linda Vermont, der Exfreund Andrea Liebrechts, Steffen Schönfeld, sowie fünf weitere Personen aus dem Umfeld Andrea Liebrechts wurden angehört. Niemand sagte etwas Negatives gegen sie aus. Im Gegenteil, sie wurde durchweg als freundlich und höflich bezeichnet.

Der angeklagte Mord passe nicht in die Vita seiner Mandantin, erklärte Anwalt Dr. Raimann: »Das ist ein totaler Widerspruch zu ihrem sehr ruhigen, anständigen Leben.«

Es sah wirklich nach einem Indizienprozess aus.

***

Am nächsten Verhandlungstag erfuhr der Prozess eine ungewöhnliche Wandlung.

Auf Anraten ihres Anwaltes erklärte Andrea Liebrecht plötzlich, dass sie die Tat gestehen wolle.

»Wie kam es zu dem Mord, Frau Liebrecht?« fragte der Richter und sah sie an. »Das ist alles nur schwer nachvollziehbar.«

Die Angeklagte räusperte sich. »Das war so.« Sie sah an die Decke, holte tief Luft. »Von Auberg gab vor, er wolle mich als Kellnerin in seiner Weinstube einstellen. Eines Abends, drei Wochen vor dem Winzerfest, besuchte er mich zuhause, versprach mir, dass ich doppelt so viel verdienen würde als sonst irgendwo. Ich war nicht abgeneigt. Aber von Auberg wollte eigentlich mich.«

Andrea Liebrecht senkte den Kopf. »Er wurde zudringlich, versuchte, mich zu küssen, befummelte mich. Ich wehrte mich, stieß ihm mit aller Kraft das rechte Knie in den Unterleib. Voller Wut drosch er dann auf mich ein, bis ich halb bewusstlos auf dem Boden lag.« Tränen traten ihr in die Augen. Sie schluchzte, nahm aus der Hosentasche ein Papiertaschentuch, putzte sich die Nase.

»Joschi von Auberg ließ mich einfach liegen und rannte weg«, fuhr sie fort. »Meine Mutter und mein Bruder waren in Dorndiel bei einer Geburtstagsfeier. So hatte niemand etwas mitbekommen. Auf die Frage meiner Mutter, warum mein Gesicht angeschwollen sei, antwortete ich, dass ich mich am Treppengeländer gestoßen hätte. Dann ging ich zum Arzt und ließ mich krankschreiben.«

Sie wischte sich mit einem weiteren Taschentuch die Tränen aus den Augen. »Joschi von Auberg ließ nicht locker, belästigte mich am Telefon, drohte sogar, mich umzubringen, wenn ich irgendjemandem auch nur einen Ton sagen würde. Er beobachtete mich, fuhr mir nach bis Kleestadt.«

Tränen liefen ihr über beide Wangen. »Dann beschloss ich, dieses Schwein umzubringen. Da ich gerne bastle und schnitze, habe ich immer Skalpelle daheim. Eines davon trug ich ab da immer bei mir.«

Sie machte eine kurze Pause, dann fuhr sie fort: »An dem bewussten Abend ging ich, nachdem ich Feierabend hatte, in Richtung Pfälzer Gasse, wo mein damaliger Freund einen Auftritt hatte. Durch Zufall sah ich, wie zwei Männer Joschi von Auberg untergehakt hatten. Sie schleppten ihn zu diesem Parkplatz hinter dem Torbogen. Ich ging ihnen nach, ging durch den Gehweg vor dem Torbogen zum Rosa-Heinz-Weg, wo ich weiterging zu dem Weg, der direkt auf den Parkplatz führte. Ich stand also auf der anderen Seite, konnte beobachten, wie drei Männer auf Joschi von Auberg einschlugen. Nachdem von Auberg am Boden lag, rannten die Männer weg. Ich konnte sie in der Dunkelheit nicht erkennen.«

Sie atmete tief durch: »Ich wartete noch einen Moment, dann ging ich langsam zu von Auberg. Er lag bewusstlos am Boden.«

Dann gestand sie mit fester Stimme: »Ja, ich habe Joschi von Auberg mit einem Skalpell die Kehle durchschnitten.

»Was haben Sie dann mit dem Skalpell gemacht?«, wollte der Richter wissen.

»Ich glaubte, es in meine Tasche gesteckt zu haben. Zuhause stellte ich fest, dass es nicht in der Tasche war. Mir war klar, dass ich es in der Hektik verloren hatte. Ich hatte aber nicht den Mut, zurückzufahren. Einen Tag später, Samstagnacht, schlich ich mich nach der Arbeit im Jazzkeller noch mal auf den Parkplatz, suchte mit einer Taschenlampe nach dem Skalpell, konnte es aber nicht finden.«

Nach der Verhandlung wurde Andrea Liebrecht durch einen Hinterausgang aus dem Gerichtsgebäude zurück in die Justizvollzugsanstalt nach Weiterstadt gebracht.

Am nächsten Tag gab es eine Pressekonferenz, bei der Kriminaldirektor Brammers und der Erste Kriminalhauptkommissar des K10, Heiner Dröger, die Fragen der Journalisten beantworteten.

55

Im Polizeipräsidium Südhessen wertete man es als Erfolg, fast alle zurzeit anstehenden Fälle aufgeklärt zu haben. Was fehlte, war die Aufklärung des Mordes an Maximilian Zehner, dem Groschen-Max. Auch die Fahndung nach Peter Welden blieb erfolglos.

Die ermittelnden Beamten hatten sich noch einmal im Konferenzraum zusammengesetzt.

»War nicht einfach«, meinte Dröger am Tag nach der letzten Gerichtsverhandlung nicht ohne Stolz. Mit Nachdruck fügte er hinzu: »Da kann man mal sehen, was unsere Leute geleistet haben.«

Mit einem Blick auf Brammers meinte er: »Oder, Herr Direktor?«

Brammers nickte: »Na ja, Dröger. Hat zum großen Teil geklappt. Aber ... eben nur zum großen Teil. Der Mord an Zehner muss noch aufgeklärt werden.«

»Sie haben recht, Herr Direktor. Das werden wir auch erledigen. Versprochen.«

»Das will ich doch hoffen, Dröger. »Der Direktor zündete sich eine Reval an, begann erst heftig zu husten, dann laut zu fluchen: »Doofe Kippen!« Er drückte die angerauchte Reval in seinem kleinen Aschenbecher aus. »Ich hör´ auf zu qualmen. Ich bin´s leid, dieses Gebelle. Verdammt noch mal! Da trink ich ja lieber den Kaffee vom Fränkli.« Er drehte sich um. »Und das will was heißen!«

Fränkli grinste.

Brammers verschwand in seinem Büro. Dieses Mal ließ er sogar die Tür offen. Ein Zeichen dafür, dass er vorerst nicht ganz unzufrieden war.

Lehmann sah Dröger an: »Glaubst du, der Löwe hört tatsächlich auf zu rauchen?«

Dröger grinste. »Der?« Er schüttelte den Kopf. »Niemals! Das kannst du vergessen.«

Wenige Minuten später kam aus dem Büro des Direktors eine kleine Qualmwolke, die sich langsam in halber Höhe durch den Flur am Konferenzraum vorbei bewegte.

Dröger knuffte Lehmann in die Seite: »Siehste!« Sie lachten leise. »Aber eines hat mir der Löwe verraten.«

Lehmann sah ihn fragend an. »So? Was denn?«

»In Kürze wird er dreiundsechzig und geht in Pension. Er hat zu mir gesagt: Wissen Sie Dröger, ich habe für den Staat viel getan. Jetzt soll der Staat mal was für mich tun.«

»Recht hat er!« Lehmann schmunzelte. »Ich gönn´s ihm.«

»Andere Sache, Hennes. Das mit dem Skalpell. Jetzt

wissen wir, warum der Schnitt durch die Kehle von Joschi von Auberg so exakt und gerade war.«

»Ja, jetzt wissen wir es«, entgegnete Lehmann. »Die Liebrecht hat gebastelt und Figuren geschnitzt. Dazu hat sie Skalpelle mit großen stabilen Klingen benutzt. Die war geübt.«

56

Die Fahndungen nach Peter Welden und Zehners Mörder lief schon über ein Jahr auf Hochtouren. Immer wieder standen Artikel in den Zeitungen, wobei Spürli vom *Darmstädter Echo* überaus aktiv war. Zahlreiche Hinweise ergaben keine brauchbaren Ergebnisse. Die Kripo ging jedem Tipp nach. Ohne Erfolg. Welden und die Person, die Maximilian Zehner erschossen hatte, blieben verschwunden.

***

Wenige Wochen nach Andrea Liebrechts Prozess stand ein Bericht im *Darmstädter Echo*:

Zweiundvierzigjähriger Mann und vierzigjährige Frau auf der Autobahn A 5 zwischen der Anschlussstelle Mörfelden-Walldorf und dem Frankfurter Kreuz tödlich verunglückt.

Sie rasten auf der Überholspur mit einer Moto Guzzi mit überhöhter Geschwindigkeit auf einen abbremsenden Mercedes Sprinter. Der Mann wurde auf die rechte Fahrbahn geschleudert, wo er von einem Sattelschlepper überfahren wurde. Die Frau starb ebenfalls noch am Unfallort.

Es stellte sich heraus, dass der Motorradfahrer Peter Welden war. Welden war mit Vivienne Melange, einer hübschen brünetten Schweizerin aus Fribourg, unterwegs gewesen.

Epilog

Helmut Peters wurde wegen Mordes an der Schauspielerin Helen Siemer und zweier versuchter Vergewaltigungen zu lebenslänglicher Haft verurteilt.

***

Quirin, der Sohn des Gastronomen und Winzers Alois Holzbichler wurde wegen Mordes an Valerie von Auberg zu lebenslänglicher Haft verurteilt. Nach weiteren Verhören gab er zu, dass er den Stein, den er mit einem Strick um ihre Hüften gebunden hatte, von einer Baustelle mitgenommen und in den Kofferraum gelegt hatte.

»Deshalb ist er nach Groß-Zimmern gefahren«, konstatierte Dröger. »Klarer Vorsatz.« Er sah Hauptkommissar Fränkli an.

»Klarer Vorsatz.« Fränkli nickte knapp.

Quirin Holzbichler wurde heimtückisches, vorsätzliches Handeln vorgeworfen.

Er war es auch, der Peter Welden angerufen und ihm mitgeteilt hatte, Zehner hätte Valerie von Auberg umgebracht, woraufhin Welden beschloss, Zehner umzubringen.

***

Andrea Liebrecht wurde wegen Mordes an Joschi von Auberg zu lebenslänglicher Haft verurteilt.

***

Die drogen- und alkoholsüchtige Natalia Sprenger wurde wegen Diebstahls und unterlassener Hilfeleistung zu einer Geldstrafe verurteilt.

***

Nach eingehenden forensischen Untersuchen der Rechtsmedizin und den Ermittlungen der Kriminalpolizei um die Ersten Kriminalhauptkommissare Heiner Dröger und Hennes Lehmann wurde festgestellt, dass Maximilian Zehner von Peter Welden erschossen worden war.

Das Projektil vom Kaliber Luger 9 mm, das am Tatort gefunden wurde, stammte von einer Glock 17, die man in der Wohnung von Vivienne Melange in der Adickesallee in Frankfurt fand. Da unter anderem Kleider, auch Motorradkleidung und zwei Motorradhelme, die eindeutig Peter Welden zugeordnet werden konnten, in der Wohnung gefunden wurden, war die Sache klar. Auch wurden DNA-Spuren von Welden am Hals des Opfers festgestellt.

Dröger fasste zusammen: »Peter Welden hatte Dieburg verlassen und ist zu Vivienne Melange nach Frankfurt gezogen. Da er noch in Dieburg gemeldet war, blieb er unerkannt und wurde trotz aller Fahndungen nicht entdeckt.

***

Johan van der Groot stand fassungslos am Grab Maximilian Zehners, des Groschen-Max, murmelte mit Tränen in den Augen: »Adieu, alter Freund.«

Van der Groot zog aus Lengfeld weg. Sein Ziel war Zandvoort in Holland, wo er vor seiner Berliner Zeit gelebt hatte. Dort fand er eine Anstellung als Portier in dem kleinen Hotel *Admiral* am Nordseestrand.

***

Der suspendierte Polizist Julius Ettinger aus Groß-Umstadt hatte sich bemüht, wieder eingestellt zu werden, da er, wie er sagte, erfolgreich geholfen habe, zwei Morde aufzuklären.

Hauptkommissar Dröger hatte sich für ihn eingesetzt, was aber zu keinem Ergebnis führte.

Das Trinken, das hatte Ettinger aufgegeben. Aber Lucky Strike ohne Filter ... die rauchte er weiter.

***

Die Lucky Strike-Schachtel, die im Weinkeller des Falkenhof gefunden wurde, hatte vermutlich Maximilian Zehner dort hingeworfen. Seine DNA war identisch mit einer der Spuren auf der Zigarettenschachtel.

»Möglicherweise hat er die Schachtel in einem Lokal mitgenommen, in dem zufällig Julius Ettinger zu Gast war, und sie auf dem Tisch liegen ließ. Dadurch wollte er wahrscheinlich den Verdacht von sich ablenken. Er war ja Nichtraucher«, folgerte Dröger. »Vermutlich waren die Schuhspuren am Tatort auch von ihm. Wir haben zwar die Schuhe, die er damals getragen hat, nicht bei ihm gefunden, die hat er ganz sicher entsorgt. Aber er hatte Größe vierundvierzig. Abdrücke dieser Größe wurden am Tatort festgestellt.«

***

Wer damals den Weinkeller des Weinguts Falkenhof aufgeschlossen hatte, bevor Maximilian Zehner und Valerie von Auberg den toten Joschi von Auberg im Weintank versenkten, wurde nie herausgefunden.

War es der alte Holzbichler, war es sein Gehilfe Fritz Kunze, oder war es eine andere Person?

***

Die beiden befreundeten Hauptkommissare Heiner Dröger und Urs Fränkli konnten ein wenig durchatmen.

Sie flogen an einem Freitagnachmittag mit Drögers Segler, dem Kranich II, über die Umstädter Weinberge und das Otzberger Land, über Höchst, Michelstadt, Erbach, dann wieder zurück nach Reinheim, wo Dröger auf dem kleinen Flugplatz den Kranich II nach sanfter Landung abstellte.

Am Abend hatte Drögers Frau Karin vier Plätze beim *Brücke-Ohl* reserviert. Der Weinkeller war als Straußwirtschaft geöffnet.

Um 18 Uhr trafen sich Dröger und seine Frau mit Fränkli und Michelle vor dem Lokal, gingen hinunter in den rustikalen Keller, setzten sich auf die Bänke an einen Tisch.

Der gewölbte Keller war ungefähr fünfzig Quadratmeter groß, Wände und die Decke waren aus rohem Stein, der Boden war mit hellen Fliesen belegt. Zwei Stehtische und Zeltgarnituren, sowie drei Weinfässer, die als Theke dienten, gaben dem Keller seinen urigen Charakter.

Auf einer kleinen Fläche gegenüber den Fässern spielte eine dreiköpfige Formation der Jazzband Stoker. Pfarrer Armknecht war mit dem Saxofon dabei. Dazu der Schlagzeuger und der Mann mit dem Piano. Sie zauberten wunderschöne, manchmal jazzige Melodien aus ihren Instrumenten.

Bei Zwiebelkuchen und Federweissem verbrachten die Kommissare mit ihren Frauen einen sehr schönen Abend. Als Karin und Michelle nach oben gingen, um frische Luft zu schnappen, beugte sich Dröger über den Tisch, sagte zu Fränkli: »Ich denke, Urs, wir haben jetzt wieder mehr Zeit für unsere Frauen. Das Ganze war doch ziemlich stressig.«

»Bei dir ist das doch sicher kein Problem, oder?«

»Karin hat sehr viel Verständnis, aber manchmal schimpft sie auch. Wenn es gar zu viel wird und wir keine freie Minute mehr für uns haben.« Er sah Fränkli fragend an. »Hast du etwa Probleme mit Michelle?«

»Na ja, manchmal schon. Aber wir kriegen das immer wieder in den Griff.« Fränkli grinste, winkte ab. »Was soll´s.«

»Hast recht. Was soll´s. Es ist unsere Arbeit.«

Dröger hob sein Glas. »Prost! Auf unsere Frauen.«

»Und auf unseren Beruf«, ergänzte Fränkli. Sie stießen an.

***

Nachdem alle Fälle aufgeklärt waren, fuhr die fünfzigjährige, rothaarige Staatsanwältin Dr. Ramona Augustin in ihrem gelben BMW nach Habitzheim, um ein Callgirl namens Sylvie Hoyer zu besuchen.

Mit ihrem beleibten Mann Christian gab es schon seit längerer Zeit Ungereimtheiten, worunter ihr Eheleben erheblich litt. Er spürte, dass sie sich auch zu Frauen hingezogen fühlte.

»Jetzt wird mir die Entspannung bei Sylvie gut tun«, sagte sie leise vor sich hin, den romantischen Evergreen Somewhere over the Rainbow, der aus dem Autoradio erklang, etwas lauter drehend.

Als sie das Haus betrat, wurde sie von Sylvie Hoyer freundlich lächelnd begrüßt: »Schön, dass du wieder mal hier bist.«

Ein ihr wohlbekannter Mann war gerade dabei, die Schlafzimmertür hinter sich zuzuziehen.

Ramona Augustin schmunzelte, ging in den Flur, hängte ihre weiße Lederjacke an die Garderobe.

Danke

Ohne die Hilfsbereitschaft und Informationen netter Menschen ist es wohl nicht möglich, ein Buch zu schreiben. Deshalb ein großes Dankeschön an:

Rainer Witt, der mir beratend zur Seite stand und mich immer wieder durch seine sachliche, wohlgemeinte Kritik auf den richtigen Weg brachte.
Bärbel Orth, die das Manuskript durcharbeitete. Sie hat mir immer ihre ehrliche Meinung kundgetan.
Manfred Wohlfahrt, der mir wichtige Einblicke in die Polizeiarbeit gewährte.
Helmut Fischer für die wertvolle juristische Beratung.
Werner Mohr, der mir mit seinem umfangreichen Wissen über Groß-Umstadt die *Odenwälder Weininsel* näher brachte.
Matthias Schmidt, der mich umfassend über Weinanbau und Weinkeller informierte.
Jens Rotzsche für die Titelillustration.
Reiner Michaelis, der eine Auswahl Bilder für die Titelillustration zur Verfügung stellte.
Swen Scheuermann für die Illustration der Weingläser.
Natascha Becker, Inhaberin des *Verlages M. Naumann*. Sie hat letztendlich die Veröffentlichung des Buches möglich gemacht. Ich freue mich sehr auf weitere gute Zusammenarbeit.
Meine Frau Karin, die mich geduldig ertrug, auch wenn bei mir die Stimmung mal nicht so gut war, wenn ich keine Ideen hatte.
Alle, die mir bereitwillig und gerne bei meinen Recherchen geholfen haben.
Alle, die mir ihre freundliche Genehmigung erteilten, Örtlichkeiten namentlich nennen zu dürfen.

Weitere Bücher und Hörbücher finden Sie in unserem Verlagsprogramm,
das wir gerne kostenlos zusenden, oder auf unseren Internetseiten.

vmn
Verlag M. Naumann
E-Mail: info@vmn-naumann.de
Im Internet finden Sie uns unter: www.vmn-naumann.de